大宅

Great House

NICOLE KRAUSS

（美）妮可·克劳斯 著 翁海贞 译

人民文学出版社
PEOPLE'S LITERATURE PUBLISHING HOUSE

著作权合同登记号　图字 01-2024-3361

Copyright © 2010 by Nicole Krauss
Simplified Chinese translation rights arranged with Melanie Jackson Agency, LLC through Andrew Nurnberg Associates International Ltd.

图书在版编目(CIP)数据

大宅 /（美）妮可·克劳斯著；翁海贞译. -- 北京：人民文学出版社，2025. -- ISBN 978-7-02-019350-9
Ⅰ. I712.45
中国国家版本馆 CIP 数据核字第 2025HT7723 号

责任编辑　朱思琼　杜玉花
封面设计　汪佳诗

出版发行　人民文学出版社
社　　址　北京市朝内大街 166 号
邮政编码　100705

印　　制　杭州钱江彩色印务有限公司
经　　销　全国新华书店等

字　　数　185 千字
开　　本　890 毫米×1240 毫米　1/32
印　　张　9.375
版　　次　2025 年 7 月北京第 1 版
印　　次　2025 年 7 月第 1 次印刷

书　　号　978-7-02-019350-9
定　　价　69.00 元

如有印装质量问题，请与本社图书销售中心调换。电话：010 - 65233595

献给萨沙和赛

衷心感谢纽约市立图书馆的多萝西和路易斯·B.克尔曼学者作家研究中心、罗纳·杰夫基金会、柏林美国学院的关怀和支持,尤其是为我提供工作最需要的安静房间。拉菲在耶路撒冷眺望无人地带的故事,取自苏菲·卡勒的 Eruv 课题(犹太人安息日解禁区)。我的约翰南·本·撒该的故事,借自里奇·科恩的《以色列是真的》(*Israel Is Real*)。

目录

I

003　全体肃立

046　真　善

074　游泳窟

108　孩子的谎言

II

171　真　善

201　全体肃立

242　游泳窟

286　怀　茨

I

全体肃立

跟他说话

　　法官大人，1972年冬天，R和我分手。也许该说他要和我分手。他的理由含糊，大略是说，他另有个见不得人的自我。他从来没有向我展示过这个懦弱、叫人鄙薄的自我。他需要时间休养生息，像一头病兽，独自蛰伏，调养这个自我，直待养得他认为担得起跟人作伴。我跟他辩驳，我们相处近两年，他见不得人的隐私，自然也是我的，倘若他的天性里有狞恶或孱弱，纵使瞒过千万人，我也该知晓。争辩没有用。他搬走了，三周后给我寄来明信片（没有寄信人地址），卡片上写道，他认为，我们作出这个决定（这是他的原话），尽管十分艰难，却也万分有益。我只得说服自己，我们的关系就这么收场。

　　我的生活在好转之前，一度糟糕极了。我不愿细述过往，只想说我闭门不出,不去看祖母,更不许友人来看我。荒谬的是,伴我度过那段难挨日子的,竟是连日的风雨。雨霾风障时,我得拿着专拧老窗闩的模样古怪的小铜扳钳,在公寓里四下急奔。风一紧,窗闩就松开,窗户便嘶叫起来。公寓里有六扇窗,才上紧一扇,另一扇就号啕开来,我只得手持扳钳奔去。然后也许能得半小时的宁静,我就坐在公寓里仅剩的一把椅子上。至少在那一段日子里,世间好像只剩下不休的霪雨,不停地拧窗闩。天气终于转晴,我出门散步。一切淹过水,平静耀眼的水面透着一股空寂。我走了很久,有六七个小时,走过以前从不曾到过,以后也没再去过的周边街区。回到家来,我疲乏极了,心头却仿佛得到净化。

她洗去我手上的血迹,给我一件干净的 T 恤衫,也许是她自己的。她可能以为我是你的女友,甚或妻子。你的亲人还没有来。我不会丢下你一个人。跟他说话。

没过多久,R 搬走他的大钢琴,从客厅的大窗往下吊,一如当初从这扇窗户吊上来。这是他留在这里的最后一件东西。只要钢琴还在,我就觉得他似乎不是真的离去。钢琴搬走前,我和它已经独处几个星期,走过它旁边,时而拍拍它,一如以前我也那样拍拍 R。

过了几日,老友保罗·阿尔珀斯打来电话,跟我说他的梦。在梦里,他说,他和伟大诗人塞萨尔·巴列霍一起,在他故国的房子里。巴列霍自幼住在这幢房子里。屋里并无他物，四壁刷着蛋壳青的白色。整个场景好祥和，保罗说，在梦里，他思忖着巴列霍真够幸运的，能在这样的地方写诗。保罗跟他说，这地方蛮像去冥界之前的暂居地。巴列霍没有听见，他只得又说了两遍。诗人听见了，点点头。在人世间，四十六岁的巴列霍身无分文，在暴风雨里殒命，正如他预言的死亡。两人进屋前，巴列霍给保罗讲故事。他的叔父总是用手指沾烂泥，抹在额头上——圣灰星期三的仪式。巴列霍接着说（保罗说），他会做些我从来不能理解的事。为了叫保罗明白，巴列霍伸出两指，沾些烂泥，在保罗的上唇画下一道髭须。两人相对而笑。在梦里，保罗说，最叫人惊讶的是两人的默契，仿佛交情很深。

梦醒后，保罗自然想起我。我们在大二先锋派诗人研讨班认识。我们在课堂里结下友谊，因为我们总是彼此认同，而其他人总是反对我们，随着课程进展，他们对我们的异议愈加强烈，保罗和我成了盟友。时间过去——五年了，即便是现在，我们的盟友情谊依然不减当年，能够随时随地互通心曲。他问我过得怎样，暗指我和R分手，定是有人告诉了他。我说还好，只是觉得不断地掉头发。我还告诉他，跟R一道离开的不只是钢琴，还有沙发、椅子、床、餐具。我遇见他时，所有家当仅够装满一只提箱。他则宛如趺跏佛陀，周身环绕着从他母亲那里继承来的家具。保罗说他可能知道一个人，诗人，朋友的朋友，要回智利去，可能要找人家寄存家具。他打了电话，得了准信。这位诗人叫丹尼尔·瓦尔斯基，确实有几件不知如何处置的家具，因为不想卖掉,以备哪天改变主意,再回纽约。保罗给了我丹尼尔的电话号码,说他等着我联系他。我拖延了好几日,尽管友人打好了招呼,但跟陌生人开口要家具,仍然叫我难堪;何况这个月R搬走所有东西后,我习惯了空无一物。只在有人来访时,我才正视这个问题。从访客的神情可以看出,我公寓的境况,我个人的境况,法官大人,肯定显得万分凄惨。

我终于拨通丹尼尔·瓦尔斯基的号码。电话只响一声,他就接起。起初,他不知电话另一头是何人,语气甚为警惕。后来,我把这个特征跟丹尼尔·瓦尔斯基,跟智利人联系起来,尽管我遇见的只有寥寥数人。他用了一分钟识别我的身份,弄清我并不是哪个不靠谱的女人,而是朋友的朋友。关于他的家具,她听说他想处理掉,还是只租借出去?这一分钟里,我犹豫着要不要跟他道歉,挂上电话,继续过一张床垫、几只塑料盘子加一把椅子的生活。不过,疑惑过后,灵光一闪(啊哈!当然啦!抱歉抱歉!一直在这里等着你呢),他的语气柔和下来,嗓门也响亮起来,表现出豁达的气概。我也将这豁达跟丹尼尔,跟站在抵着南极心脏的匕首尖呐喊的人们联系起来。亨利·基辛格这么形容他们。

他住在市中心,第99街和中央公园西道拐角。往他家去的路上,我顺便去看住在西端大道养老院的祖母。她早就不认得我了,不过习惯后,我发觉自己倒更能享受这样与她相处。通常我们就坐着,以八九种方式谈论天气,然后话题转到祖父。他去世已有十年,却依然是她痴想的对象,似乎他的人生,抑或他们共度的人生，随着年光辗转，在她心里越发隐含奥义。她喜欢坐在沙发上，戴着所有首饰，赏视这间客厅——这些都是我的？她会不时地询问，双手比画着，把整间客厅括进臂弯。每次去看她，我都会在萨巴美食店买一盒巧克力海绵蛋糕。出于礼貌，她会吃上一小口，蛋糕屑落在腿上，粘在唇上。我离开后，她就把剩下的蛋糕分给护士吃。

我来到第99街，在楼底按了铃，丹尼尔解锁，让我进入公寓楼。站在脏暗的大厅里等电梯时，我突然想到，要是不喜欢他的家具，要是它们看起来沉重或压抑，那可如何是好。到时就是想拒绝，也很难说出口了。然而事实恰好相反，他打开房门，我的第一印象是光亮，如此光亮，逼迫得我眯起双眼，一瞬间，我看不清他的面庞，只见朦胧的轮廓。空气里弥漫着菜肴的味道，后来得知是茄子，他在以色列学来的煮法。待眼睛适应了光亮，我才看清丹尼尔的相貌，竟这么年轻，我大为诧异。原以为他年纪挺大的，因为保罗说他的朋友是诗人，尽管我们两人也写诗，或者说试图写诗，却从来不敢妄称自己为诗人。在我们看来，这个称号应该冠给那些写的诗被认为值得出版的人。不单是刊载在一两本名不见经传的杂志上，而是出版真正的书，书店里买得到的书。回想起来，这个对于诗人的定义，俗套得叫人难堪，但我和保罗，还有其他一些人，仍旧骄矜于自己老练的文学见地。那些年里，我们拎着齐全的理想四处飘荡，在某种程度上，理想也令我们盲目。

丹尼尔二十三岁，小我一岁。他虽不曾出版诗集，但他的人生似乎过得更好，或者说更富有想象力。可以这样说，他感受到一种冲动，要去不同的地方，见不同的人，经历不同的事。无论何时何地，在他人身上见到这股冲动，我的心底总会生起妒意。过去四年里，他四处旅行，在不同的城市生活，在途中偶遇的人们的公寓地板上过夜，有时说服了母亲或者是祖母汇钱来，就在自己的公寓地板上过夜。不过，眼下他要回家去，跟幼年的伙伴并肩作战。这些伙伴正在为智利的解放、革命，或者至少是为智利的社会主义而抗争。

茄子焖好了。丹尼尔布置餐桌，叫我四下看看家具。公寓不大，南面倒有一扇大窗，阳光照进来。最叫人吃惊的是屋里着实杂乱，地板上散满纸片、污着咖啡的泡沫塑料杯、笔记本、塑料袋、廉价胶鞋、散了架的唱片和唱片套。换作别人，肯定会不住地说，不好意思，屋里乱。或者开个玩笑说，刚有群野兽闯进屋子。丹尼尔却不置一词。略显空白的只有墙壁，只钉着几幅地图，他生活过的城市：耶路撒冷、柏林、伦敦、巴塞罗那。一些街道、拐角和广场密密地写满笔记，我看不太懂，写的是西班牙语，况且主人兼施主正在布置餐具，我要是凑近细细研读的话，实在显得鲁莽吧。于是我转念看家具，或者说淹没在杂物下的家具：一张沙发；一张异常庞大的木书桌，装着大大小小很多抽屉；两个书架，摆满西班牙语、法语、英语书籍；最漂亮的要数铆着铁扒钉的柜子，或者说是方顶箱，好似从海底沉船打捞上来的，当作咖啡桌使用。这些家具想来都是旧物，没一件簇新，但都分享着一种同情。事实上，乱纸与书堆的压迫，反令它们更加动人。我的心头猝然涌起对它们主人的感恩，好似他给我的不单是木头和布做的家具，而是开始崭新人生的机会，眼下就看我如何担当起来。我要难为情地承认，泪水涌上我的眼眶，法官大人，正如通常的行为习惯，我为着从前那些模糊的懊悔，一直压抑着情绪，不肯哭泣，而眼前陌生人或赠或借的家具，却将眼泪全都招惹出来。

我们说话，至少说了七八个小时，也许更久。我们发现彼此都钟爱里尔克，也喜爱奥登，只是我更喜爱，对叶芝皆无好感，不过私底都为此不安，因为这也许意味着我们对于诗歌的本真层面的领悟，有着性格上的缺陷。话不投机的时刻只出现过一次，是我说起聂鲁达，我仅知的智利诗人，这惹恼了丹尼尔。怎么回事，他责问，不论智利人走到世界哪个角落，聂鲁达和他该死的贝壳都已经在那里并建立了垄断？他直盯着我的双眼，等着我反驳。他那样看着我，我猛然领悟在他的祖国，这样的谈话场景是极寻常的，谈诗歌谈得激怒，一息间，我的心头掠过孤寂。只是转瞬间罢了。我忙不迭地道歉，指天画地发誓会去读他信手写在纸袋背面的智利伟大诗人。精炼的名单，排在第一位的是尼卡诺·帕拉，大写字母拼写，令随后的姓名顿然失色。我还发誓无论在他或别人面前，绝不会再从我口中说出聂鲁达这个名字。

接着，我们谈起波兰诗歌，俄罗斯诗歌，土耳其、希腊和阿根廷的诗歌，谈起萨福和帕斯捷尔纳克散佚的笔记，谈起翁加雷蒂的死、威尔登·基斯的自尽、亚瑟·克拉文的失踪，丹尼尔说后者还活着，由墨西哥城的妓女照拂着。然而，汗漫无际的话语间，阴霾时而会笼上他的面庞，略作踟蹰，似欲逗留，尔后隐灭，消失进墙根。这样的时刻，我觉得该别过头去，装作没有看见。因为尽管我们谈论了很久的诗歌，却还没谈起过自己。

某个时刻，丹尼尔跃起，奔到装着无数抽屉的书桌前，拉出几只抽屉，又关上，翻寻一组诗。诗题是《忘记所有我说过的话》，或者类似的题目，他自己翻译成了英文。他清清嗓子，放声朗诵。他的声音微带颤音，要是换作别人，这声音会叫人觉得造作，甚至滑稽，然而出自丹尼尔，却叫人觉得再自然不过。他也没有先谦逊一番，或是把头埋在诗稿后。完全相反，他挺直站着，像一根柱子，仿佛从诗里借得力量。他不时从诗稿里抬头，那么频频抬头，我猜他对自己的诗早已烂熟于胸。在某个这样的时刻，在词语间对眼相看的时刻，我发觉他其实长得挺好看的。大鼻子，智利犹太人的大鼻子，大手掌，手指纤瘦，大脚板，但他身上有一种东西，叫人觉得他很优美，也许是长睫毛，或者是骨骼。诗是好的，不能说伟大，但是很好，可能比很好更好，自己没有读一番是很难说的。好像是写令他伤心的女子，不过也很可能是一条狗。因为听到一半，我就走神了，脑子里回想 R 如何总是睡前洗他瘦长的脚板，因为公寓的地板脏，他从不要求我也洗，但毫无疑问，我要是不洗，床单还是会弄脏，那他洗脚也没有用。我不喜欢坐在浴缸沿，或者站在盥洗池前，膝盖贴着耳朵，看着污垢在白瓷盆里打转。然而我们一生中，就是做着无数这样的琐事，只为了避免争执。眼下想起这件事，我又想笑，又暗暗唏嘘。

此刻，丹尼尔·瓦尔斯基的公寓暗了下来，悠悠如同深水底，太阳落在高楼后，潜在万物背后的阴影纷沓现身。我记得他的书架上摆着厚重的书籍，好精致，裱着布书脊。我一个书名也不记得，也许是一套丛书，只是它们似乎跟渐暗的时光沆瀣一气。公寓的四壁仿佛眨眼间蒙上了毡布，跟电影院似的，将声音密匝地圈在屋里，或者不让别的声音进来。然而置身于那个空间，法官大人，在那样的光线下，我们两人既是观众，又是画面。抑或唯独我们两人脱离了岛屿，如今漂浮在无名的海域，漂浮在深不可测的黑水上。那时候，人们看我还是有些姿色的女人，甚至有人说我美丽，尽管我的皮肤一向不好。照镜子时，我只看见糟糕的皮肤，不安的神情，无意识地蹙起眉头。不过，和R在一起前，以及和他在一起时，不无男子坦言要跟我回家，一夜或者更长时间。丹尼尔和我站起身，走向客厅时，我好奇他是怎样看我的。

正是在那个时刻，他告诉我，洛尔迦一度在这张书桌上写过诗。我摸不准这是玩笑还是真事。这个比我年轻的智利旅人，竟得到这样一件珍贵的东西，好像不可思议。不过我决定当真，以免冒犯对我只有善意的人。我问他是如何得到书桌的，他耸耸肩，说是买的，但没细说。我原以为他会说，现在我把它给你，可他没有，只是踢了一下桌腿，不是很用力，而是轻轻一脚，满是敬意，然后挪开步子。

那时或是之后，我们拥吻。

她又往您的输液袋注入一支吗啡，把一根松开的电极在您的胸前搭好。窗外，耶路撒冷晨光熹微。一时间，她和我一起看着心电图仪上起伏的绿线。然后，她拉上窗帘离去，留下我们两人。

吻得叫人扫兴。不是吻得不好，这只是我们漫长谈话的标点符号，小括号里的注释，用来确定相互间深切的认同，意气相投的情谊，这些比性爱激情甚或爱情更稀罕。丹尼尔的双唇比我预想的阔大，在他的脸上不显大，但当我闭上双眼，他的嘴唇印上我的嘴唇，一息间，我觉得他的双唇要将我窒息。也许只是因为我习惯了R的嘴唇，非闪族人的单薄，寒冷天里会冻得发青。丹尼尔·瓦尔斯基一只手摩挲我的大腿，我抚摸他的头发，闻着像一条肮脏的河流。我想，那时我们正在谈论或者正要谈论政治的肮脏，丹尼尔·瓦尔斯基先是愤怒，尔后索然泪下，控诉尼克松和基辛格，以及他们的国际制裁、残忍的阴谋。这些手段，他说，是要遏制智利新鲜、年轻、美好的一切，扼杀希望。正是这个希望，将阿兰德医生一路送进拉莫内达宫。工人的工资涨了50%，他说，可这些猪猡，眼里只有他们的铜矿、跨国企业！一想到民主选举将出现一位信奉其他主义的总统，这些人就吓得屁滚尿流！为什么不能让我们清静地过自己的日子，他说道。那一分钟里，他的神情近乎乞求，甚至哀告，似乎我们的国家航船上心怀安忍的掌舵人，竟受着我的支控。他的喉结硕大，一咽口水，喉结就跃起。这时候，他的喉结不停地跳跃，如同海上翻腾的苹果。我不大懂智利的事,至少那时我还不懂。一年半后,保罗·阿尔珀斯告诉我,曼努尔·康特雷拉的秘密警察在深夜带走丹尼尔·瓦尔斯基的时候,我懂了。然而1972年春天的黄昏,我坐在他第99街的公寓里,奥古斯托·皮诺切特·乌加尔特将军尚在扮演谦卑内敛的陆军参谋长,和蔼地哄友人的孩子管他叫爹爹,那个时候,我是不太懂的。

奇怪的是,我不记得那一夜是怎么结束的了。当时纽约城沉入浩漫的黑夜。道别后,我离开他的公寓,这是显然的,或者我们一道离开公寓,他陪我走到地铁口,或是为我拦下出租车,因为在那时,附近的街区,甚至整座城市,都不甚安全。可我完全不记得了。大约两周后,我的公寓楼前驶来一辆搬家卡车,工人卸下家具。那时候,丹尼尔·瓦尔斯基已回故乡。

辗转两年。起初,我收到明信片。一开始,卡片上写着温煦甚至欢欣的句子:一切都好。我打算加入智利洞穴研究协会,别担心,不会耽误我写诗,这两项事业只会协济相得。我可能有机会去听帕拉的数学课。政治形势很糟糕,要是不加入洞穴研究协会的话,我可能会加入MIR[1]。好好照料洛尔迦的书桌,总有一天我会回来搬走的。啵一个,D.V.[2]。政变后,明信片的语气一转沉重,接着晦涩起来,再往后,明信片不再来,直到六个月后,我听说他消失了。我把明信片收在他书桌的抽屉里。我没有回过信,因为没有回信地址。那些年,我还在写诗。我写了几首诗,

---

[1] Movimiento de Izquierda Revolucionaria,智利左派革命运动。
[2] 丹尼尔·瓦尔斯基(Daniel Varsky)的首字母缩写。

或是关于或是献给丹尼尔·瓦尔斯基。我的祖母过世，葬在无人方便顺访的偏远郊区。我跟一些男子约会，搬过两次家，在丹尼尔·瓦尔斯基的书桌上写出第一部小说。有时，一连数月都不会想起他。我不知道那时候我是否已经知道格雷莫迪集中营，不过我敢肯定，我绝不曾听过伦敦路38号、阿尔莫斯拘留所，或者被称作性感眼罩的迪斯科音乐，因为拷问者施加性暴虐时喜欢放这种音乐。然而无论如何，我是知道一些事的。歪在丹尼尔的沙发上睡着，这是常有的事，我会做噩梦，梦见他们折磨他。有时，看着他的家具：沙发、书桌、咖啡几、书架、椅子，我的心底绝望透了。有时，只是郁结；有时，看着这一件件家具，我深信这里头藏着谜语，我得敲开他留下的谜。

我偶尔遇见认识或听说过丹尼尔·瓦尔斯基的人，大多是智利人。遇难后不久，他的文名鹊起。他被列入皮诺切特迫害的殉难诗人行列。拷打残害丹尼尔的人自然从来没有读过他的诗，他们可能根本不知道他写诗。丹尼尔消失数年后，在保罗·阿尔珀斯的帮助下，我写信给他的朋友，询问他们是否存有他的诗，可否寄给我。我想也许能出版他的诗，聊作对他的纪念。我只收到一封回信，他的老同学寄来的短笺，说他什么也没有。我一定是在信里提到了书桌，要不然，信上的附注就太令人费解了：顺便说一句，我不认为洛尔迦用过那张书桌。只有这些。我把信收进抽屉，跟丹尼尔寄来的明信片装在一起。我曾想写信给他的母亲，最后还是作罢。

又过了许多年。我结了婚，现在又独身，不过并非不快乐。

有些时刻，心头会掠过一种清澈，你能一眼看透四壁，看见另一个维度。但你可能会忘记看，或选择不看这个维度，以便能够在种种幻象里生活下去，使得人生，尤其是与他人共度的人生成为可能。我是这么看的，法官大人。倘若不是要给您说这件事，我可能不会想起丹尼尔·瓦尔斯基，或者鲜少想起，尽管我还留着他的书架、书桌、大箱——西班牙大帆船上的，或是海难后打捞的，离奇地用作咖啡桌。沙发开始霉烂，后来只得扔掉，我也不记得是什么时候的事了。有时我想一并扔掉其他家具。情绪低落时，这些东西总叫我想起一些宁愿忘掉的往事。比如，偶有记者采访，问我为什么不再写诗。我要么回答说，因为写不好或者写得太烂，要么说因为诗歌企求完美的潜能，这个可能性叫我不敢落笔。或者，有时我说，觉得自己被困在想写的诗里。这话听着像是说我们觉得自己被困在宇宙里，或者被困在无可避免的死亡里。我不再写诗，其实并不是因为这些，统统不是，不是这样的。实际上，要是说得出为什么不再写诗，我就能够再写了。我的意思是，丹尼尔·瓦尔斯基的书桌，我用了不下二十五年的书桌，叫我想起这一些。我一向只当自己是暂时的监管人，认定那一天终会来临，叫我得以卸下看管朋友——已故诗人丹尼尔·瓦尔斯基——的家具的责任，且不管会有怎样复杂的心绪，我就能自由地去任何想去的地方，甚至另一个国家。我迟迟不肯离开纽约，其实不是因为这些家具，可是被人问急时，我承认，我就拿这个借口搪塞，解释这些年来为何一直留在这里，尽管这座城市早已没有我眷恋的东西。但那一天果真来临时，却搅乱了我的生活,最后卷走了我的孤寂与安宁。

那是1999年,3月末。电话响起时,我正在书桌前写作。电话另一头的人说找我,我却听不出声音。我冷言反问,你是谁。这些年来,我学会了保护隐私,倒不是因为真有那么多人想侵犯我的隐私(是有一些人),而是因为写作要求写作者必须防范、固执到那样的地步,无由来地预先拒绝顺情,以至于把这份心态扩展到毫无必要的境况。年轻女子说我们不曾谋面。我问为何打电话来。我想你认识我的父亲,她说,丹尼尔·瓦尔斯基。

听到这个名字,我浑身一凛,不单是因为丹尼尔竟有女儿这一事实,叫我心中悚然一惊,或是我栖息如此长久的悲剧猝尔延伸,或是明白漫长的监护生涯终于告终,也是因为这些年来,我多少在期待这通电话,如今,尽管姗姗来迟,终归还是来了。

我问她是如何找着我的。我决定寻找,她说。可你怎么知道如何找我?我只见过你父亲一面,况且是很久以前。我母亲,她说。我不知道她说的是谁。她说,你写信给她,问她有没有我父亲的诗。不管怎样,说来话长,见面时我可以讲给你听。(当然,我们是要见面的,她很清楚,我不能拒绝她所索取的,但她的笃定仍叫我生起反感。)你在信里说,他的书桌在你这里。她说,你还留着吗?

我的目光越过房间,看着书桌。在这张书桌上,我写了七部小说。此时,待写成的第八部小说的底稿和笔记摞在桌上,笼罩在台灯光里。一只抽屉微启,大大小小十九只抽屉中的一只,此时,当它们即将从我眼前被带走的关头,我恍然领悟,这个怪诞的数目，这种奇谲的排列，也许在我的人生里扮演一种可说是神秘的引导法则。写得顺手时，这种法则仿佛透露着奥义。大大小小十九只抽屉，有的在桌面下方，有的在桌面上方，它们的世俗功能——这里装邮票，那里装回形针——隐藏着更加繁复的谋略。在千万个日子里，我看着它们，心里思索着写作，脑子里会慢慢现出蓝图，好似它们知道如何处置拗口的句子、关键的词语，叫我毅然决然地抛弃已经写下的一切，最后写出始终想写却写不出的那部书。这些抽屉代表了一种深层的、独特的逻辑，一种意识图案，除了精确的数目和排列，再不能用其他任何方式表达。或者是我夸张了？

椅子侧在一旁，等着我坐回去，转回专注的写作之中。这样的夜里，我可能会写到深夜，怔望莽莽苍苍的哈德逊河，直写得心力交瘁，头脑拙滞。无人催我就寝，无人强要我过双簧人生，无人要我去依顺。倘若来电话的是旁人，挂上电话后，我会坐回书桌前，这二十五年来，我的身体已习惯围绕着书桌，呈现因着长年在书桌前佝伏的姿态。

我一时思忖，想说早已送人或丢弃。或者只消告诉她弄错了，我从未得到过她父亲的书桌。她的希望是试探的，她给我留下回旋的余地——你还留着吗？自然她会失望，可我也不曾抢了她什么，至少并不是她拥有的。我还可以在书桌前再写上二十五年，甚至三十年，或者一直写，直写到头脑昏聩，写作的冲动消弭。

我毫不揣度后果，脱口应道：是的，还留着。回想起来，我纳闷自己究竟为何毫不犹豫地说出这句话。这一句话，险些令我

017

的人生当场脱轨。最明显的解释是应当这样做，甚或这样做是对的。法官大人，我知道这并不是真正的原因。以工作之名，我将我深爱的人伤得更深，眼下这个要从我这里拿走我的东西的人，却是陌生人。不是，我说出"是的"，正如我也这样写故事，因为感到非说"是的"不可。

我可以要回来吗？她说。当然，我答道，不假思索，不给自己反悔的余地，询问她何时来搬。我只在纽约再待一周，她说，星期六可以吗？那么，我计算着，还有五天时间跟书桌相处。好的，我说道。然而，我语调的随意与话出口时心绪的烦乱，这两者之间的对立，再没有什么可堪比拟。我还有几件家具，也是你父亲的，你全都可以搬去。

挂上电话前，我问她的名字。利娅，她说。利娅·瓦尔斯基？不是，她说，怀茨。然后，她叙事般地解释，她母亲是以色列人，七十年代初在圣地亚哥。大约在军事政变时，她和丹尼尔有过短暂的恋情，不久她离开那个国家。她母亲发觉怀了孕，写信给丹尼尔。她没有收到回信。他已经被捕。

之后是沉默，显然适合讲电话的细碎情节已经讲完；余下的，过于粗重，不能在电话里传达。我说，是的，这书桌，我保管很久了。我一直觉得有一天会有人来拿的，我跟她说，当然，我要是知道的话，早就还回去了。

她挂上电话，我去厨房倒了一杯水。我回到这个房间——用作书房的客厅，因为我用不着客厅——走到书桌前坐下，装作没事。可是，当然有事了，我瞪着电脑屏幕上的句子，电话响起时搁下的，心里明白这一夜是写不下去了。

我起身挪到读书椅上。随手拿起几上的书，却发觉心神恍惚，这在我是不常有的。眼望着房间另一头的书桌，正如以往无数夜晚，陷入困境却还没有屈服时，我就这么看着它。不，法官大人，对于写作，我不抱奥义的想法，写作跟别的手艺活一样。我一向认为文学能有多大的力量，就在于写作这个行动有多倔硬。因此，我从不相信作家写作需要特殊仪式。倘若有必要，我几乎可以在任何地方写，印度教会堂或者拥挤的咖啡馆。他们问我用笔还是用电脑，早上写还是夜里写，独个人写还是在人群里写，或者像歌德坐在马鞍上，像海明威站着，像吐温躺着，等等，好似这里头藏着秘密，能够弹开小说金库的锁，放出悬挂在每一个人体内的故事——俱已赋形，只待刊刻。不是的，叫我心绪烦乱的是失去熟悉的工作场景，只是感伤，绝不是别的原因。

这是个挫顿。这整件事赋有某种忧伤，这忧伤起始于丹尼尔·瓦尔斯基的故事，如今附着在我的身上。但也不是束手无措的。明天一早，我打定主意，就去买书桌。

入睡时已过午夜。心重时，我一向难以安眠。这一夜也不曾睡安稳，做着鲜活的梦。清晨醒来，尽管隐约记得像是经历了轰轰烈烈的事迹，却只记着片段：公寓楼外，寒峭的极北冷风径从加拿大、北极圈刮来，自哈德逊走廊呼啸而来，有个男子站在风头，冻僵了，我走过时，他求我拉他嘴里探出的红线头。迫于慈悲的压力，我应诺。可是拉扯着，拉扯着，红线竟在我脚下积了一堆。我拉得胳膊酸痛，可这男子朝我吼，要我继续拉，过了一段时间,也只有在梦里,时间才能这样被压缩,他和我都相信,红线另一头系着极要紧的东西;或许也只有我才有相信与不信的奢侈,对于他,这是生死攸关的事。

次日,我没有去买书桌,第三日也没有去。坐在书桌前,非但不能专注写作,更糟的是,回头读写下的文字,我发觉语句累赘,欠缺生命力与真实,文字背后毫无力量。我想用虚构作品最考究的手艺,如今明白我用的也不过是平庸的技巧,这种技巧,与其说揭示出潜伏在万物表面之下的骇人深度,不如说是将心思从实则肤浅的东西转开。我原想写出更简略、更纯粹的文章,卸尽缭乱眼目的装饰,赤条条地罄身直灼人心。实际上,不过是乏味臃肿的词语堆垒,没有张力和力量,什么也反斥不了,什么也推翻不了,什么也呼号不了。虽然为了这本书的内在机制,我苦思良久,终究没能找着组织碎片的方式,但我始终相信,在它的背后隐伏着一个图样。倘若能够区别这个图样与余下的东西,故事就能呈现所有的妙相,呈现思想的最简约性。一部只能以一种方式书写的小说,必须表达的正是这两者。可我如今明白,我是错了。

我走出公寓去清醒头脑,循着河滨公园走到百老汇。在萨巴店里买些吃食当晚饭,向芝士部的职员挥手打招呼。我看望祖母的那些年里,这个人就在这里。我绕过佝偻老妪——她们擦着厚重的脂粉,购物车里只载着一罐腌黄瓜,排到一个妇人身后,她不停地不由自主地点头——是的,是的,是的,是的——少女时代曾是脆生生的,即使当她要说不,不,够了,不。

回到家,依旧是老样子。次日,情形更糟。去年或前些年写下的文字竟也叫我厌恶。接下来的两日，我在书桌前做的仅是整理手稿和笔记，装进纸盒，清理抽屉里的东西。旧信，字迹潦草如今再也看不懂的零落纸头，从前丢弃的东西所残留的零碎，各种型号的变压器，印着与前夫 S 婚后住址的信纸，大多是无用的东西。一摞笔记本下压着丹尼尔的明信片。有一只抽屉深处装着一本发黄的平装书，想来是多年前丹尼尔遗忘的，一位叫洛特·贝格的作家的故事集，1970 年亲笔签名给他的。该丢掉的东西装了一大袋；余下要留存的，装到纸盒里，除了明信片和那本书，我将这两样东西装进黄皮大信封，没有翻看。清空了众多的抽屉，有些甚小，正如我方才说的，有些是寻常的型号，除了挂着黄铜小锁的那一只。坐在书桌前，这把锁恰好在右膝盖上。在我的印象里，这只抽屉一直锁着，我几次翻找钥匙，却毫无收获。有一次兴起，或者纯粹是百无聊赖，我找来螺丝刀撬锁，最终只是刮破了自己的手指。我经常希望上锁的是别的抽屉，因为右膝盖上方的抽屉最实用，想从众多抽屉里找东西时，我总会不自觉地伸手去开这只抽屉，随即生起一阵怅快，仿佛被遗弃的感觉。我明白这份感觉跟这只抽屉不相干，不知怎的却寄附在这只抽屉上。不知道为什么，我总以为抽屉里装的是那个女子写给他的信，丹尼尔·瓦尔斯基读给我听的诗里的那个女子，倘若不是她，那便是与她相仿的女子。

　　星期六午后，利娅·怀茨按响门铃。我开了门，看见门外的人，不由得呼吸急促：丹尼尔·瓦尔斯基，虽相隔二十七年，他端然如旧，俨然当年的冬日午后，我按下门铃，他开门站在门里的那副样子。只是眼下,如在镜中一般,一切掉换过来。或者说,时光似乎猝然止步,然后急急后退,取消它所造作的一切。也是那样瘦削,也是那样的鼻梁,虽有些偏大,依然透着秀美。然后,丹尼尔·瓦尔斯基的回音扩展到她的双手。天气虽晴暖,跟她握手时,我发觉她的手指却是冰凉的。她穿着蓝丝绒及肘小西装,系着红色棉围巾,两端洒脱地垂过肩膀,一如初读克尔凯戈尔或萨特的大学生,迎着风走过大学的庭园。她看起来很年轻,十八九岁的模样,不过我算了一下,意识到利娅该有二十四五岁,几乎恰是我和丹尼尔相识时的年纪。此外,她也不像朝气的学生,头发垂在眼前,叫人看着心惊,还有她深色的眼睛,近乎幽黑。

她进屋来,我看出她全然不似她的父亲。她身材小巧,玲珑飘然,几乎像个精灵。她的头发红褐色,不是丹尼尔的黑发。在玄关顶灯的照耀下,丹尼尔的影子从利娅身上退去。倘若在街上跟她擦肩而过,我可能不会觉得她似曾相识。

她的眼光立即落到书桌上,慢步挨近。她站在这头庞然大物面前,我能想象,对她来说,它比她的父亲更真实,更可企及。她一手搭着前额,在椅子上坐下。那一瞬间,我以为她会哭泣。她却将双手摆在书桌上,来回摩挲,然后拉出一只抽屉。我按捺着不快,容忍她的侵犯,也容忍她继而更甚的侵犯。她不满足于打开一只抽屉,看一看里面,而是接连拉出三四只,见里头全是空的,似乎才满意。一时间,我以为我会哭出来。

我想礼数周到些,也想阻止她再探查这件家具,就请她喝茶。她起身从书桌旁走开，转身环视房间。你一个人住？她问道。她的语气，或者说她扫视污渍斑驳的扶手椅旁零乱的书堆、窗台上积攒的脏咖啡杯时的神情，叫我想起在遇见她的父亲之前，自己在R搬空的公寓里索居的日子。那时候，朋友来看我，间或露出这样的怜悯。是的，我说。茶里加什么？你没结婚？她问道。也许是她直截了当的问法叫我愕然，我脱口答道，没有。我也不打算结，她说。不结婚？我问道，为什么不？看看你，她说，可以自由自在地去想去的地方，欢喜怎么过就怎么过。她把头发捋到耳后，又将房间扫视一遍，似乎即将转到她名下的，不只是一张书桌，而是这一整间公寓，甚至这一整个人生。

我意欲询问丹尼尔被捕的情形，拘在何处，有无如何、何处遇害的消息，却难以开口，至少在那一刻。相反地，在接下来的半小时里，我得知利娅在纽约城住过两年，在茱莉亚音乐学院学钢琴，直到某天，她决定再也不碰这自五岁起就被链在一起的庞大乐器。几个星期后，她回到故乡耶路撒冷。过去一年就住在那里，想弄清楚自己究竟想做什么。她回纽约取寄存在朋友家的东西，打算将那些东西，连同书桌，一道装船运回耶路撒冷。

我可能落下了很多细节，因为她说话的时候，我心里不时挣扎，想着这意味着把我作为小说家的人生里唯一赋有意义的东西——没有这个唯一的物质代表，剩下的都是轻飘虚幻的——转交给这个浪荡儿，她可能只是把它奉为父亲的祭坛，偶尔在它面前坐一坐。可是，法官大人，我能怎么办？都安排好了，她次日带搬家卡车来，把这家具运到纽华克的集装箱。要眼睁睁看着书桌被运走，这是我无论如何也受不了的，我跟她说我要出门，不过我会请求万拉德，粗鲁的罗马尼亚门房，给她开门。

次日大早，我把装有丹尼尔的明信片的黄皮信封搁在书桌上，驱车前往康涅狄格州的诺福克，一连八九个夏天，我曾和S在这里租度假屋。离婚后，我再没有来过。我在图书馆前停好车，下车舒展腿脚，看着中央绿地的时候，我突然明白，无论触动我到这里来的是什么缘由，我都不该纵容自己；况且我也不愿遇见熟人。我坐回车内，随后四五个小时，在乡村公路驱车漫游，驶过新马尔堡、大巴林顿、莱诺克斯，回溯我和S驶过数百次的路线，直到我们最后猛一抬头，发现婚姻已饿得殃殃。

我开着车，想起结婚四五年后的一天，我和S应邀出席当时住在纽约的德国舞蹈家的晚宴。当时S在剧院工作（如今剧院已倒闭），这位舞蹈家在那家剧院独场演出。公寓窄隘，挤簇着舞蹈家的古怪藏品。街头拾捡的，不倦的旅途中觅得的，他人馈赠的，全是用令他在舞台上叫人看得目眩神惊的空间、比例、时间和优雅编排起来。坦白说，看着舞蹈家穿着家居服，趿着棕色布拖鞋，现实地在公寓里走动，体内潜隐的肌体天赋绝少或毫无崭露的迹象，叫我觉得怪异，甚至沮丧。我想看到他从实用层面断裂，一个起跳或转身，爆发出真实的能量。同样地，稍过些时候，我便习惯了，沉迷地观看他的众多小藏品，看得痴了。我感觉亢奋，超脱。走进别人的生活时，我常产生这样的感觉。在那一瞬间，我以为似乎完全可能改掉积习，过上那样的生活。然而，次日醒来，这份感觉便已消逝，我又进入自己那熟悉、岿然不动的人生。某个时刻，我起身离开餐桌去卫生间，穿过玄关，走过舞蹈家敞着门的卧室。卧室空落落的，只有一张床、一把木椅，屋角设有点着蜡烛的小祭坛。朝南一面大窗，俯瞰夜幕下的曼哈顿下城区。三堵墙壁空无一物，只挂着一幅画，颜色鲜亮，画面错落着一张张脸庞，笔触明快、高昂，如同从沼泽里浮起，有些脸上戴着帽子。画上方的脸倒挂着，好像是画家放反了纸，或者画画时在膝盖上转了一圈，好够得着画。这幅画好诡谲，风格跟舞蹈家的其他收藏品不同，我细细看了一两分钟，才往卫生间去。

客厅壁炉里的火苗渐弱，夜色深沉。晚宴散了，取外套时，我竟开口询问舞蹈家那是谁的画，这叫我自己也吃了一惊。他说是儿时最好的伙伴。九岁时。我的伙伴和他姐姐一起画的，他说，不过我想大部分是她画的。后来他们把画送给我。舞蹈家替我穿上大衣。跟你说，那幅画有个悲伤的故事，他稍后又说道，似是补充说明。

一天下午，他们的母亲往孩子的下午茶里掺安眠药。男孩九岁，姐姐十二岁。他们睡着后，她把他们抱进汽车，驶到森林里。那时天色已暗。她把汽油淋在车身，点燃火柴。三人都烧死了。不可思议，舞蹈家说道，我原本很羡慕伙伴家的生活。那一年，他家的圣诞树一直留到四月。冷杉针变成棕色，落在地板上，我无数次跟母亲抱怨，为什么我们家的圣诞树不能像尤恩家一样留着。

故事讲得十分直白，讲完后，屋内一片沉寂，舞蹈家咧嘴一笑。也许是因为穿着大衣，公寓又暖和，我突然觉得闷热，头脑昏沉。我有很多问题想问,关于那两个孩子,关于他和他们的友谊,又怕自己会晕厥。一位客人拿这一夜的阴郁收场开了个玩笑,于是我们谢过舞蹈家,道了别。乘电梯下楼时,我竭力稳住身子,S却哼着曲子,似乎什么也没有察觉。

当时,我和S打算生个孩子。起初,我们想象我们会有孩子,可是总感觉得先解决生活里的其他事情,共同的或是各自的事情。度过的时光始终没有令我们下定决心,或者说没有赋予我们更清晰的感知,用来应付比眼前的艰难境况更复杂的人生。所以,尽管年轻时我相信自己想有个孩子,但三十五岁、四十岁时,仍旧膝下空空,我倒也不惊讶。也许看起来是踟蹰不前,法官大人,我想也许部分是的,但也有其他因素。我一直有种感觉,我会有时间,还会有很多时间,尽管相反的佐证愈来愈多。岁月流逝,镜中的容颜更改,我的身体已不如往昔,可叫我不敢置信的是,生我自己的孩子这个可能性,竟不得我的同意就过期了。

那晚回家的出租车里,我仍在思索那位母亲与她的孩子。车轮轻柔地辗过森林里的松针,林中空地上,引擎熄灭,后车座上,两个脸庞苍白的少年画家沉睡着,指甲缝里还嵌着泥巴。她怎么狠得下心来?我扬声对S说。这不是我想问的,可我当时只能说出这样的话。她疯了,他只是说,似乎这就说明了一切。

不久后,我以舞蹈家的儿时伙伴为题材写了故事。在德国的森林里,在他母亲的车里,他在沉睡中死去。我没有作任何修饰,只是添了一些想象。孩子们住的房子,春日黄昏和风的气息渗入窗内,孩子们亲手种在花园里的树,毫不费力地在我眼前浮现。两个孩子是怎样唱起母亲教给他们的歌，母亲是怎样为他们读《圣经》，他们是怎样把捡来的鸟蛋摆在窗台上，暴风雨的夜里男孩是怎样钻进姐姐的被窝。一家著名的杂志采纳了这个故事。故事发表前，我没有给舞蹈家打电话；发表后，也没有给他寄杂志。他经历，我利用，在我以为适当的地方作些添饰。从某种角度来说，法官大人，这正是我从事的工作。收到杂志时，我确实一时揣度舞蹈家会不会读到，读后会怎么想。不过我也没有思量很久，打量着杂志的大号字体刊印的文章，心里十分欢喜。往后一段时间里，我没有遇见舞蹈家，也没有想遇见他时该怎么说。况且故事发表后，我就忘了车里烧死的母亲和孩子，似乎将他们写出来也正是使他们消失。

我继续写作。我在丹尼尔·瓦尔斯基的书桌前写下第二部书，然后第三部书——大致以去年过世的父亲为蓝本。他在世时，我无论如何也不能写这个故事。他若读到这个故事，我敢肯定他会觉得遭到背叛。在生命的最后日子里，他彻底丧失了自控能力，他的体面也将他遗弃，然而直到临终前数日，他还是清醒而痛苦地爱惜他的体面。在故事里，我将他经受的羞辱浓铺曲叙，甚至描述他大小便失禁，我只得为他清洗。这件事叫他羞愧难当，数日不能抬眼看我的眼睛。他若能抹去面子，开口言及此事，定会祈求我，永远不要跟人提起。然而，我没有就此罢手，没有只满足于直述这些苦苦煎熬、极为隐私的场景，我父亲若能暂时忘记颜面，可能会承认，这些时刻与其说有损于他的形象，不如说更是人类共有的衰老、趋近死亡的凄惶境况。我没有就此罢手，而是将他的病困与遭罪，所有痛锐的细节，甚至他的死亡，作为我写作他的人生的机会，尤其是关于他的失败，他作为人，作为父亲的失败，一些只属于他的精确丰富的细节。我痛快淋漓地描述他的过错、我的疑惑，年少时跟他的激烈争斗，字里行间略作修饰（多半是夸张）。我毫不宽恕地描述他的罪孽，就我所以为的那样，然后宽宥他。当然，结局终归仍是得之不易的同情，故事的结尾仍是爱的凯歌，失去他的哀痛。小说出版前的日日夜夜，烦恶的情绪将我攫噬，将我卷裹在阴影里，令我心低意沮。做宣传采访时，我强调这是虚构小说，并且对于一些记者读者硬要将小说读成小说家的自传表示失望，好像根本不存在一种叫做小说家的想象力的东西，好像小说家所做的仅是忠实地记录，而非强劲有力的创造。我宣称作家自由地创造、篡改、表演、煽情、选择人生、试验，等等，并且引用亨利·詹姆斯的话，说那是一种"无限地增加"的自由，是一种"启示"。任何人，倘若真正追求过艺术，就能不自觉地意识到这一点。是的，这部以我父亲为蓝本的小说奔离全国各地书店的书架，要是不说飞离的话。我歌颂作家无与伦比的自由，除却她本人的直觉与想象力，任何人事都不能将她羁束。也许我没有这么说，话意却酌然：作家侍奉更高的事业，而这项事业，只有在艺术和宗教里，才可被称作使命。因此，对于那些她借鉴了人生的人，作家是无暇顾念的。

是的，我相信——也许如今仍然相信——作家不应该被她的作品可能产生的后果制约。她无须承担世俗的准确和写实。她不是会计师；她也无须作荒唐又违惑的道德罗盘。在故事里，她不受法律制裁。在生活里，法官大人，她逃不脱。

以我的父亲为题材的小说出版数月后，某日，我路过华盛顿广场公园附近的书店。走近橱窗时，我习惯性地放慢脚步，看看我的书是不是摆在橱窗里。那一瞬间，我看见舞蹈家站在收银台前，他也看见我，我们对眼看着。一秒钟里，我想急步走开，没有意识到这般紧张失措的缘由。可我只得打消这个念头，因为舞蹈家已举手招呼我。我等他找回零钱，来到店外寒暄。

他穿着俊雅的呢大衣，颈间系着绸巾。阳光照耀着，我见他显得苍老。不是很老，只是不再年轻。我问他过得怎样，他告诉我他的朋友，跟这年头很多人一样，死于艾滋病。他说不久前跟相处了很久的男友分手，上一次见他时还没有认识的人，他说他编导的舞蹈即将开演。尽管时隔五六年，我和S还在一起，还住在那间公寓。表面看来，似乎还是老样子。因此，轮到我提供新闻时，我只是说一切都好，我还在写。舞蹈家点点头。也许还露出微笑，那么由衷的微笑，因着我刚毅的自我意识，这样的衷心总令我惶遽、窘迫，因为我知道自己永远都不能笑得如此从容、坦荡、优美。我知道，他说。你写的我都读过。你读过？我说道，吃了一惊，豁地心慌。可是他又一笑，他的笑容似乎令我觉得安全，危险过去了，再不会提起那个故事。

我们往联合广场走去，一同走过几个街区，直到不得不转往各自的方向。道别时，舞蹈家俯首，捡去我大衣领口的毛球。这一瞬间的温情，近乎亲昵。跟你说，我把它拿下来了，他柔声说。什么？我说。读了你的故事后，我把画从墙上取了下来。我发觉自己再也不能看着它。拿下来了？我毫无防备地重复着，为什么？起初我自己也不甚清楚，他说。大约二十年了，它跟着我搬过一间又一间公寓，一座又一座城市。后来你的故事叫我明白了。什么？我想问，却没有开口。然后，舞蹈家——虽已显出老态，依然倦怠，依然风度翩翩——抬起手，举着两根手指，在我的面颊轻轻一碰，转身离去。

　　回家路上，舞蹈家的举动先是叫我困惑，尔后叫我气恼。表面看来，这个动作轻易地被误解为温情，可我越想就越觉得其中隐含着恩赐的意味，甚至羞辱。寻味起来，舞蹈家的微笑也渐渐不再挚诚，我宁可相信他这些年来一直在编排这个动作，时时演练，等着某天遇见我。至于吗？那天夜里，他不也是戏言般地讲这个故事？况且不只是对我讲，而是当着所有客人的面。我若是暗地里发现这个故事，比如偷看他的日记或书信（这是根本不可能的，我对他几乎一无所知），情形就会两样。此外，他若是带着依旧铭心的痛苦，倾心给我讲这个故事，情形也会两样。可他没有。讲故事时，他微笑而欢快，一如晚餐后，他微笑而欢快地给我们倒格拉巴酒。

　　我走在路上，不期路过游乐场。虽已近黄昏，圈着篱笆的游乐场仍然满是孩子，大呼小叫，嬉戏玩耍。这些年里，我住过很多公寓，有一次搬进一间公寓，俯瞰着游乐场。我发觉天黑前的半小时里，孩子的吵闹声格外响亮。我一直不明白这是由于日光暗淡后城市也安静了一个分贝，还是由于孩子知道剩下的时间不多,果真叫嚷得更欢。两三个词语或一阵笑声尤其出众,压过其他声音,往高空飞扬,听到这些声音,我不时从书桌前起身,望着底下的孩子。这一回我没有止步看他们。我的心思烦挐,回想跟舞蹈家的偶遇,几乎没有留心这些孩子,直到一声啼哭打断我的沉思。苦痛、惶恐的哭号。叫人心颤的儿啼直撕裂我的心扉,好似专冲着我来的。我遽然收住脚步,急急四下张望,满以为会看见一个孩子从高处摔到地上,血肉模糊,可是什么也没有,孩子们仍在奔跑戏耍,看不出哭声究竟从哪里传来。我的心突突地猛跳,肾上腺素汹涌翻腾。我的身心紧绷,随时要冲出去抢救发出这声可怕啼哭的孩子。然而,孩子们照旧玩耍,丝毫不受惊动。我的目光搜寻对面的高楼,暗暗以为哭声可能来自某扇开启的窗户,虽说是十一月里的阴冷天,家家紧闭着窗户。我紧抓着篱笆,久久地站着。

回到家来,S已出门。我就播放贝多芬A小调弦乐四重奏。大学时在一个男友的宿舍听过后,我就一直深爱这支乐曲。我还记得他猫着腰缓缓搁下唱针时脊柱的隆起。我以为第三乐章是所有音乐里最感人的,每每听到这里,总觉着自己独个人立在巨兽的肩膀上,览尽所有人类情感一如炭焦的风景。若有旁人在场,我从来不听那些叫我感动的音乐,这一支也不例外。我也不肯跟人分享钟爱的书。承认这一点,心里是有些难为情的。我暗自明白这揭示出我的天性所欠缺的某种本质或者自私,我知道这跟大多数人的直觉恰好相反。人们喜爱一样东西,就想跟人分享,触燃他人相似的情感,况且,倘若没有这种分享的热忱,至今我会错失多少最爱的书籍和音乐，尚且不提1967年的春夜，令我顿受鼓舞的贝多芬第132号作品第三乐章。可是邀人同享这支乐曲时，我便觉得听曲的愉悦非但没有膨胀，反而削减，觉得跟这乐曲不再亲密，觉得我的隐私受了侵犯。更叫我难以忍受的是见人随手拿起令我痴迷数日的书，不经心地翻着前几页。在旁人面前看书，在我也极艰难，我想我也从未适应，甚至在经年的婚姻里也不曾适应。不过，S当时在林肯中心剧院做票房经理，工作时间比以往长，有时还要一连数日去柏林、伦敦、东京出差。独居在家，我便滑进某种静寂，如同那两个孩子画的沼泽地，线条抽象的恶劣天气里浮现出一张张脸庞，厌厌然，一如灵光闪现之前的刹那。唯有独处时，我才能感受这份肃穆清和。最后，S开门进来，我就觉得心气沈滞。不过，他逐渐理解并且接受这个情状，径直走进无论哪个空房间。我若在客厅，他就往厨房去；我若在卧室，他就往客厅去。他走进那个房间，接下来几分钟里，忙着掏空口袋，或是将外国硬币归类，装进黑色胶卷筒，然后慢慢挪进我的房间。这些小小的举动总能将我的快意化为感激。

　　这个乐章结束后，我便关掉音响，不再往下听，到厨房煮汤喝。切蔬菜时，刀锋一偏，切着大拇指，我尖叫一声，声音里竟传出双重呼喊，另一个是孩子的声音。好像是从墙后传来，是隔壁公寓吧。我懊悔难当，叫得这样凄厉，竟似切着五脏六腑。我只得坐下。我承认我还哭了起来。我饮泣着，直哭得眼见凝在指头的血滴到衣衫上。我渐渐平息，扯了厨用纸巾裹好伤口，去敲邻居的门。一位叫贝克太太的老太婆寡居。我听见她双腿靸拉着，迟缓地前来应门，我报上姓名，耳听得她耐心地拔开众多门栓。她从硕大的黑框眼镜下睇目瞅我，不知为什么，这副大眼镜使她分外像穴居的小兽。哦，亲爱的，进来，见到你真高兴。陈腐的食物味直呛入我的鼻子，年深岁久的食物——她聊以度日的千万锅薄汤味道渗入地毯、软垫。我刚才听见这里传出一声喊叫。喊叫？贝克太太问道。听起来像小孩的，我说着，目光越过她，打量这间黑沉沉的公寓。这些兽爪家具拥塞在公寓里，她过世后，得费尽艰难方能搬出去。有时我看看电视，不过，我想没开着，我刚才坐在这里看看这本书。也许是楼下传来的。我没事，亲爱的，谢谢你关心。

我没有把这件事告诉任何人，连李奇曼医生，我长年的心理医生，也没有告诉。接下来一段时间里，我不再听见孩子的声音。可是那声叫喊驻在我心底。有时我在写作，猝然听见体内传出那一声叫喊，令我失神或慌乱。我开始觉得这声音里掺着嘲弄，起初没有分辨出来的底音。另一些时候，睡醒或醒来朦胧之际，我会听见一声喊叫。这样的早晨，我起床来，觉得脖颈被箍紧。茶杯、门把、玻璃杯，这些小东西上似乎附着隐匿的重量，起先不能察觉，只是觉得每一个动作要做得更加吃力，辗转克服这些东西，终于走到书桌前，我觉得自制力已消耗殆尽。词语和词语之间停顿的时间越来越长久，将思想化作语言的动力顿时受阻，冷漠的黑暗随时袭来。我想这就是我作为小说家的人生里，尽瘁半生不懈地抵抗，而实际上却极少顾虑的熵，抑或意志的软弱：向无言的潜流投降的引力。如今我滞淹在这些时刻，而这些时刻更是漫延开来，有时根本望不见对岸。终于抵达彼岸，一个词语犹如救生船一般浮现，接着又浮出一个，然后又是一个。我心意踌躇，朝它们欢呼。犹疑在心底扎下根，绵延到文字以外。如果作家怀疑自己的写作，却不对自己产生更深的怀疑，这几乎是不可能的。

大约正在此时，我养了多年的植物病萎。这是一株大缅榕，摆在公寓最光亮的角落，原本欢欢悦悦地长着，突然间却掉起叶子来。我把叶子收在袋子里，拿到植物店打听救治的方法。可是无人知晓这究竟是什么病害。我发了狂似的要挽救这棵植物，一遍又一遍地跟S絮叨试验过的法子。但病害依旧不能根除，缅榕最终还是死了。我只得将它摆到路旁，整整一日，它立在那里等垃圾车，我从窗口望着它，光秃的枝桠。垃圾工人将它搬走后，我还不肯罢休，翻阅养护观赏植物的书籍，研究粉蚧、萎枝、根瘤病的插图。直到有一夜，S来到我身后，合上书，双手搁在我的肩上，死死地按着，定定地看进我的眼睛，好似他在我的脚底抹了糨糊，必须把我牢牢按住，等待糨糊凝固。

缅榕这桩事就这样告终，我的烦乱却没有终结。不，我想可以说这只是开端。一天下午，我独自在家。S上班去了，我看了R.B.基塔伊的画展后回家来。我做了午饭，坐下来正要吃，猛地听见一声孩子的尖笑。声音如此切近，略微起伏的笑声后潜伏着某种意味。某种阴沉、扰人心绪的意味，震得我松开手里的三明治，忽地站起，椅子倒在地上。我奔入客厅，又跑进卧室。我不知道期望寻着什么。房间里静巍巍的。床边的窗户敞开着，我探身向外张望，看见一个小男孩，不过六七岁，独自走在街上，拖着辆绿色童车。

现在我才记起，也是那一年春天，丹尼尔·瓦尔斯基的沙发开始濡烂。一日下午，我出门前忘记关窗，暴雨刮进屋子，溻透了沙发。几日后，沙发散发出浓烈的恶臭、霉味，更有别的什么气味，一股酸腐味，好似雨水将潜藏在沙发深处的污臭尽然释放。门房来搬沙发，眉头拧成了结。很多年前，我和丹尼尔·瓦尔斯基在这张沙发上拥吻。沙发也落寞地立在路旁，等着垃圾工人将它搬走。

几夜后，我梦见自己在一间老式的舞厅，猛地从深渊般的梦里惊醒。一时间，我不知自己身在何处，然后翻转身，看见S在身旁沉睡。我的心安稳下来，但细瞧他时，发现他的皮肤竟不是人类的，而是如同犀牛般的粗糙灰皮。我看得那么真切，即便此时此刻，还能清晰地忆起鳞状灰皮的模样。在半睡半醒的蒙眬里，我吓坏了。我想伸手碰触，确定眼前的景象，又怕惊醒身旁沉睡的野兽。于是我闭上双眼，后来又睡着了，对于S皮肤的恐惧在梦里变形，我看见海浪把父亲的尸体冲上沙滩，看似死鲸鱼，却又不是，而是正在腐烂的犀牛。我得狠狠地将长矛扎进它的身体，才能拖着它前行。可是无论我多么使劲地往犀牛的腹部扎长矛，扎得还是不够深。最后，这具腐烂的尸体转到公寓大楼的道旁，就在萎死的缅榕、恶臭的沙发被遗弃的地方。不过，这时它又变了形，我从公寓五楼的窗口俯瞰，才发觉原以为的犀牛骸骨，竟是失踪诗人丹尼尔·瓦尔斯基的残骸。次日，我在大厅遇见门房，似乎听见他说，你可真会利用死亡。我停下脚步，转过身。你说什么？我问道。他冷静地打量我，我似乎看见他嘴角露出了哂笑。10号修楼顶，他说。很吵的，他加了一句，豁啷一声关上员工专用电梯。

　　我的写作继续糟糕下去。写得比往常更慢，不断苛责以前写下的文字，总感觉写下的都是错的、误人的，是天大的误会。我开始怀疑我并没有揭示出事物蕴含的深度，正如我一贯自诩的，也许事实恰好相反，原来我一直藏身在写作背后，用它来遮掩私底的欠缺，我这一生都是在将自己的缺陷瞒过别人的眼睛，通过写作，甚至也瞒过自己。年月移增，缺陷愈演愈大，也愈加难以隐瞒，从而写作也愈发艰难起来。怎样的缺陷？我想您可以称它为灵魂的缺陷。欠缺力量、活力、同情，以及与它们相伴随的欠缺意义。我只要笔耕不辍，就能沉溺于拥有这一些的虚幻里。我没有亲眼见着这种效力，但这并不意味着它不存在。记者常问我，你认为书籍能改变人生吗？（这个问题的真正意思是，你真的以为你所写的能够给任何人以任何启示吗？）我便趁机宣示，以无懈可击的思维试验，反请记者想象，如果从他的头脑和灵魂里删除这一生读过的所有文学作品，他会是怎样的人。又一次逃过直面真相的危境，我往后一靠，露出自得的微笑，眼看着记者沉思那冰冷的核冬天。

　　是的，效力的缺陷，先天的灵魂缺陷。我只能这样形容，法官大人。尽管我设法隐瞒了一些年头，将生活所呈现的一些无力，推诿给写作的另一种更深刻的存在。突然之间，我发觉再也不能做到。

　　我没有告诉S。其实也没有告诉李奇曼医生，婚后定期去看的心理医生。我原本打算说的，但每一回走进她的办公室，我竟不能开口说出来。这些潜匿在千百个词语和千万个小动作之后的缺陷，又可以安全地度过一周。这是因为如果开口承认这个问题，将它说出来，必然要撬起支撑一切的岩石，硬生生地闹出变故，生出往后数月或者数年都不能停歇的"我们的工作"，李奇曼医生这么形容。实际上呢，我拿着一套钝器作痛苦的自我挖掘，她坐在磨损的皮椅里，双腿搁在脚凳上，膝头平摆着拍纸簿。我从洞穴里探出头来，污黑了脸，刮破了手，紧紧抓着小小一块自我认知的金块，她便不时往拍纸簿里写点什么。

　　因此，我继续过下去，只是并非一如既往，因为我开始感到一种潜藏的羞耻，开始厌恶自己。在别人面前，尤其是S面前，他自然是我最亲近的人，这种感觉分外尖锐，独个儿时反倒能忘记些许，或者至少忽略它。夜里睡在床上，我远远蜷在一角；有时跟S在玄关撞见，我不敢抬头看他的双眼；他从另一个房间唤我，我必须聚集起力量，一股强烈的压力，方能迫使自己出声应答。他若是盘问我，我便耸耸肩，跟他说是因为写作，他若不置一词，任凭我怎样，给我留出越来越宽的床铺，一如以往我教会他这样做，我又要暗自生气，他竟不留意我陷在多么悲惨的境地之中，我的感觉有多么糟糕，多么生他的气，甚至嫌恶他。这叫我好沮丧。是的，嫌恶，法官大人，我不要独自一人担当，他因为不曾留心，这么多年里，竟跟这个欺瞒、口是心非的人一同生活。于是，不论他做什么，我都会心下怏怏。他在卫生间吹口哨，看报纸时嚅着嘴唇，非得一一指出美好时刻的美妙之处的习惯，所有这些，都叫我着恼。不生他的闷气时，我就生自个儿的气，为自己叫这男人伤透了心而生气，心里充满罪恶感。这个男人最容易感到幸福，或者至少是快乐，他有一份天赋，能使陌生人感觉自在，将他们吸引到身旁，人们不计麻烦地帮他，但他的阿喀琉斯之踵是糟糕的判断力，证据就是他顽固不化地要跟我拴在一起。我这样总是掉入冰窟的人，总叫旁人敬而远之，使得他们旋即防备，好似预感我会朝他们的腿肚踹上一脚。

尔后，一夜，他很晚才回家来。外头落着大雨，他浑身湿透，头发耷拉着，贴在头颅上。他走进厨房，仍穿着滴水的外套，鞋子沾满了公园里的泥巴。我一如往常在看报纸，他站在旁边，俯视着我，水珠滴滴答答落在报纸上。他的神色难看极了，起初我以为他经历了可怕、濒死的意外，或是在地铁的轨道上看见尸体。他说，你记得那棵植物吗？我揣不透他要说什么，湿成这样，眼睛亮晶晶的。那缅榕？我说。是的，那缅榕。你关心那缅榕的健康，胜过这些年对我的关心，他说。我吃了一惊。他吸吸鼻子，拭去脸上的雨水。我不记得你上回问我觉得哪样东西怎么样，问我对任何可能重要的事情的想法，是哪个时候了。我本能地伸手碰他，可他往后退。你迷失在自己的世界里，纳迪娅，迷失在你自己的世界里所发生的事，你关上所有的门。有时你睡着，我看着你。我醒来，看着你，觉得比你醒着时更接近你，你睡着的时候，不防备。你醒着的时候，倒像双眼紧闭着，像是在眼睑里看电影。我再也触摸不到你。以前我能的，现在不能，很久以前就不能。我想你该死的根本不想触摸到我。跟你在一起，我觉得更孤单，比跟任何人在一起都更孤单，甚至比独自走在街上更孤单。你能想象那种感觉吗？

他说了很久，我默默坐着聆听，因为我知道他是对的，一如两人相爱，尽管爱得不完美。两人努力构建共同的人生，尽管这人生也不完美。两人一起生活，眼见皱纹慢慢爬上另一个人的眼角。看着一滴灰色，似乎从罐子里倒出来，滴在另一个人的皮肤上，均匀地晕染开来。耳听另一个人的咳嗽、喷嚏、梦呓。一如两个人共同拥有一个想法，然后逐渐容许两个希望和雄心更小的不同想法取代这一个想法。我们谈到夜深，谈到第二天、第三天。我想说，我们谈了四十天四十夜，实际上只有三天。我们当中的一个人爱得更完美，更专注地看着另一个人。我们当中的一个人在聆听，另一个人却没有。对于一个想法的雄心，我们当中的一个人坚持得比原本应当的更长久，另一个人却在某夜路过垃圾桶时随手丢了进去。

我们对谈，就像拍立得照相机感应热，我感应 S 的伤痛，渐渐地呈现、洗印出一张我的照片，挂在数月来与我共生的另一幅照片旁。这个人，从别人的痛苦里寻觅自己的好处。别人受苦、挨饿、遭罪的时候，她远远躲在安全的地方，自得于自己独赋的敏识和洞察力，能够看透事物隐匿的对称。这个人，能够轻巧地说服自己：她妄自推崇的计划，是为了更伟大的善。但事实远不是如此，毫不搭界，甚至更糟，她是个骗子，将贫乏的心灵掩藏在词语的群山之中。是的,在那张漂亮的照片旁,我又挂上另一张照片:这样一个人的照片,这个人自私至极,自我沉湎至极,对丈夫的感觉置若罔顾,她所有的牵念与关怀,只用来想象、涂抹纸上的人们的情感生活,给他们配置内心世界,殚竭心力调整落在他们脸上的光线,抚去落进他们眼里的发丝。沉溺于心里所有这些挂碍,不愿受人侵扰,我几乎从未想过 S 的感受,比如说,他开门进屋,看见妻子黯然不语,佝背对着他,弓起双肩捍卫她的小王国;他脱下鞋子,查看信件,把外国硬币装进小胶卷筒的时候,是怎样的感受,想着当他最终踩过晃荡的索桥接近我时,我会怎样冷淡地对待他。我极少停下来考虑他的感受。

对谈三夜后,多年不曾这样说话,我们得出无可避免的结论。如同硕大的热气球缓缓飘浮,嘭的一声掉在草地上,我们的婚姻也如此这般过期了。只是离异的过程迁延、拖沓。公寓要转卖,书籍要分摊,不过,法官大人,没有必要说这些,真的,说来话就长了,而我觉得坐在这里陪您的时间不多了,所以我就不说两个人将共同度过的生活一寸一寸地撬开的痛苦,人的境况岌岌可危,刻骨的疼痛、懊悔、悱愤、负罪感,自我憎恶,恐惧与令人窒息的孤寂,同时也有解脱感,无与伦比的解脱感。我只想说,一切都结束后,我独个儿搬进了另一套公寓,周围是我自己的东西,还有丹尼尔·瓦尔斯基的家具,犹如一群龌龊的杂种狗,围着我打转。

我想您能够想象,法官大人。在您的工作里,您一定见过不少,人们一遍遍地述说他们的故事,故事里满是古老的错。有人也许以为我这样的人，具有足够的心理洞察力，能够揭露搭建起他人举止的微妙的小骨架，应当有能力自省这种痛苦，吸取教训，纠正一些，然后在这个疯狂的循环游戏里——在其中，我们永远咬着自己的尾巴——寻到出路。事实并不是这样，法官大人。过了几个月，没有多少时日，我把自己的照片翻过去对着墙，潜心写作另一部小说。

从诺福克回来，天色已暗。我停了车，在百老汇大街来回走，找尽借口，不敢回家去，拖延面对书桌消失的事实。最终还是回到家，玄关的桌上留着一纸短笺。谢谢你，纸上写着，字迹纤细得叫人惊讶。希望哪天再见到你。签名下面，利娅写下地址，耶路撒冷哈奥冷街。

在公寓待了十五分钟，或者二十分钟，久得足以让我的眼神瞟向书桌立过的幽深空荡，足以让我做好三明治，强打起十足的决心，搬出装着新书章节的纸盒，我遭到第一波袭击。仿佛迎头一棒，几乎没有预警。我的呼吸急促。整个房间好似朝我逼近，我仿佛掉进狭小的地洞。心脏兀突突地跳，我以为要突发心脏病。我彻底被这焦虑压垮了，如同眼看着所有熟悉的人和物都登上光明的大船远去，只剩下我一个人，被遗弃在黑暗的沙滩上。我捂着心口，大声说话，竭力叫自己镇静，在房里踱步——客厅变作书房，如今又不再是书房。我打开电视，看到新闻主持人的脸时，才开始略有些好转，感觉稍稍平静下来，但双手还是颤抖了十来分钟。

往后一周里，每日经受一次类似的突袭，有时两次。除了起初的症状，又添了胃痛、强烈的恶心，还有从没有想象过的细微事物背后似乎藏着很多莫名的恐怖威吓。起先只有在瞥一眼书稿，或者心里闪过写作的念头之际，一顷间，突袭便从四面攻来，威胁着要感染每一件东西。单是走出公寓这个想法，或是试图做一些于我有着无上益处的琐事，就叫我发憷。我站在门旁打战，想象着开门走出去，站到门外。二十分钟后，我兀自立在原地，唯一的变化是渗出一身冷汗。

没有一桩事在情理之中。以往一半岁月里，我在写作，每四年出一部小说，侍奉这个事业所涉及的情障，犹如迎敌千军万马，我也曾屡踬屡蹎。最糟糕的境况要属起始于舞蹈家与小孩的啼哭，也有过别的危境。有时顿觉沮丧，因为写作挑战着自信和目的感，几欲令我抱残退阵。这种时刻通常在两本书之间的空当出现，我习惯以写作内省，不能写作时，就只得呆望暗黑的虚无。然而，无论境况演变得怎样糟糕，我的写作能力，且不论多么嗫嚅、拙劣，未尝遗弃我。我向来自许体内振渣着战斗激情，向来能够募集起对手，将虚无转为有物，往前推，往前推，推向对手，冲破仍在震晃的敌营。可是这一回，这一回完全两样。这一回，我的防御不攻自破，对手犹如能够抵抗一切的超级病毒，悄无声息地溜过我的理性大堂，在我的浑身上下绵密地扎根后，才抬起可怕的脑袋。

遭受这些袭击的五天后，我打电话给李奇曼医生。离婚后，我再没有去看她，逐渐放弃了改造自己，以便更适合社交生活、大规模修缮自我地基的想法。我接纳天性所造就的后果，任凭习惯滑回——不无解脱地——不受羁束的状态。自那以后，我只是偶尔去看她，只在低落得长久不能自拔时，才会去看她。倒是常在路上碰见她，因为她就住在附近，正如曾经亲密而如今已淡忘的两个人，我们彼此挥手，略一停驻，似要止步，却继续各自走去。

我付出了巨大的努力，才把自个儿从公寓弄到她的办公室，只在九个街区外。我得不时停下脚步，抓紧电线杆或栏杆，从支撑里借取永恒感。终于坐进李奇曼医生的候诊室——摆满撩人怀旧的老书，我腋下的衣衫已汗透。门一开，她走出来，光芒从她精心梳理的金子般的发丛照射出来。过去二十年里，她的头发总是这样蓬松地绾在头顶，我没见过任何人梳这样的发式，她像是急着要藏起一样东西，情急之下就塞进头发里。我几乎扑将上去，倒在她的怀里。蜷进熟悉的灰呢沙发，周身围着这些过去频繁注视的东西，在我眼里，这些东西如今成了我的精神地图的里程碑。我描述过去两周的状况。在这一个半小时里（她设法为我空出两个疗时），几日以来，镇静感第一次试探着缓缓踱回我的体内。另外，甚至在讲述因恐慌而无所适从、讲述不知从哪里现身的怪物将我抓牢，将我弄得认不出自己时，在头脑里，我觉得已经得了解脱，如今这一切有李奇曼医生照看，我开始紧抓着这个本末倒置的愚蠢想法，法官大人，此外，这个想法也叫我找着逃生的路。我所选择的人生，多半时候容不得旁人，绝无大多数人的亲亲故故、琐碎的人情纠缠，唯有写作才有意义，我将自己隔绝，只为了这样的写作。若说这样的人生境况是艰难的，那就错了。我天性孤僻，静寂自喜，宁愿远离繁芜的人事，躲进虚构作品里，斟酌静穆的深长意味，而不要那不瞰不昧的现实；我宁要无状的自由，也不强要叫自己的思想受扼于旁人的逻辑与情绪。我尝试过各种忍耐共同生活的方式，先是同居，然后和S结婚，都失败了。回头想想，跟R相处时，我也有过快乐的时光，可能是因为他跟我一样无所用心，抑或更甚于我。我们都自闭在反引力外衣里，碰巧一同绕着他母亲的旧家具旋转。然后他穿过公寓的某个破洞偏走，去了宇宙里哪个遥不可及的地方。此外还有很多难逃一劫的恋爱，接着是婚姻，一旦S与我离婚后，我发誓不再尝试。之后五六年里，我也有极短暂的爱恋，男人想要更进一步时，我便拒却，断绝关系，缩回独个人的生活。

那么您怎么看呢，法官大人？您怎么看我的人生？您看，我以为，人总得作些牺牲。我选择没有约会的漫长午后，除了寻味一个分号时，心绪略有起伏，更无一事发生。是的，在我眼里，写作是纯粹自由、无须担待责任的行动。另外，倘若我忽视甚或无视余下的世界，那是因为我觉得余下的世界图谋劈斫我那自由，干涉我那自由，强要我那自由作出妥协。清晨夙夜，我开口跟S说话，词语才出口，就有了约束，更有了虚假的客套。更有了习惯。最要命的是善意、责任感、耐心地流露的关切。况且你还得竭力做得愉快、风趣。这委实累人，同时将三四个谎言编得密不透风，是够累人的。然后，明天、明天的明天，还得重复这些谎言。然后，你听到一声闷响，那是真相在坟墓里辗转。想象力的死亡是拖沓迟缓的，慢慢窒息而死。你想要筑一堵墙，围出一小块空地，使得这块空地跟外界有不同的气候、不同的规则，在这块地里种出不一样的东西。然而习惯照旧渗进来，如同掺了毒的地下水，你在这块地里能种植、收获的仅有呛咳与凋萎。我的意思是说，在我看来，两者皆得似是不可能的。于是我后退一步，恣心随欲，任由它去，撒手不管了。

我有个想法，在接受李奇曼医生的第一个疗程里开始酝酿，然后渐渐成形。这一段时间里，我尽可能频繁地接受治疗，并且辅以赞安诺抗焦虑药丸，终于把恐慌从梦魇挤缩为潜在的威吓。十个或十一个疗程后，我向她宣布，我决意外出旅行，就在一周之内。她自是愕然，询问去哪里。我的脑子里掠过许多可能的答案。这些年收到请柬的地方，也许可以再续有效性。罗马。柏林。伊斯坦布尔。我最后还是说出一直就在嘴边的答案——耶路撒冷。她双眉一挑。不是去要回书桌，你不要这么想，我说道。那是为何？她问道。阳光从窗外照进来，把她的头发，头颅上耸立的发浪，编成一团近乎透明的织物。几近透明，但又不是透明的，因此那个通向康健的奥秘还藏得住，虽也有些不合实际。但疗时结束了，我得以不回答。我们在门口握手道别。这个动作总叫我觉得怪诞，不合时宜，就好似你躺在手术台上，被开了膛，五脏六腑都给掏了出来，手术时间用尽，执刀医生应当拿塑料膜将这些器官细细包裹，放回你的膛腹，然后赶紧把你缝起来。那个星期五，我托万拉德在我外出期间照看公寓，吞下一粒赞安诺过了安检，再吞下一粒奔下甬道，登上飞往本古里昂的夜班航机。

真　善

　　我不支持这个计划，跟你说过。为什么？你责问，小眼睛里充满愤怒。你要写什么？我问。你给我讲玄之又玄的故事，四个人，六个人或者八个人，一同躺在房间里，身上搭着电极和电线，连到一头白鲨上。鲨鱼彻夜浮在照得澈亮的水箱里，梦着这些人的梦。不，不是梦，是噩梦，不堪承受的东西。他们沉睡着，这些可怖的东西通过电线离开他们的身体，涌进这条了不起的大鱼体内，这条伤痕累累的大鱼担得起所有集积的苦难。故事讲完后，我很久没有开口，沉默在我们中间蔓延。这些人是谁？我问。人们，你说。我看着你的脸，吃着一捧坚果。我拿不准从哪里开始说这小故事的问题，我跟你说。问题？你厉声说道，扬高嗓音。在你的眼底，你母亲看到暴虐的父亲手里成长的孩子所遭受的苦难，你终归没有成为作家，可这绝不是因为我在作梗。

　　那又怎样？该从哪里说起？在这一切之后，千言万语，无数谈话，不休的苦口婆心，电话、解释、盘问、强调、混淆、辩白，然后是长年的沉默。该从哪里开始？

天快亮了。我坐在厨房餐桌前，看得见前院的栅栏门，你随时要夜游归来。我会看见你穿着衣橱里翻出来的蓝风衣，弯腰松开生锈的门闩，走进院子。你会开门进来，脱下湿漉漉的帆布鞋，鞋侧沾着泥巴，鞋底粘着草叶，然后你会走进厨房，看见我在等你。

你和乌里还小的时候，你母亲时刻害怕自己会死去，抛下你一个人。独自一人跟我过，我给她指出。过马路前，她要左右观望三四次。她每一次平安地回到家，都是跟死神打了一仗，赢了小小的胜利。她搂着你和你的兄弟，但紧贴着她的总是你，久久不肯松开，你淌着鼻涕的小鼻子埋在她的颈间，似乎你懂得她刚才死里逃生，经历了危险。有一回，她半夜把我叫醒。那是苏伊士战争后不久，跟任何一个扛得动枪掷得动手榴弹的人都去打仗一样，我在这场战争里打过仗，正如我也上了一九四八年的战场。我想要我们离开这里，她说。你说什么？我问。我不要叫他们去打仗，她说。夏娃，我说，深更半夜的，很晚了。不，她说着，忽地坐起，我不会让这种事情发生的。你干吗操心这个，他们还是娃儿，我说，等他们长大，就没战争了，哪还会打仗，睡吧。三个星期前，营里有个家伙在我们帐篷外走，榴弹飞来，把他蒸发了。他给炸成了肉酱。第二天，那条众人用剩食养活的狗，叼来他的手掌，在正午的日头底下啃。我义不容辞地从这头饿兽嘴里抢下肢解的手掌。我用破布把它裹起，搁在床下，等着有人把它送去给他的亲人。后来，我被告知这些残缺部分不会被送回去。我没有打听它后来怎么处理了。我上缴了，他们以他们认为合适的方式处置了。我事后做过噩梦吗？夜里尖叫过吗？熬过去呗。这些事情有什么好说的？别想这个，我跟你母亲说，然后转身睡去。我想好了，她说，我们要搬到伦敦去。我们怎么生活？我问道，猛地翻过身，抓着她的手腕。一时间，她不吭声，倒抽着气，深深吸入一口气。你会找到法子的，她轻声说。

不过我们没有搬，我没有找到法子。五岁那一年，我来到以色列，我的一生几乎都在这里度过。我不会走。我的儿子要在以色列的太阳下长大，吃以色列的果子，在以色列的树下玩耍，指甲缝里嵌着他们祖宗的泥巴，要是有必要，为以色列上战场。你母亲一开始就明白的。在日光之下，在我的坚持之下，她蒙着头巾，照旧上街，出门跟死神打仗，凯旋地回家。

她去世后，我先给乌里打电话。随你怎么想。这么多年来，车库的门打不开，是乌里来修的；愚蠢的 DVD 机出故障，是乌里来修的；该死的废物 GPS 系统——在这个就邮票这么大的国家，谁用得着这玩意儿——嚷个不停（下一个红绿灯，左转！左，左，左！去你娘的，我偏要右转），是乌里来修的。是的，乌里来了，他知道按哪个钮能叫它闭嘴，我又能安生地想往哪开就往哪开。你母亲得了病，是乌里开车带她去医院化疗，一周两次。而你呢，儿子？这么多年来，你在哪里？你告诉我，该死的我为什么要先给你打电话？

先去趟家,我跟他说,把你母亲的红套装带来。爸,他说,声音像屋顶飘落的丝带一般恍惚。红的那套,乌里,黑纽扣的。不是白纽扣的,这很重要。一定要黑纽扣的那套。为什么非它不可?因为明确给人安慰。一阵沉默:可是,爸,她不穿衣服下葬的。乌里和我整夜守着她。你坐在希思罗机场等飞机的时候,我们坐在这个把你带到世间的女人的尸体旁,她害怕她死后,你得一个人跟我过。

再给我说一遍,我对你说。因为我想弄明白。你写下又擦掉。你说这就是职业?你,以你无限的智慧,说道,不,是讨生活。我冲着你的脸大笑,冲着你的脸,儿子!讨生活!我收起笑容。你以为你是谁?我问。你自己的存在的英雄?你缩回你自己。像一只小乌龟,脑袋一缩。告诉我,我说,我真想知道。你这样的人到底是怎么回事?

你母亲去世前两天晚上,我坐下来给她写信。我,厌恶写信的人,宁可抓起电话直接讲话。书信没有体积,我这样的人,就是靠体积叫人理解的。可是,好吧,没有通到你母亲的电话线,或者,也许电话线还是有的,只是那一头没有装电话机。或者,只是铃声响个不停,没人接起,老天啊,儿子,我干吗用这些隐喻。于是我坐到医院的餐厅,要给她写信,因为我还有话要对她说。我这样的人,不抱着精神相通的浪漫想法,肉体停止工作,人生就完了,结束了,落幕了,完蛋了。可我还是决定要让这封信陪她下葬。我从胖护士那里借来笔,在马丘比丘的古老山脉、中国的万里长城、以弗所遗迹的招贴画下写信,就好像要送你母亲到遥远的地方,而不是已经无处可去。担架车咣当咣当地从我眼前推过,濒死的人,秃头、萎缩,皮包着骨头,眼神定定地锁在我的身上。我低头看着面前的纸。亲爱的夏娃。接着就写不出来了。一个字也写不出来。我不晓得哪一个更糟糕,那双哀伤的小眼睛的祈求,还是白纸的谴责。想想看,你曾经想要耍笔杆生活!感谢上帝,我阻止了你。如今你可是大实干家,不过你该感谢人的是我。

亲爱的夏娃,接着是空白。词语像干树叶一样被风吹走。一直以来,她毫无知觉地躺着,我坐在她身旁的时候,我心里越发觉着,还有很多话要跟她说。我在头脑里滔滔不绝,说个不停。可这下子,努力挤出来的词语都乏味得很,虚假得很。我正要就此作罢,把纸揉成一团,突然想起西格尔跟我说过的话。你记得阿夫纳·西格尔吗?我的老朋友,写的书被翻译成很多小语种,但从来没有被翻译成英语,因此一辈子困穷。几年前,我们在里哈维亚碰面吃午饭。短短数年不见,他竟苍老了不少,叫我吃了一惊。毫无疑问他也这么看我。以前我们在鸡群里并肩工作,满脑子是团结友爱的理想。基布兹合作社的长老们认为遣我们去给鸡接种,扫干草堆里的鸡屎,就是充分利用年轻的天才的绝佳方式。现在我们坐在一起,一个退休的检察官,一个衰迈的作家,两人都老得耳朵里长出毛来。他佝偻着背。他说,尽管新近那本书得了奖(我从没听说过),但写得十分吃力。每写出一段话，就诅咒着要掷进垃圾桶。那你是怎么写出来的？我问。你想知道？他问。是啊，告诉我。好吧，他说，我们哥俩，告诉你也无妨。他探过桌来，对我耳语道：克莱多弗太太。什么？我问。不是跟你说了，克莱多弗太太。我不懂你的意思，我说。我装作给克莱多弗太太写作文，他说。我七年级的老师。没别人会看，我跟自己说，只有她会看到。她都死了二十五年，但这也没有关系。我想起她和蔼的眼神，想起她在我的作业簿上画的笑脸，心里就放松了。然后呢，他说，我就能写出一点来。

我的心思回到眼前的纸上。亲爱的，我写道，又停笔，我不记得我七年级老师的名字，也不记得六年级、五年级或四年级老师的名字。我记得地板蜡混着没洗澡的体味、粉笔灰浮在空气里的干燥感、糨糊和小便的臭味。可我完全不记得这些老师的名字。

亲爱的克莱多弗太太，我写道，我妻子躺在楼上，快要死了。我们在同一张床上睡了五十一年。她在医院的床上躺了一个月，每天夜里，我回家去，独自睡在我们的床上。她离家后，我还没有洗过床单。我怕洗过之后，我会睡不着。有一天，我走进卫生间，见清洁工在清理夏娃的梳子。你在干什么？我问。清理梳子，她说。别再碰那梳子，我说。克莱多弗太太，您明白我的意思吗？另外，反正我们谈到您了，鉴于我们是您的学生，请允许我问个问题。为什么我们总要学历史、数学，还有你年复一年教给七年级学生的这些上帝知道根本没用、根本不值得记的东西，却从来不教死亡？这门唯一有用的课程，却没有练习，没有练习册，没有期末考试。

你喜欢吗，儿子？我想你会喜欢的。受苦，正合你的胃口。

不管怎样，我没有再写下去。我把没写完的信塞进口袋，回到你母亲的房间。她躺在电线、导管、哔哔声和点滴丛里。墙上挂着一幅水彩画，牧歌般的山谷，还有些远山。我已经看得再熟悉不过。画得单调粗陋，可以说拙劣透顶，像是用数字填画的绘画套装画的，就像纪念品摊贩卖的简易风景画，不过那个时候我打定主意，最后离开这个房间时，一定要把它拿下来，连同廉价的画框带回家去。在这许多日子、许多时刻里，我盯着它看，我也说不清楚，在我眼里，这幅糟糕的画竟有了象征意味。我跟它求过、辩过、争过、咒过，我觉得自己跟它融为一体了，钻进那个不称职的山谷，我渐渐觉得它对我赋有什么意味。于是在你母亲还抓着这不仁的残生之际，我打定主意，她撒手之后，我就把它拿下来，掖进外套，偷带出去。我闭上双眼打盹。醒来时，护士围在床边。她们仓促地忙碌一阵，然后分散开来，你母亲静静地躺着。离开这个世界了，她们这么说，多瓦勒，好像还有别的世界似的。画是钉死在墙上的。这就是人生，儿子。要是你以为自己是独一无二的，那就再想想吧。

我陪着她的尸体去太平间。最后看着她的，是我。我拉起床单盖在她的脸上。怎能做到？我一直想着。我怎能做到，看看我的手，它伸出去，一下子捏着布了，怎么做？这是我最后一次看着这张脸，我琢磨了一辈子的脸。熬过去呗。我伸手从口袋里掏纸巾，拉出的却是那封皱巴巴的信，写给阿夫纳·西格尔的七年级老师。我想也没想，把信撸平，平整地折起，塞进去给她。我把信放在她的胳膊肘边。我相信她会明白的。他们把她放进墓地。我的膝头一软。是谁挖的？我突然非知道不可。他肯定挖了一整夜。我挨近这个万恶的地洞，脑子里冒出荒唐的想法，我得找着他，给他些小费。

某个时刻，你来了。我不知道是什么时候。我转过身，看见你穿着黑雨衣站在那里。你老了。依旧很瘦，因为你得了你母亲的基因。看你，站在陵园里，负载着她的基因的唯一幸存者。乌里，用不着我跟你说，一直像我。你这么站着，伦敦来的大法官，伸出手来，等着接过递给你的铁锹。你知道我在想什么吗，儿子？我想掴你一巴掌。当时当地，我想扬手一巴掌，扇在你脸上，叫你自己去找一把。可是为了你母亲，她从来不愿意吵闹，我把铁锹递给你。我实在不能克制自己，可还是递给你，瞪眼看着你弯下腰，把铁锹插进松土。你双手微抖，挨近地洞。

葬礼后，大家都到乌里家。不是在我家，不是七日后。我原以为能够忍受的，可我还是熬不过去。孩子们挤在客厅看电视。我看着周围的客人，突然觉得多一刻也不能忍受。他们的哀悼是表面也好，沉痛也好，都叫我受不了。他们中又有谁真的明白失去的是什么？我受不了他们的慰问里包含的正义，他们虔心的蠢辞，受不了夏娃的老友，或者老友的女儿的同情，受不了慎重地搭在我肩头的手，长年养育孩子，送他们入伍，在中年的阴郁山谷里放牧丈夫，令她们噘起了双唇，皱紧了眉头。我一声不吭地搁下没有动过的盘子，不知是谁装了一盘吃食递到我手里，堆得满出来，可是跟我的哀痛相比，这堆食物的重量轻微得叫我厌恶。我走进卫生间，反锁了门，坐在马桶上。

没过多久，我听见有人喊我。不多时，又有人加入搜寻。我见你走过花园，嘴里呼喊着，透过窗玻璃，你的身形扭曲。你！呼唤我！我差点笑起来。看着你，我突然觉得你就像十岁那年，在拉蒙火山口的荒道上乱奔，跑得喘不过气来，小嘴大张着，汗水顺着你的脸庞滚落，滑稽的太阳帽耷拉在头顶，像枯萎的花朵。你不住地呼唤我，以为自己迷了路。你知道吗，儿子，我一直就在那里！趴在岩石后，就在悬崖上几米外。是的，你在呼喊，尖叫，相信自己被遗弃在沙漠里的时候，我就躲在岩石后，耐心地观望，如同救下以撒的羔羊。我是亚伯拉罕，我是羔羊。我任凭你独自张皇失措，十岁的男孩直面自己的渺小和无助，直面彻底地孤身一人的噩梦，究竟过了几分钟？我不知道。最后我确定你已经学到了教训，你已经很清楚自己是怎么也离不了我的时候，才从岩后出来，神定气闲地走下小道。慌什么，我说，叫什么呢，我不过是去撒泡尿。

是的，三十七年后，我透过卫生间的窗玻璃望着你，突然想起这一些。有一种流行的荒谬说法，说是年轻时强烈的情感会随着时间推移而沉淀下去。真是胡扯。哪来这样的事。人会学会控制、压抑这份情感。情感本身可不会沉淀。它只是把自个儿浓缩起来，深扃固钥，藏到更周密的地方。要是一不小心跌进这样的无底洞，那是痛不可当的。现在呢，我发现遍地都是这样小小的无底洞。

你呼唤我，唤了二十分钟。孩子们也加入，现实的推理案件将他们从电视机前诱开，要是幸运的话，兴许还是突发事件呢。透过窗玻璃，我看到最小的那一个，在草地上拖我的毛衣。大概要给狗留下我的气味。他们都这么有学问，这些侄孙儿侄孙女。把他们的学问收集在一处，足够管辖恐怖的小国。他们说起话来信心十足，他们手握通往城堡的钥匙。我是他们寻找的半块无酵饼。游戏持续了几分钟，我听见这群小鬼来挠卫生间的门。我们知道你在里面，他们嚷道。开门，沙哑的童声叫道，然后其他人加入，小拳头雨点般打在门上。我拍拍膝头的淤青，不晓得是什么时候磕碰的。我已经到了这样的年纪，淤伤不是由于外部的意外，而是来自内部的故障。乌里来了，喝止这群野兽。爸？他在门外说。你在里头做什么？没事吧？对于这个问题，答案有很多，但没一个是完全的。你没有手纸吗？尖细的童声叫道。沉默，脚步声远去，又靠近。我听见门把手被拉动，未及反应，门就震动着打开了。人人盯着我看，孩子群里发出咯咯的笑声，稀落的喝彩声。最小的那一个，我的小科迪莉亚，走进来，碰一碰我膝头的淤青。其他人当然都散去了。乌里脸上闪过不安的神情，我从来没见过他露出不安的神情。别紧张，儿子，我只是撒泡尿。

不，我这样的人，没有死后有灵的浪漫想法。这是我想自诩教给儿子的，身在物质世界时，你就尽情受用，因为这也是人生的意义之一，没人会说你的不是。品尝、触摸、嗅吸，痛快地塞个饱。其他的东西，心灵和头脑里的那一些，只是活在无常的阴影里。可惜这一课对你来说实在不容易，而且你最终也没接受我这一套。你砸痛自己的脚，然后耗费数年解释这份痛楚。全盘接收我这一套物质胃口说教的是乌里。白天夜里，不管你什么时候去乌里家敲门，他一准嘴里嚼着吃食来开门。

夜里，客人散去，留下大盆搅得稀烂的鹰嘴豆糊、鸡蛋沙拉、腥臭的白鲑、在我们眼前发霉的皮塔饼。我看见你和乌里在厨房里凑头说话。你把年老的父母掼给他一人负担。他开车载我们去这里去那里，在候诊室陪我们等待，不时来我们家里探一探，查查这个问题，听听那个抱怨，找着没人找得到的那副眼镜，理清人寿保险单上不明白的地方，约来修理工修屋顶，或者得知我爬不上楼梯，已在楼下的沙发上睡了一个月，一声不吭地给我装了缆车。想想看，多维克，缆车，这样，不论什么时候，只要我想，就能像高山滑雪者一样在楼梯里飞上飞下。要是这些不够的话，他还每天早上打来电话，询问我们夜里睡得怎样；每天晚上打来电话，询问我们一天过得怎样。他做这一些事，没有发过一句牢骚，没有怨愤，他完全可以理直气壮地冲你发火。我往厨房里张望，嚄，你俩站在一起，脑袋凑着脑袋，两个大男人，压低嗓门说悄悄话，跟你们小时候一模一样，投入地谈论从前爱说的任何话题，也许是关于女孩子，她们光滑的长发、屁股和胸脯。不过这一回，我知道你们在说我。现在要琢磨法子怎么对待你们的老头子，但是一点头绪也没有，正如你们从前不晓得怎么对待一对乳房。要是琢磨的人是乌里，我是没有意见的，我已经习惯了，乌里的做事方式从来不会伤我的自尊。哦，上帝保佑，要是有一天，我连撒泡尿都抓不住鸡巴，乌里也会想出法子来帮我，却还维护着我的自尊，给我讲个适宜的笑话，有趣的故事，比如前些天在超市发生在他身上的事。这就是乌里。可事实是你突然插进一脚。这么多年来，你母亲和我摸索碰磕，渐渐老衰的时候，你默默地远远离开；你，如今突然横扫进来，馈赠你的慷慨，佯作这一切也有你一份，脸上挂着叫人憎恶的焦灼。我实在受不了这个。这是在干什么？我说。你转过身，在你的眼底，在伪善的慷慨底下，我似乎看见旧恨的火苗，你一直酝酿着的，十七、十九、二十岁时经常向我泼的火苗。我高兴起来，儿子。又见着它了，实在叫我欢喜，就像见着久不通音信的亲人。

没什么，你说。你一向不善于撒谎。我们在说怎么处置这些食物。我没有理你。我要回家了，乌里，我说。爸，他说，你真不想在这里过夜？蓉妮特可以把客床铺起来，床垫是新的，舒服得很，我还被迫亲身试了几夜。他咧嘴一笑，因为他这样的人，能够拿自己开涮，反正他又不会失去什么。刚好相反，他越是拿自己开涮，越是要人们嘲笑他，他就越欢喜。这让你困惑吗，多弗？有人竟能坦然接受嘲笑，甚至能邀人来嘲笑？你一向担心被人愚弄。要是有人敢笑话你，你就恼怒起来，在私人账簿里给这人记上一笔，这就是你。看看你现在：中级法官。要是顺当

057

的话,他们哪天还会叫你坐在英国高级法庭吧。审判重大的犯罪案件,最最重大的。不过你老早就开始训练。高高坐在上面,审判,谴责。对你来说,这些是天生的。

不用,多谢了,我说,我想回家。乌里耸耸肩,喊来蓉妮特装些食物,出去拿车钥匙。吉拉德神情坚定,径直朝我走来。这些年来,我头一回见他头上没有戴着巨大的耳机。我转头看,以为他朝我身后的什么东西去,转回头来,跟他撞在一起。这男孩,几乎不能再说是男孩了,十五岁的男人-孩子,往我身上挤来,碰撞或者压力,却原来是拥抱。拥抱,多维克,这个孙儿,数年来回答我的问话时,鲜少超过两个字,这时却攀在我身上,双眼紧闭,龇牙咧嘴。显然是竭力忍着眼泪。我捶着他的背,好了,好了,我对他说,奶奶很爱你。我只需这么做,这孩子就掏心摸肺,口沫飞溅地倾诉,号啕得一塌糊涂。因为没有人教过他什么,甚至在这个死与生交叠的国度,没有人教过死亡,现在他尝到了死亡的滋味。他不是为她哭,不是为他奶奶,他在哭自己:他,有一天也会死。在他死之前,他的朋友会死,朋友的朋友会死,时间过去,朋友的孩子会死,要是他命苦,他自己的孩子也会死,于是他哭起来。我沉默地安慰他(我有个感觉,即使在这种脆弱警惕的状态,这个男人-孩子也听不见任何词语,他只听得见覆着皮革的巨大耳机传出的词语)。乌里晃着钥匙走进来。你劈手拦着他。你,就我所知,连个屁都不懂。我带他去,你说。他?我差点吼起来。他?好像我是等着被送去上舞蹈课的孩子。乌里瞅我一眼,估摸我的反应。乌里把我家车库的遥控器夹在他车里的遮阳板上，跟他自家的车库遥控器并排。他就是这么频繁地用它。可我能够说什么？吉拉德还攀着我。你把我搁在难堪的境地。对于你的出手相助，我怎能开口说出真实的想法。怀里这个发育过快的孩子，死死地抓着我，在消化这个震骇：他知道的一切，所有这一切，我们所有人，都不能长久。他需要支持，需要安慰。

于是五分钟后，绝不是出自我本意，我发觉自己坐进了你租来的车里，膝头搁着蓉妮特的包，里面是装满食物的塑料盒。车内是黑皮革。这东西是什么？我厉声问。宝马，你说。德国车？我问。你开德国车送我回家？哦，你是大人物，不能跟别人一样开辆现代？现代不够好？你非得特地多花钱租纳粹儿子造的车？死亡集中营那些看守的儿子？难道我们还没看够黑皮革？让我下车，我说，我宁可走回去。爸，你恳求道，在你的声音里，我听出一丝不能辨认的东西。在扬高的声调里，隐藏着什么东西。拜托了，你说，别让我求你，今天够累的。这一点你倒是对的，于是我别过头，瞪着窗外。

你还小的时候，星期五早上，我常带你去市集。记得吗，多瓦勒？我认识所有摊贩，他们也认识我。他们总有东西给我尝。抓些枣子，我对你说，一边和水果贩扎古力激动地争论政治。五分钟后，我侧头看你，你的神情古怪疏远，两根手指捏起枣子一颗颗地查看。我一把夺过装着这些可怜小东西的袋子。这样我们会饿死的，我说。我抓了两三把，扔进袋子里。我没见你吃过一颗。你说它们长得像蟑螂。集上有个阿拉伯老人会用黑纸剪人影。想剪的人坐在木箱上，阿拉伯人看看那个人，双手飞快地剪起来。你双眼看着，身子往后缩，担心阿拉伯人会剪到手指，不过他从来没有。他飞剪一番，然后递出纸片，浓缩了那个人脸庞的特征。在你看来，他是毕加索一般的天才。你在他面前看得痴迷。没人来坐木箱的时候，阿拉伯人就在磨石上磨剪刀，嘴里哼着悠悠繁复的曲子。有一天，我带着你和乌里，走到阿拉伯人面前时，也许是心里自豪，也许是大方，我说，儿子，你们谁想剪个剪影？乌里蹿上木箱。他聚集起少年的所有庄严，摆出姿势。阿拉伯人透过低垂的眼睑看他几眼，下刀便剪，数刀就呈现我的乌里那自豪的轮廓。他的鹰钩鼻，袒露着人生里所有潜在的荣耀。他跳下木箱，接过肖像，乐开了花。他哪晓得失望和死亡？什么也不晓得，一如阿拉伯人的肖像呈现的。你紧张地坐上木箱，之前有无数人坐在上面，接受这位超能艺人的打量，然后浓缩成一根不断裂的线条。阿拉伯人开始剪。你岿然不动地坐着。然后我见你双眼一闪，一霎，眼光落到地面，地上散着剪纸掉下的黑纸头。你抬眼看进阿拉伯人的眼睛，张大嘴巴，尖叫起来。你尖叫着、哭号着，说什么也不肯停下。你这是疯了，我对你说，抓着你的肩膀摇晃，可你还是尖叫哭号。回家的路上，你落在我们身后三尺多远，一路哭着。乌里紧抓着他的剪影，不安地回头看你。后来，你母亲给他裱了相框。我不晓得你那个去了哪里。兴许阿拉伯人扔掉了。兴许还留着，以备我回去要，因为我付了钱。不过我没去要。自那以后，你不再跟我上集。儿子，你明白了吗？明白我当时的处境了吗？

你开车载我回到我们的房子，你母亲和我的房子，只是现在不再是她的了。她在地下度过第一夜。就算现在，我还是无法这么想。克莱多弗太太，这叫我喉头一紧，想想我妻子没有生气的身体被压在两米厚的泥土下。可我不会逃避这个事实。我不会为了安慰自己，就想象她在我周围的空气里飘荡，或者在她去世几天后，花园来的那只乌鸦是她的变形，没有伴侣，在花园里栖息。我不愿用这些捏造贬低她的死亡。砾石在你的德国车轮下嘎吱响，我们缓缓停下，你熄了火。山巅的天空是厚重的靛青，透着最后一道光。房子却已笼罩在黑暗里。在戛然的沉默里，听着引擎微弱的熄火声，我突然记起我们从葡萄园区搬来的那一天。你记得吗？一整个上午，你关在房里，从鱼缸里舀出鱼来，装进盛满水的塑料袋，为它们提心吊胆，不时松开袋口看一看。我们在房子里来回奔忙，拿胶带封箱子、搬家具的时候，你细心地为你的鱼、亲爱的乌龟打点，准备这次旅行。你倾注在那只爬行动物身上的心思！你让它在花园里伸展腿脚，每天让它晒一晒太阳。你盯着它暴凸的小眼，寻找它灵魂里的秘密。你母亲买错了包心菜，你气得哭叫。因为她竟这么迟钝麻木，竟然买红的，而不是绿的。我冲你吼回去，骂你是不知好歹的畜生。盛怒之下，我一手拎起你的朋友，提在转动的食物调理机上。它绝望地挣扎，想把腿缩进安全的壳里，可我死拧着它的腿，加速调理机。你发出令人毛骨悚然的尖叫。那一声尖叫！好像要被扔进旋转刀片下的是你自己。我浑身颤过一阵快感。事后,你逃回房间,把那可怜的东西搂在怀里,深情地抚慰,你母亲的脸僵成了岩石。我们争吵起来,每当事关着你,我们总会争吵,我说她要是以为我会纵容你这种行为,那她就是疯了。可她呢,自打你学走路起,就急切地吸收每一本儿童心理学书,生吞下每一套理论,试图说服我,要我相信,对你来说,那只乌龟是你的自我符号,我们要是不把它的需求放在心上,对你来说,就是不把你的需求放在心上。你的自我符号,哦,上帝!在那些荒谬理论的指导下,她找到扭曲自己的方法,挤进你的小头颅,这样一来,她不光能理解,并且能同情你的感受,在你的信念里,买紫叶菜,没买绿叶菜俨然是情感的殴打。我听她说完。我任凭她在理论里纠缠,累坏自己。然后我告诉她,你疯了。要是你看自己是臭烘烘、可憎、没有头脑的爬行动物,那么是时候跟对待爬行动物一样对待你了。她愤怒地冲出房子。不过,半小时后她又回来,手里抓着一棵可怜的绿色包心菜。她在你房门外恳请、哀求、低语,求你放她进去。几个月后,我们在橄榄园区买了房子,你坐了一宿,琢磨怎样才能安全地转移乌龟。一整个上午,你谨慎地把鱼分装在袋子里,跟乌龟作心理咨询。我们开车前往新房子的路上,你死死抱着腿上的鱼箱,我每转过一道弯,这乌龟就滴溜溜地打滑,直撞到箱角。你的眼眶含着泪,以为我好残忍,可你太高估我了:我哪有能耐这么蓄意地施加酷刑呐。你这珍贵的宠物最终却不是惨死在我手里。有一天,你放它出来晒太阳,回来时,它肚皮朝天躺着,壳给撬开了,真正的野兽来袭。

我们搬来没多久,你开始夜游。你以为没人知晓,可我知道。你从来不信任我,可我保守着你的小秘密。在那些日子里,我常半夜饿醒。我会到厨房里,站在冰箱前撕烤鸡肉吃,饿得来不及拿盘子装,来不及坐下,甚至来不及开灯。有一夜,我站在黑暗里吃鸡肉,见有个黑影穿过前院,细杆状的形影,不知从哪里借来运动的能量,从草坪上移过。它停下半晌,好像是看见听见什么,吸引了它的注意。月光暗淡,我看这个细杆形影不像男人,不像女人,也不像小孩。也许是动物。狼,或者野狗。黑影又移动,转过房子,不多时,我听见门轻轻开启,接着是一串又快又准的动作,是那种在相当熟悉的地方的动作,我才明白那是你。

我站在厨房里,一动也不动,直到听见你上楼进了卧室。我去看你的帆布鞋,沾满泥污,倦乏地躺在门旁。我想知道你鬼祟的小远足是在干什么,你在惹什么麻烦,跟谁一起。虽然要是有人一起的话,也只能是什洛莫。他究竟怎么了?什洛莫,你曾经跟他好得跟连体婴似的,你俩用旁人不能破译的密码、内部语言交流,比如鬼脸、瞪眼、抽搐之类的。是的,我敢肯定你的午夜游荡跟他有关,你俩在课堂上设法传收几记面部肌肉抽搐,搞出什么愚蠢的计谋,而克莱多弗太太呢,面容沉痛,往你们的脑袋里硬灌那两千年的历史,总是两千年,然后她叫你坐到对面的角落里去。我本打算第二天早上责问你。你下楼来吃早餐,脸上却丝毫没有昨夜冒险的迹象,我揣度你可能是梦游。但四五天后,我凌晨两点下楼来，正在吞咽最后一块炸牛排，见你又从前院小径进来。月光皎洁，我瞥见你脸上露出最静谧的神情。

现在，你陪我走上同一条前院小径，我摸索着钥匙，你等待着，我心里闪过一阵窃喜，幸好出门时没有开廊灯，你看不见我的双手突然发抖。终于开了门，打开灯。我没事，我说，你可以走了。我这才低头看，见你拎着提箱。我看看提箱，又看看你。看着你的脸，很久没有看了，真正地看，看你的脸。你老多了，是的，但你的脸上还有别的什么，你眼底的某种东西，或者是你歪斜的嘴角，透露着痛苦，却又不只是痛苦，更强烈的，是一种被世界打败的神情，似乎你终究还是落败了。我心里一震。大开杀戒的感觉。就好像你母亲走了，这下子她再也不能来缓解你的痛苦，照料你的痛苦，将你的痛苦感觉为她自己的痛苦。这下子任凭我处置它了。试想一下，你这一生，你的痛苦多叫我恼怒。你的犟脾气，你的决绝，你的内向，最气人的是你的痛苦，总叫她掼下一切向你奔去。在那一刻，看着你站在玄关的灯光下，我在你眼里看到某种东西。她走了，她终于抛下我们俩，留下我们独自相对，我在你脸上看到某种东西，我心下大惊。

我看看你的提箱，看看你的脸，又看看你的提箱。我等着你解释。

你还小的时候，你母亲跟我说，为了救你，她是会杀人的。我重复了一遍，你会杀掉另一个人，好叫他活下去。是的，她说。那你也会杀掉五个人,好叫他活下去吗?我问。是的,她说。一百个?我问。她没有回答,但她的眼神变得冰冷坚硬。一千个?她走开了。

不,你没有成为梦想成为的作家不是我的错。你想写一头鲨鱼承载人类情感的惨烈故事。苦难,我对你说。什么?你说,双唇一颤。听我说,多弗,你得主宰它。你得抓着它的犄角,把它摔倒。你得扼死它,不然你会扼死自己的。你看着我,那神情好像是说我从来不明白人生的任何事情。可是不明白的人是你。你穿着军装站在那里,肩头挂着军用背囊。人穿上戎装,就迷失在那头巨兽的下半身,却从来看不见它的脑袋。可你不是这样,儿子。做平民时,你受苦,穿上军装,你也照样受苦。入伍三个月后,你告假回家。记得那一回吗?那时你还爱着达芙娜。你回家来就是为她。兴许起初吸引她的也是你的苦难,不过连我都瞧得出来,你的苦难也叫她生厌了。她来看你,你俩关起房门,只是不像你过去那样,英雄般地关起门来抗拒这个世界;现在只消一个小时,她就会穿着你的军队T恤衫,下楼来,在冰箱里找食,或者扭开收音机。请随意,就当在家一样,我会说。她拨着盘里的鸡肉沙拉、冷意大利面,我坐在她对面,看着她吃。这么小巧的姑娘,胃口这么大。她对自己的相貌很自信,这一点从她最细微的姿势中就能看出。她随意抬起胳膊,伸展腿脚,却总是优雅地停落。她浑身贯穿着一种内在的逻辑。跟我说说话,我说。她看着我,嘴里仍在咀嚼。她身上隐隐透出麝香味。什么?她说。我坐在那里，耳朵里长出毛来。没什么，我说，任由这头大鲨鱼从我的身边游走。她一声不吭地吃完，起身洗盘子。她在门口停下。你问题的答案是不，她说。什么问题？我问。你没问出口的那个，她答。哦？哪个问题？关于多弗的，她说。我等着她往下说，但她没有接着说。那一瞬间，有很多我未能理解的东西。我听见前门在她身后关上。

服役期间，在发生那件事之前，你常往家里寄包裹，收件人是你自己。你母亲向我转达你的指令，这些包裹必须放在你书桌的抽屉里，谁也碰不得。你用胶带将包裹密密封着，要是有人擅自动了，你就能看出来。哈，你猜怎么着？我动了。我拆开你的包裹，看了里头的东西，又密密封上，跟你弄得一模一样，贴上更多胶带，你要是发现的话，我就会说是军队审查员干的。不过你从没问过。就我所知，你再看也没一眼写下的东西。有时我还觉得，你心里清楚我拆了你的包裹，读了你写的；你就是写给我看的。于是得了空，你母亲又不在家，整个屋子就剩我一人的时候，我就用热气蒸开信封，读鲨鱼的故事，相互牵缠的梦魇。那个清洁工，每夜清洗水箱，揩抹玻璃，查看输送清水的导管和水泵。工作时，他会停下手头的活计，看看床上沉睡的焦躁、战栗的身体，他支着拖把，看着那头遭受折磨的白兽的双眼，这头大兽浑身扎满电极、导管，吸纳这许多痛苦，病得一天比一天厉害。

这姑娘，达芙娜，自然把你甩了。不是立刻，而是一段时间后。你发现她跟另一个男人在一起。你怎能怪她？兴许那男人带她去跳舞。兴许在那种闹哄哄的敲着非洲鼓的迪厅，脸贴着脸，腿贴着腿,这个近身的男人令她陶醉,这男人的身躯跟他本人不是相隔遥远的国度。遥远的国度,有时甚至是敌国。你不能怪她。情节不难想象。你十二三岁时就内向得不得了。你的胸膛塌陷,耷拉着肩膀,胳膊腿脚尴尬得不知往哪里搁,似乎是跟身躯分离的。你反锁卫生间的门,一连几个小时不出来。上帝晓得你在里头弄些什么。试图理清头绪?乌里上卫生间时,马桶还在咕噜噜地抽水,他就冲了出来,双颊红扑扑的,甚至还哼着小曲。他能当着众人的面拉撒呢。可你呢,终于开门出来,脸色发青,汗津津的,忧心忡忡。你在里头待这么久,在干什么,儿子?等臭味散尽?

她甩了你,你威胁着要自杀,告假回家来,坐在花园里,跟棵菜似的,肩上搭着披肩。没人来看你,连什洛莫也没有来。几个月前他给你造成什么上帝才晓得的伤害,你判他犯了不可原宥的罪行,跟他断绝了关系。你十年来最要好、最亲近的朋友,比你自己的四肢还亲近。我有一回质问你,履行别人达不到的高标准,做这样的人到底是怎样的?可你只是转身背对着我,正如你转身背对所有由于他们的短处而背叛你的人。于是你佝着背坐在花园里,跟个老头似的,绝起食来,因为这世界又一次让你失望。我想走近你,你却身子一僵,双唇紧闭。你可能感觉到我的厌恶。我任由你母亲去管你。你俩悄悄说话,一见我走进房间,就立刻收声。

后来还有一个姑娘。你们驻扎在呐哈尔-琐法时认识的。周末,你不再回家;你想待在靠近她的地方。后来她被派到北方,是吧?不过你们想出法子见面。她的兵役结束后,进了希伯来大学。你母亲告诉我,你打算跟着去。军队想要你当军官,可你推辞了。你有更好的事情要做。你打算学哲学。那玩意儿有什么用?我问你。你阴着脸瞪着我。我不蠢,我懂拓展人类视野的价值。可是,你,儿子,我希望你有个靠得住的人生。在我看来,往相反的方向去,往抽象里去,只会毁了你。有的人天生禀赋走那条道的体质,可你没有。你打小就不倦地寻找、收集苦难。当然事情没有这么简单。外在的人生和内在的人生之间,人不能单选其中一个。不管有多勉强,它们总能相伴相生。问题是你的重点放在哪一个?我想引导你的就是这一点,且不管我的方法有多粗暴。你突袭世界后回到家来,坐在花园里,裹着披肩,自己疗伤,阅读关于现代人隔绝的书。现代人是怎么说犹太人的?我质问,拿着水管走过你的身旁。犹太人在隔绝里生活了几千年。隔绝,对现代人来说,不过是个玩物。倘若你不是生来就懂的,又怎能从那些书里学?我给蔬菜浇水,扬起水龙头,水珠飞到你的身上,溅湿你的书。可是挡你道的不是我。就算我想,我也做不到啊。

我们站在玄关,这幢曾是我们的房子,充满生气,每一个房间满溢着笑声、争辩、眼泪、灰尘、食物的味道、痛苦、欲望、愤怒、沉默,在所谓的家里,人们紧紧地抱作一团的沉默。后来,乌里去当兵了,三年后,你也去了,后来,发生那件事后,你离开以色列,这里就只是我和你母亲的家,我们两个人只能占据一个房间,顶多两个,其他房间都空着。如今这房子是我一个人的。而你,像个别扭的客人,疲倦的访客,抓着提箱。我看看它，又看看你。你把提箱换到另一只手上。我想——你开口说，但又停下，目光随着无形的东西看进房间。我等着。

我想也许，你又开口说，要是你不介意，我想住一阵子。

我肯定显得很讶异，因为你咽了咽口水，别过头去。确实是的，多弗。我很吃惊。我想回答说，好的。当然。跟我一起住。我把你以前的床铺起来。可我没有这么说。我说出口的是，为你还是为我？你的脸上闪过痛苦的神情，隐约一现，却清晰可见，一掠而过，旋即恢复了平板、了无生气的面容。在那一瞬间，我以为又要失去你，你又会像往常那样离我而去。但你没有。你依旧站在那里，目光越过我，看向客厅，好似看见了什么，也许是回忆，你儿时的鬼魅。

为我，你只是说。

我在你的脸上搜寻，想弄明白你的意思。

工作怎么办？你不是得回去吗？我问道，因为这些年来，你几乎从不回来，总是借口说工作忙，总是因为工作，你走不开，不能回来看我们。

你脸上的肌肉一颤。眼眶四周的纹路加深。你伸手摸太阳穴，正按着那道细小的青筋。你还是小孩的时候，一生气，这道青筋就暴出来，突突直跳。

辞了，你说。

我以为听错了。你，你这个人，满心只有工作。于是我又问，他们肯定会要你回去吧？可我意识到你没有在听我说话，你站在玄关，和你的回忆在一起，无论那是什么回忆，你在我身后客厅的地板上看到的回忆。

　　古怪的孩子，打一开始就内向得很。我们问你问题，有时得等上半天，你才会回答。上帝保佑，没有绝对弄清真理之前，你绝对不能不假思索地说话。你终于说出答案时，没人记得你说的是什么。四岁起，你开始发癫。你摔在地上，拳头脑袋狠敲着地板，把你房里的所有东西砸在地上。有时是因为事情不如意，有时只是因为一些细微、完全料想不到的事，比如没人找得到你的水笔帽，你的三明治被切成长方形，而不是三角形，你就发作起来。你幼儿园的老师打来电话说她的忧虑。你坚决不参加班级活动。你坐到一旁，离别的孩子远远的，当他们是麻风病人似的，他们跟你说话，你装作听不懂。她说，你从来不笑，而要是哭起来，你也跟别的孩子不一样，别的孩子大哭几声，或者抽搭一阵子就好了，哄一哄就能止住；你一哭起来，什么也解劝不了，好像是为了什么存在的意义而哭的。这是她的原话。你母亲只得提前去接你，只得去拯救你，接你回家，这样的事太过频繁，不久她只得瞒着我，好不叫我生气。于是学校的心理咨询师来约时间。他径直来家访。这个秃头、内八字的男人，不时掏出手帕揩抹淌个不停的汗珠。我只得特地排出时间，早些从办公室抽身回家。你母亲招待他喝咖啡吃饼干，给你倒了牛奶，然后我们留下你在客厅。足足一个小时，这个叫夏兹纳先生的心理咨询师从包里掏出各色物什，叫你给这些玩具和人偶编故事。我们蹑足走过玄关，透过玻璃门看你。过后他打发你去花园玩耍，要我们谈谈

"家庭生活"。离开前,他还要参观房子。他发现房子光亮、温暖,到处都是植物、木制玩具,墙上贴着许多你的蜡笔画,着实吃了一惊。我看出他在想,表象是欺人的,他努力地想刨开表面,揭露出底下的疏忽和虐待。他的目光落在你床上的羊毛毯上。你母亲担忧了,我看到她咬紧嘴唇,怨怪自己,什么?不够柔软?原该买印着汽车和卡车的那条,跟隔壁尤尼的那条一样?我竭力忍住,才没有揪着他的耳朵将他扔出去。你在外头玩耍。我看见你的红衫子在贴梗海棠丛里闪现,两天前,你在那丛灌木下发现蚁群。我能否问一个问题,夏兹纳说,你们家庭里,是否有什么问题需要告诉我?婚姻问题,也许?我再也受不了。我一把抓起架上的匹诺曹牵线木偶,大声喊你。你进门来,膝头沾满污泥,笨拙地爬上台阶,看我抽拽匹诺曹,叫它跳舞唱歌,然后绊跤,一头扎倒。每一回我叫它绊倒,你就哈哈大笑。够了,你母亲说,手搭到我的胳膊上,我肯定夏兹纳先生已经明白,我们的小多弗不是总这么严肃的。可我还是不肯停手,你笑得尿裤子,然后我一把抓着秃头心理咨询师的手腕,狠狠地钳着,告诉他想嗅多久就嗅多久,我可还有更重要的事情要做。我走出房子,狠狠地摔上房门。

你母亲可不能这么轻易罢手。偶尔一点暗示做母亲的她可能做错了什么,就足以叫她自咎得心碎。她操碎了心,竭力寻思自己究竟做错了什么。她把自己放置在心理咨询师的监护下,每周一次去聆听他分析他和你在学校的面谈,指导她如何"缓解"你的"困难"。他构想了策略,制定了规则,你母亲恪守这一套规则，教导我们该怎样或不该怎样对待你。他还把家里的电话号码告诉了你母亲，她拿不准怎么应用某条规则，或者对于你的发作，不晓得怎样反应才算适当的时候，她就给他打电话，也不管凌晨或深夜。她压低嗓子，语气沉重地向他描述问题，然后屏息聆听他的解答，沉痛地点着头。夏兹纳先生说我们不该那样做，你一离开房间，她就会对我说，夏兹纳先生说我们应该让他做这个，夏兹纳先生说我们应该倒立、咬舌头、转圈圈，夏兹纳，夏兹纳，夏兹纳。最后，我冲她发火，跟她说我永远不想在家里再听到那个名字，我知道怎么养自己的孩子，他以为养孩子是什么？拼字游戏？大富翁游戏？养孩子没有规则，她难道瞎了眼不成，没看见那个侏儒精神病专家做的，就是让她愁得不成人样，对自己天生就明白的东西满心狐疑，哪个笨蛋瞧不出来，她原是了不起的母亲，满怀爱和耐心？他才五岁，上帝保佑，我吼道，你要是把他当作特殊案例，那他这一辈子可都这样了。自从你跟那个小丑学习以来，你见他长进了吗？没有。冷不丁冒出来，把自己看作参透人类行为的智慧源泉，他算什么东西？你以为那小瘪三懂的比我们多，比你我多？接着一阵沉默。可他是特殊的孩子，她轻声说，他一直是。

　　她终究还是屈服了。这些会谈中止了，你从夏兹纳先生的窥视下逃脱，像得了自由的小兽，立即逃去藏到灌木丛下。但这段经历垫定了基调。你母亲继续彷徨、忧虑，她都要严谨地分析你的每一种情绪，每一个发作的场景，每一次发脾气，寻找线索，寻找你在其中受到伤害，我们在其中扮演的角色。这种自苦的态度，跟你的哭闹一样叫我抓狂。一天晚上，洗澡水没到你喜欢的高度，你就发作，闹到一半，我抓着你的胳肢窝，一把抄起你，赤条条地拎着，水滴到地板上。我在你这么大的时候，我吼道，狠劲地摇着你，摇得你的脑袋不停地颤，吃都没得吃，没钱买玩具，屋子里冰冷，可我们还是跑到外头去玩耍，凭空玩游戏，活着，只因为我们能活着，多少人在种族灭绝里被谋杀，我们还能出门来，感受阳光，跑来跑去，踢球！瞧瞧你！在这世上，你还缺哪样，你就会尖叫，叫人人活不痛快。够了！听到没有？我可糟心透了！你看着我，眼睛睁得巨大，我在你的瞳孔看到了自己的影子，细小，渺远。

七十年前，我也是个孩子。七十年？七十？又怎样？熬过去呗。

眼下，你抓着提箱。没有话可说。你好像再也不需要我帮助。也许你曾经需要，可是现在不需要。我头痛得厉害，最后你说道，灯光刺得我眼睛痛。要是你不介意，我想先去躺下。我们以后再谈。

就这样，你又走进很久以前离开的房子。我听着你缓缓走上楼梯的脚步声。

他们是麻风病人吗，多弗，别的孩子？这是你避开他们的原因吗？要不你才是麻风病人？我们两人，一同关在这幢房子里。是存活的，还是遭殃的？

接着是漫长的寂静，你一定是立在房门口。然后地板嘎吱一声，二十五年后，你的房门又关上。

游泳窟

那天夜里，我们坐在一起看书，这是我们一直以来养成的习惯。寻常的英国冬夜，午后三点天就黑将下来，夜里九点，叫人觉得已是深夜，叫人觉得这一生都押在如斯遥远的北国。门铃响起。我们对看一眼。鲜有不速之客的。洛特将书搁在腿上。我起身应门。一个年轻男子站在门外，拎着公事包。他可能刚熄灭香烟，因为我开门的时候，瞥见他嘴角嘘出一缕烟。不过也可能是太冷，呼吸呵成了白气。我一时以为他是我的哪个学生，他们都露着机敏的神情，好似要走私什么东西，出入哪个不知名的国家。道旁停着车，引擎还在转动，他回头瞟一眼。有人趴在方向盘上。男人或女人，我看不清楚。

洛特·贝格在家吗？他问道。口音很重，我一时不能分辨是哪里的口音。请问是哪一位？年轻男子想了想，其实不过是片刻，但足以使我留意他嘴角的轻微抽搐。我叫丹尼尔，他说。我认定他是她的读者。她并不出名，在那些年里，说她为人所知已是慷慨的。诚然，收到喜欢她的书的读者来信，总叫她十分欢喜，但书信是一回事，在这个时间，站在门外的陌生人却是另一回事。有些晚了，也许，你应该先打个电话或写信来，我说道，随即懊悔，这个丹尼尔一定是听出我的语气冷淡。他把嘴里含的什么东西从一边转到另一边，然后吞下。我发觉他的喉结大得出奇。我脑子里闪过一个念头，他绝不是洛特的读者。我扫一眼他的及臀皮夹克的折褶间聚集的黑暗。不知为何，我以为能在那里发现隐藏的东西。当然什么也没有。他似乎没有听见我的话，没有挪步。很晚了，我说，贝格女士——天晓得我为什么竟这样称呼她，真是滑稽透了，好像我是管家，却是不自觉地出口的——贝格女士没有安排访客。他的面庞一皱，只是一瞬间，随即恢复原先的表情，倘若换作别人，可能也不会留意。可我留意到了，他的面庞一皱时，我看见另一副面孔，人独处时呈现的面孔，甚至不只是独处时，睡着或躺在担架上不省人事的时候呈现的。在这副面孔上，我认出一些东西。说出来会叫人觉得我傻，尽管我和洛特住在一起，而我觉得这个丹尼尔绝没有见过她，但在那一瞬间，我感觉在某种意义上他和我的立场是一致的，我们对她的立场是一致的，我们之间的落差只在于彼此跟她的距离罢了。当然这是荒谬的，毕竟是我阻挠他获得想从她那里得到的。我只是将自己投射为这个站在光秃的绣球花树前，拎着公事包的年轻人。但除此以外，我们还能怎样判断他人？况且外面天寒地冻的。

　　我将他让进屋来。在玄关里，他穿着靴子站在我们收集的草帽下，阴影一荡殆尽，我将他看清楚。洛特的声音从客厅传来。丹尼尔和我对看一眼。我抛出问题，他给出答案。无一字出口。我们在那一刻达成协议：不论发生什么，他都不会扰乱我们的生活。他绝不会做任何事来威胁或者瓦解我们费尽心血筑起的一切。嗳，亲爱的，我应道。谁呢？她问。我再次端详丹尼尔的面庞，搜寻哪怕一丝一毫的异议。毫无迹象。他的表情慎重，或是很明白这份协议的严肃性，另外还有一种东西，我以为那是感激。这时我听到身后传来洛特的脚步。找你的，我说。

你看，我们的生活有条不紊，如同上着发条。每日清晨，我们去石楠地散步。总是走同一条小径。我陪洛特走到我们称作游泳窟的地方，她一日不落地去游泳。共有三个窟，男人专用，女人专用，还有一个是共用的。她去最后一个。我和她一道去，她游泳，我坐在窟边的长凳上。冬天里，男人们在冰上砸出窟窿。他们定是没破晓就来砸的，因为我们到的时候，冰窟早已砸开。洛特褪下衣服，先脱下大衣，再脱下套头毛衣、靴子、长裤，她最喜欢的粗羊毛裤，终于露出她的躯体，苍白隐约的青血管。尽管我熟悉她的每一寸身体，在这样的清晨，映衬着润湿黯然的树木，看着她的身体，还是总能叫我兴奋。她走近水边，一瞬间里，纹丝不动地站着。天知道她那时在想什么。直到她生命的最后一刻，我仍觉得她是个谜。有时雪花落在她的身上。雪花或树叶，不过更多的时候是雨点。有时候，我想大声呼喊，冲破寂静，因为那一刻似乎只属于她一人。然后，水花一跃，她消失进悠悠的黑暗。轻微的拍水声，或是扑通声，尔后是沉默。这些时刻叫人多么惶惧悯然，没有止境！她似乎再也不会上来。那窟究竟有多深？我有一回问她，可她说不知道。我无数次从长凳上跳起，冲到水边，准备跳下去寻她，忘了自己是怕水的。然而正当那一时刻，她的头冒出水面，如同海狮或水獭的光滑脑袋，她游向扶梯，我等在那里，展开浴巾迎着她。

每周二早晨，我搭八点半的火车去牛津，周四晚上九点回伦敦。我们跟我的同事吃饭时，洛特总是找借口解释她为何不能住在牛津。她说无休的钟声搅得她不能写作。还有会不时被学生绊倒、推挤、碰撞。这些孩子在路上乱窜，骑着自行车沉湎于沉重的内心生活。在餐桌上，洛特总要说起她在圣吉尔斯街亲眼见到公交车撞倒老妇人的故事，每一次聚餐，我总能至少听见一次。前一刻她还在穿马路，她高声说道，下一刻里，就瘫在车轮下了。这是犯罪，洛特会接着说，他们这样子放任那些孩子在世间奔走，脑袋里装满柏拉图和维特根斯坦，却不教授他们如何应对日常生活里的危险。她这个人，自闭索居，窝在书斋里编故事，想尽法子使得故事貌似真实，这一番辩白确实叫人觉得荒唐。但是出于礼貌，无人指出这一点。

当然，真相更为复杂。洛特喜欢伦敦的生活，喜欢在科芬特花园区、国王十字区走出地铁，消失进茫茫人海。在牛津，这是不可能的。她喜欢游泳窟，喜欢我们在北郊海格特的房子。另外，我觉得，我去牛津给温彻斯特和伊顿公学的华丽大厅来的长发年轻人授课时，她喜欢独自在家的感觉。星期四傍晚，她开车来帕丁顿接我，车窗蒙着雾，引擎空转着。开车驶在黑暗的街道，起初几分钟里，我清晰地看到某种将她疏隔的东西，有时我会看到她重拾起忍耐，也许是为了我们共同的生活，或者为了别的什么。

是的，对我来说，洛特是个谜，但我也在她的小岛上寻得安慰，无论气候怎样恶劣，我总能找着一些渚汕，为我导航。在她的水中央，是渊奥的亡失。十七岁时，她被迫离开纽伦堡的家。她和双亲在波兰邦申兹的临时难民营里生活了一年，我只能想象那是怎样非人的恶劣境地。她绝口不说那段日子，也从来不提童年和双亲。1939年夏天，营里一位年轻的犹太医生帮她弄到签证，做儿童转移计划的监护人，看管八十六个孩子到英国。八十六个，这个细节叫我一懔，既是因为她把故事讲得很平淡，没有细节，也是因为这个数字显得如此庞大。她是如何照看这么多孩子的，并且心里明白这熟悉的一切，这些孩子熟悉的一切，永远不复再来？船在波罗的海格丁尼亚港启航。原本三日的航程变作五日，因为行到半途，斯大林与希特勒签订了条约，航船只得绕道避开汉堡。他们在战争爆发前三天抵达了英国哈里奇港。孩子们被送往各自的领养家庭，散落在这个国家的各个角落。洛特看着他们一个个上了火车。他们都走了，从她身边带走，洛特也消沉在她的人生里。

不，我根本不可能知道她的心底究竟怎么想。不过，我渐渐找着一些根基。她在梦里呼喊，梦见的几乎总是她的父亲。我说的哪句话，或者做的哪件事情——或者更多是因为我没有说哪句话，或者没有做哪件事，伤了她的心，她会突然变得很友善，上了漆的友善。公交车上两人偶然坐在一起，漫长的旅途里，只有其中一人带了食物的那种友善。数日后，一桩极小的事情就能把她触燃，比如我忘记把茶叶罐搁回架上，或者把袜子扔在地板上。她的愤怒的力量和程度叫人惶骇，我唯一能作的反应是保持镇静，保持沉默，直到她的暴怒席卷而去，她开始退回内心。在那一刻，会出现一道缝隙或豁口。若是早一刻，和好、请求原谅的姿势只会叫她更加恼怒。若是迟一刻，她已蜷回自己，将门关闭，窝进那个阴晦的房间，一连数日甚或数个星期，不跟我说一个字。我花了很多年，才摸索到那一刻，学会预见它的到来，并在它来临的时候牢牢抓住，将我俩从那种惩罚性的沉默中解救出来。

她跟她的悲哀挣扎，却又竭力将它窟藏起来，切成小块，更小块，散在四处，埋在她以为无人能够发现的地方。我却常能找到——很长时间后，我才学会去哪里寻找——试图重新拼装。她自觉不能向我求助，这叫我伤心，叫我难过，但我也知道，她倘若知道我掘出她掩藏着不想给我看的东西，会更加伤心。在某种根本意义上，我想她不想被人理解。或者说尽管她渴望被理解，却又憎恶被理解。被人看透，这是冒犯她自由的感觉。然而，你晏晏然爱着一个人，又怎能安于介介然看着她。除非你喜欢崇拜，我从来不是。学者做研究，终归是为了寻找图式。你可能以为这话听来冷酷，以为我把妻子当作研究的对象，我却要以为你不懂真正的学者的求索。在这一生里，我越是学习，就越深切地感到我的渴望和无知，同时也感到更加接近渴望和无知的终点。

有时我觉得好似攀在边缘（至于是什么东西的边缘，无论我怎么形容，都要叫人觉得好笑），不时地滑落，在洞窟里陷得更深。在漆黑的洞底，我又想出一种方式，赞美所有那些继续摧毁我的确定性的东西。

　　找你的，我对洛特说，但没有转身。我紧盯着丹尼尔，没有看见她第一眼见到他时的神情。日后，我实在好奇她的神情是否泄露了什么。丹尼尔朝她走去。他似乎一时说不出话来。我在他脸上看到先前没有察觉的东西。然后他自我介绍说是她的读者，一如我所料想的。洛特邀他进来，或者更往屋里去。他任由我接过他的皮夹克，却抓着公事包不放。我认定里头装着手稿，他想给洛特看的。夹克衫散发着科隆香水味，浓烈得叫人反胃，不过，在我的印象里，脱下夹克后，丹尼尔的身上却没有丝毫香水味。洛特将他让进厨房，他跟在后面，转头看每一件东西，我们墙上的画，桌上待寄出的信，他的眼睛遇见镜子里自己的身影，我似乎瞧见他露出微笑。洛特指一指餐桌，他坐下，将公事包小心地搁在双脚间，好像里头装着活生生的小动物。他看着洛特往扁塌的水壶灌水，搁在炉灶上。从他的眼神里，我能看出他不曾想到竟会有这样好的运气。也许他原本想顶多拿到一本签名书。眼下他坐在大作家的房子里，拿着她的茶杯喝茶！我还记得自己当时想着，也许这正是洛特需要的鼓励：她极少诉说写故事的艰难挣扎，但我能从她的情绪看出她的写作进展。时常一连几个星期，她蔫然索寞的。我礼貌地告退，说着还有工作要做，便上楼去。我回头瞟了一眼，心头一阵揪心的遗憾，要是我们有孩子，现在差不多也是丹尼尔的年纪，可能会像他一样，寒冷天里进屋来，攒着一肚子的话要跟我们说。

我这时才想起，丹尼尔按响门铃的那一晚是1970年的冬天，11月末，二十七年后，她也是在这个时节去世的。我以前从来没有想到。我不知道这些对称有什么用处。毫无用处。只是我们在生活里发现对称时，便觉得安慰，因为这些对称叫人想起并不存在的宿命。如今，在我的记忆里，比起1949年6月的午后——我初见她的那个午后，她最后失去意识的那一夜显得更加邈远。那是马克斯·凯文订婚的花园聚会，我学生时代的密友。场面十分动人、显焕，满盛着潘趣酒的水晶大碗，插着新剪的鸢尾花的花瓶。但是一踏进房子，我便察觉屋里有些异样。我毫不费力就探到异样的源头。有个瘦小的女人站在通往花园的门旁，麻雀一般的，短短的黑发齐颌剪下。茕茕兀立，不能同周围相融。那时正当夏天，她却穿着天鹅绒的紫裙，但更像是罩衣。她的发型跟聚会里其他女人毫不相似，好像是极时髦的，但想来只是为了舒适才剪成这样，不是为了好看。她戴着硕大的银戒指，削瘦的手指似乎承受不起戒指的重量（很久以后，她褪下戒指，搁在我的床头柜上，我见她的指节印着一圈绿锈）。但最叫我觉得非同寻常的是她的脸，或者脸上的神情。我记起艾略特的诗《普鲁弗洛克的情歌》：会有时间，/会有时间，会有时间准备一张脸/去遇见你要遇见的脸。在那个房间里，她似乎是唯一没有时间的，或者不想要拥有时间。这并不是由于她的脸是开敞的，或者袒露了什么。只是因为她的脸好似在休憩，对自己没有知觉，而她的双眼观看接纳面前的一切。我从房间对面望去，原本以为那局促是从她的身上散出，事实却是颠倒的：她将旁人的局促衬托得愈加酣然。我跟马克斯打听她是谁，他说是哪一门亲戚，未婚妻的远堂表姊妹。整个聚会里，她就立在那里，拿着空酒杯。某个时候，我移步前去，要给她倒酒。

当时，她寓居罗素广场附近的陋室。街对面被轰炸过，从她房间的窗户望去，看得见堆叠的瓦砾，有时，孩子们来玩城堡里的国王游戏（天色已暗，仍听得见他们的声音），四处零落着房屋的残骸，空壳的窗棂将天空一格一格地框起。有一处瓦砾堆还在，伸出楼梯和雕栏；另一处还能辨出墙纸的花卉，浸润着阳光雨露，渐渐褪了色。这景象虽叫人怃然，但看着里面的东西被掏出外面，内心竟因为这种古怪而感到欢欣。我无数次见洛特凝望着烟囱伶仃的废墟。第一次去她的住处，见到她的房间如此空落，我甚感诧异。她来英国已有十年，除了那张书桌，房里却只有几件简易的家具，过后我慢慢明白，在某种意义上，对她来说，房间的墙壁和天花板是不存在的，一如对街的墙壁和天花板。

她的书桌却完全两样。在简陋逼仄的房间里，这张书桌如同怪异可怖的大兽，压制着房里的一切。书桌几乎盘踞了整堵墙，余下那些可怜的小家具被逼到一角。它们在角落里挤作一团，仿佛受着邪恶磁力的迫害。书桌是暗沉的木质，桌面上方有一大排抽屉，抽屉的规格极不实用，像是中世纪巫师的桌子。只是每一只抽屉都是空的。一天晚上,洛特去走廊另一端的公用卫生间,我等她的时候发现的。这个事实更使这张书桌看上去叫人觉得气短。这个庞大的幽灵不像是书桌,倒像一艘航船,行驶在无月死静的黑夜,四际渺弥,毫无看见大地的希望。我一向以为这张书桌极有男子气概。有时,或者说偶尔,我来接她,她打开房门,嗬,一眼就能瞧见那巨大的家具,高高地盘旋在她的身后,威胁着要将她吞食,我的心头竟会泛起古怪、难以言喻的嫉妒。

有一天,我壮起胆子问她在哪里发现这书桌。她穷得跟教堂里的老鼠一般;要说她能攒够钱买这么一张书桌,简直不可想象。她的回答非但没能缓解我的惶恐,反倒更叫我心寒得陷入绝望。人家送的,她说道。一时间,我竭力维持常态,但我的嘴唇抽搐起来。每当情绪失控,我就会这样。我问她是谁送的。她睒我一眼,我永远不能忘记那一眼,因为这是我初次遭遇主宰我和洛特共度的人生的复杂法则,然而我要在数年之后,才开始懂得这些法则。倘若我的理解没有错,那一眼是足以举起一堵墙的。不消说,这个话题再也没有提起。

她白天在大英图书馆的地下室里将图书上架,夜里写作。她把故事搁在外面,我想是给我看的,通常是古怪、叫人发怵的故事。两个孩子谋害另一个孩子,只因为看中那孩子的鞋子。那孩子死了,他们才发现鞋子不合脚,就换给另一个孩子,那另一个孩子穿着正合脚,就欢喜地穿上了。在无名的国家,战时死难者的家属驱车去郊游,意外穿过敌方战线,发现一栋空房子,他们就在空房子里住下,完全想不到房子前主人的畏怖罪孽。

当然,她用英文写。我们一起生活的岁月里,我只听过她偶尔几次说德语。甚至在老年痴呆严重,语言在她的头脑里渐渐松散的时候,她竟不像大多同类病人那样重返儿时的音节。我有时猜想,要是有个孩子,她也就有理由重拾起母语。可是我们没有孩子。洛特一开始就摆明这是不可能的。我一直想象着有一天我会有孩子,也许只是因为我以为对每一个人来说,这是理所当然的。我想我从来没有真正想象过做父亲。寥寥数次,我跟洛特说起这个话题,她当即筑起一堵墙壁,将我隔离,我得花费数日才能拆去这堵墙。她不是非解释不可的,不是非辩护她的处境不可。我该明白的。(倒不是说她期待我去理解。我再没有见过另一个人,能够像洛特这样满足于生活在永恒的误解里。倘若认真琢磨一下,这确实是稀罕的,我只能想象,这种特性是比我们更高级的物种的禀赋。)我最终也接受人生里没有孩子这一想法,不得不说,心里也不无轻松感。尽管生活一日又一日乏善可陈地过去,我们的生活几近毫无更变,有时我也懊悔,不曾更坚定地争取。孩子是一个特使,意味着楼梯上的脚步声,未知的生活。

哦,不行。我们共度的人生,以保护平常的生活为主旨;往里头掷进一个孩子,就会打碎其中的每一件东西。我们的日常生活稍有扰乱,洛特便会惊慌。我努力护着她,介绝意料外的事件,计划若有极细微的变更,她就会彻底失控。我得耗上整整一日,重新拼装出安宁。我费了一年多时间,才说服她离开俯瞰瓦砾堆的陋室,搬到牛津和我一起住。当然我求她和我结婚。我还搬到校产房,房间宽敞得多,十分舒适,客厅和卧室各有壁炉,一扇大窗正对着花园。终于到她搬家的那一日，我去接她。除了书桌和数件简易的家具，她所有的东西装进一两只破敝的提箱，立在门口候着。我幻想着我们一起生活，满以为这是最后一眼看那张笨拙的书桌，颇有些飘飘然地亲吻她的脸颊，看到这张脸，我总是多么多么地欢喜。她仰头朝我微笑。我找了小货车，运书桌到牛津去，她说。

借着奇迹，奇迹抑或魔力，瞧你怎么看待，搬运工挪着它穿过狭窄的过道和楼梯，扛得哼唧呻吟，吼着脏话，骂声在飒飒金风里荡漾，传进开敞的窗子，我坐在屋里，惶恐地等待，终于听得门口传来一记沉重的闷响，哈，兀然立在楼梯口，几近黑檀木的黪然木色，摇曳着复仇的光芒。

我几乎立即意识到，带洛特来牛津是个错误。那天下午，她拿着帽子立着，似乎这地方叫她手足无措。她能拿石壁炉、软垫椅做什么用？我半夜醒来，会发觉床空着，见她站在客厅，手里拿着大衣。我问她要去哪里，她会一惊，低头看看大衣，递来给我。我领她睡回床上，拍着她的头发，直到她又睡熟，四十年后，她忘了一切，我也是这样拍着她，再后来，我睡在床上，对着这些枕头，清醒地睁着双眼，直直地看过房间的阴影，看进那个空间，那张书桌像特洛伊木马一般兀立。

过后不久，某个星期六，我们去伦敦城跟我的姑妈吃午饭。之后，我俩去石楠地散步。那是天清日晏的秋后，阳光照着万物。我们一边走着，我一边跟洛特说着写柯勒律治的想法。我们穿过石楠地，到肯伍德庄园喝茶，然后我带洛特去看伦勃朗的后期自画像。第一次看这幅自画像时，我还是小孩，那时便将这副表情联想为"没落、被摧毁的男人"，这些词语在我天真的心灵烙了印，变作我私心里向往的荣耀。我们穿过石楠地，拐过弯，恰是通往菲兹罗公园的小径。我们往北郊村落信步走去，途中见到一栋待售的房屋。房子甚是敝落，想是经年未加修缮，四墙掩蔽在荆棘丛下。前门哥特式的尖顶屋檐上，伏着面目狰狞的兽头承溜嘴。洛特收住脚步，仰望这栋房子，绞着双手。她只有在思索的时候，才会那样绞着双手，仿佛那个想法就捧在手心里，打磨打磨就会出来。我看着她望着这栋房子。我以为这房子可能叫她想起某个地方，甚至可能叫她想起纽伦堡的家；后来我更懂她，才明白这是根本不可能的。她远避任何令她回忆的东西。哦，不，那又是别的什么。也许是房子的外观吸引她。无论什么缘故，我随即看出她实在喜欢这个地方。我们走上前院小径，灌木芊芊沓杂，覆没小径。前来应门的女人相貌肃厉，略微迟疑后，让我们进屋去。她是房子女主人的女儿。房子女主人是个陶艺家，多年来寡居，只是如今衰迈得过于虚弱，不能再独个儿住着。屋里空气闷浊，混杂着药味，玄关的天花板被水淹过，坏得很糟糕，似乎有人不小心引了河流，直冲到那上面。我从玄关望进去，瞥见白发妇人坐在轮椅上的背景。

我从母亲那里得了一笔小小的遗产，恰好够买下这栋房子。我做的头一件事就是粉刷阁楼，后来这里成了洛特的书斋。是她自己要这一间的，不过我承认，想到这张书桌从此远离屋里的一切，贬迁到阁楼，我确实松了口气。四壁和地板，她一概要鸽灰色，自粉刷完毕那一天起，直到她病得虚弱，爬不上耸陡的楼梯，我一直避免到阁楼去。当然不是因为书桌，而是出于敬重她的工作和隐私。没有它们，她会活不下去。她需要有个地方，好去逃避，甚至逃避我。我若要找她，就站在楼梯脚喊。我给她泡了茶，就端去搁在楼梯口。

大约搬家一年后，洛特卖掉第一部故事集《破碎的窗》，卖给曼彻斯特一家小出版社。这家出版社致力于出版实验写作（她反对这个标签，但不至于强烈得放弃出版的机会）。书里丝毫不见隐射德国的痕迹。她只容许末页的作者简介里提及她的出生地和生辰：纽伦堡，1921年。但是书的后半部藏着一个故事，触及那份恐怖。在无名的国家，有个景观设计师，自我主义者，自恋自己的才能，为了使自己设计的大公园得以在市中心建造，情愿跟这个国家残忍的当权者合作。他自然也委托雕塑家制作这些当权者的半身铜像。这些铜像带着法西斯的神情，陈设在稀有热带植物丛中。他以独裁者的名字命名棕榈树小径。半夜里，秘密警察将谋杀的儿童尸体埋进公园的地基，他也当作没有看见。人们从全国各地拥来赏玩巨大的花朵，赞叹公园非凡的美。故事的题目是《孩子们来，花园就遭殃》——多年前，年轻的女记者采访（显然也爱上）这位景观设计师，他扔出这么一句话。读了这个故事后，很长一段时间里，我发觉自己会盯着妻子，心里发怵。

那天夜里——丹尼尔来的那晚，过了午夜，我才听见前门开启又关闭。又过了一刻钟,洛特才上楼来。我已躺在床上。我看着她脱去衣服。她一日两回裸出身体,这是我生活里最大的享受之一。她滑进被子。我伸手放在她的腿上。我等着她开口说话,可她默然不语。相反地,她滑到我的身上。只有沉默,但她低头碰触我的动作尤其温柔。后来,我们睡着了。第二天早晨,厨房里仍逗留着烟味,除此以外,毫无反常的迹象。我出门去牛津,再没有说起丹尼尔。

星期四晚上,我回到家,正要挂起大衣,劈面袭来浓郁的科隆水味。过了半晌,我才将这个味道跟丹尼尔的夹克衫联系起来,以为夹克衫还挂在这里,忘记穿走。但是没有。晚饭后,我坐到沙发上看书,要不是在靠垫旁看到一只金属打火机,我可能也不会再琢磨这件事。我把它拿在手里掂量,忖度着该怎么询问洛特。可是确切地说,问什么?那男孩又来看你?要是他又来过,又能怎样?难道她不能高兴见谁就见谁?她一开始就摆明态度,我绝不能干涉她的自由,我也绝不想干涉。有很多事,她不跟我说,我也不询问。有一次,姊妹与我因先母的韵事争辩起来,姊妹说,她认为我就是喜欢娶个谜团,因为这能叫我兴奋。她没有说对,她根本不懂洛特。但她也许没有完全说错。有时候,我会觉得我的妻子是绕着百慕大三角筑造的,哦,上帝。往里面投个东西,你可能永远再见不着它的影迹。话虽这么说,我还是想知道。那男孩又来了吗?究竟是什么叫她能够立即接纳他?说她不善交际,已算是客气的。可是这个陌生人才在门前作了自我介绍,她便在厨房里给他沏茶了。

你看，我们寻找图式，到头来却只找到图式碎裂的地方。但正是在这道裂缝上，我们支起帐篷守候。

洛特坐在对面椅子里看书。我决定要追问。丹尼尔是哪里人？我问道。她从书里抬头。我打断她看书的时候，她总会露出这样的烦恼神情。谁？丹尼尔，我说。前些天夜里按门铃的那个男孩。我听出点口音，但分辨不出是哪里人。洛特略顿了顿。丹尼尔，她重复道，好似试验她的故事主人公的名字能否经久。是的，他从哪里来？我重复道。智利。她说。大老远从智利来！我惊叹道。这太了不起了！那么遥远的人也读你的书。就我所知，他是在弗伊尔斯书店买的，洛特说。我们没有谈我的书。他读过不少书，他想跟人谈谈这些书，就这些。你太谦虚了，我敢说，我说道，在你面前，他显然很惊异哪。也许他还能整段整段地引用你的文字。洛特的脸上掠过痛苦的神情，但她没有作声。他一个人在这里，就这些，她说。

次日，我搁到咖啡桌上的打火机不见了。接下来的几周里，我却不时发现那个男孩造访的痕迹：垃圾桶里的烟头，白色椅背罩上沾着黑色长发。有一两回，我从牛津给洛特打电话，觉得她的声音透出有旁人在场的意味。又有一个星期四晚上，我清理书桌，看到一本皮面日记本，黑色小本子，有些卷翘变形，边角磨损。每一页印着星期里的每一日：星期一、星期二、星期三印在左侧，星期四、星期五、星期六、星期天印在右侧，每一页的框格都满满地写着小字。

看着丹尼尔的字迹，我才感觉到隐隐流淌的嫉妒汹涌起来。

我记起他跟在洛特身后走过玄关,这时非但想起他瞟见镜里的自己时闪过的笑,我想我还记得他走起路来还大摇大摆的。一个人在这里!我想着。一个人在这里,还有他的皮夹克,银质打火机,自得的微笑,紧身牛仔裤里还紧裹着什么东西。如今说起这些叫人羞愧,然而这是我当时的念头。他几乎比她小三十岁。倒不是说我猜疑洛特跟他上床。这念头本身就很离谱,极不符合主宰我们小宇宙的法则。可是若说她没有欢迎他的进一步要求,她也没有拒斥——她接待它们或者他,容许某种亲密。我看到,或者我以为我看到,这个穿着皮夹克的年轻男子,随意地用我的书桌,也厚颜无耻地当我是傻帽儿。

我知道,关于这件事,我要是对洛特说任何话,都会惹恼她。猜疑她、监视她,光是这些想法就会叫她震骇,看作不可容忍的侵犯。我又有什么权利?你看,我束手无策。但是我敢肯定,背地里肯定有不对劲的事,即便只是欲望。

我着手制定一套计划。这个计划如今看来似乎违背直觉,当时却以为十分合理。我要出行,离家四日,给他们留出单独的机会考验。我要自己消失,我这个介在他们当中叫人厌烦的累赘,好给洛特一切机会,跟这个大摇大摆、穿着皮夹克和紧身牛仔裤的年轻人做出背叛我的事,还有他的聂鲁达,毫无疑问,他肯定会喘着粗气,头缓缓地从她身上移开,脱口背诵的。这么多年后,我写下这些,在那个男孩的悲惨命运的悠长阴影里,这件事说起来荒唐至极,然而在当时,我以为是真的。因为我的绝望和受创的骄傲,我想要,或者我以为我想要,逼迫她做出我相信她渴望做的事情，实现她的欲望，而不只是暗地里念念于心，然后就可以将我俩一同葬送在顺理成章的可怕后果里。尽管事实上，我真正想要的是寻找证明，证明她想要的只有我。请不要问我意欲抓着怎样的证据来证明。我跟自己说，回来后，一切自会明了。

我跟洛特说，我要去法兰克福参加学术会议。她点点头，脸上没有透露任何迹象，后来我躺在凄惨的旅馆房间，无事可做，情况更加糟糕下去，我回想起她的眼底似乎闪过一丝光亮。每年一两次，我参加在欧洲举办的英语浪漫主义学术会议，短暂的集会，对于与会者来说，这种感觉想来无异于犹太人在以色列下了飞机时的感觉：身边出没的终于都是同类人的松懈感。松懈，还有恐怖。洛特极少与我同去，因为不愿打断手头的写作，也因为这个原因，我总是推掉在别的大陆举行的会议——悉尼、东京或约翰内斯堡，华兹华斯或柯勒律治专家也渴望款待他们的朋友与同行。是的，我推掉这些邀请，只是因为去这些地方会叫我离开洛特太久。

我记不起为何选择法兰克福。也许是因为那里最近有个会议，或者不久的将来要举办的，倘若洛特偶遇哪个同事，说起法兰克福的会议，无人会吃惊。要么是因为我向来不擅于说谎，选择法兰克福是因为这名字听起来威风，况且，这城市也无趣得很，不至于像巴黎或米兰引人猜疑。不管怎样，认为洛特会猜疑，光是这一念头已属荒唐。那么我选择它，可能是因为我知道洛特绝不会回德国，我敢肯定她不会提议跟我同去。

出行那天，我起得极早，穿上乘飞机时总穿的西装，喝了咖啡，洛特还睡着。我扫视着房子，似乎看它最后一眼：因年深而磨得光亮的宽木地板，洛特的淡黄色读书椅，左侧扶手上沾着茶渍，呻吟的书架，扛着参差不齐、数不尽的书籍，通往花园的玻璃门，挂霜的秃树枝桠。我将这一切看在眼里，觉得一阵闷痛，不是心口，而是肚子里。我关上门，坐进等在道旁的出租车。

才到法兰克福，我就生起悔意。飞机不时遇上涡流，在暴风雨里颠簸降落之际，凶兆的沉默攫噬着寥寥几个紧裹大衣的乘客。这种沉默显得很不祥，也许只是因为在背景里，裹着紫罗兰纱丽的印度妇人在高声祈祷呻吟，搂紧怀里吓坏的小孩。行李领取处的窗口透进一块天空，幽冥、死寂。我乘火车到中央车站，步行到预定的旅馆，在剧院广场街角的小巷子里，竟是很不起眼的阴郁的小地方，唯一显弄欢悦的是大厅和餐厅的窗户张起的红竖条凉篷，显然是从前的努力精神，但如今早已失落或遗忘，因为凉篷污秽，积满了鸟粪。百无聊赖、满脸青春痘的男侍引我去房间，把门钥匙递给我，链着一方大木板，绝不可能装进口袋带出旅馆，于是便确保这家不幸旅馆的住客离开旅馆时，肯定得把钥匙寄存在前台。男侍扭开暖气，拉开窗帘露出对面的水泥建筑风景，然后等候着，还清点一番小吧台里的各色小瓶小罐，直待我终于想起打发小费，他才道声早安离去。

房门在他身后关闭，我随即被孤寂噬吞。久违的深微的孤寂，也许学生时代后便不再有过这种感觉。我动手归置提箱里的东西，安稳心绪。箱底搁着丹尼尔的日记本。我拿起本子，在床上坐下。在此之前，我只是随意翻过，没有去解读芥细的西班牙文，此时，更无旁事可做，我便潜心研读。就我理解，无非是他生活的乏味记录：吃了什么东西，读了什么书，见了什么人，等等，一长串流水账，没有关于这些活动的思考，这是抗拒遗忘的庸常练习，跟任何人的记录一般无力。我当然也在搜寻洛特的名字。找到六处：他按响门铃的那一日，之后有五次，总是我去牛津的日子。我觉着渗出汗来，冷汗，因为暖气机还没有热起来，便去倒了一杯尊尼获加醇威士忌。然后，我打开电视，过了半晌就睡着了。我梦见洛特四肢俯伏，智利人弓身在她的股上。梦醒后，只过去半个小时，但在我的感觉里，似乎过了很久。我洗洗脸，下楼去，把钥匙交给正数着大叠德国马克的前台接待员，走进灰蒙蒙的大街。落雨了。走出几个街区，我路过一个女人，背靠着米色公寓楼的蜂音器抽泣。我想停下，问她为什么哭，或者还邀她去喝一杯。我放慢脚步，走近她，近得看得清她丝袜上的绷丝缝，但我这辈子终究扮演不了这样的性情，虽然不太情愿，我还是没有停下，继续往前走。

在法兰克福的那些天，真是磨人地缓慢，犹如一样无生命的东西，在杳渺的海洋里徐徐沉没，越沉越暗，越沉越冷，越沉越绝望。为了排遣时间，我循着缅茵河畔的埠头来回走，因为我知道，整座城市晦昧、丑恶，挤拥着不幸的人，没有理由冒险越过这一片堤岸——法兰克人手持标枪最初登陆的地方。整座城市里，只有夹江的树木，高大美好，叫我觉得安宁。一走出树荫，我就满心往顶糟糕里猜想。躺在旅馆的房间里，心头实在焦躁，看不进书，庞大的钥匙板挂在锁上，我仿佛看见丹尼尔·瓦尔斯基裸着上身，在我的厨房里神气地摇摆，要不就在翻寻我的衣橱，找干净衬衣，把不喜欢的掷在地上，要不就是溜上床（我们一起躺了近二十年的床），躺到裸着身子的洛特身旁。不能忍受这些猜想时，我就逼迫自己又走入灰暗惨淡的街道。

第三日，骤尔倾起大雨，我避入一家餐厅。倒更像僵尸们喜欢出没的咖啡馆，或者说在幽暗的灯光里，是挺像的。我坐在那里，对着令我毫无食欲的油腻的意大利面之时，豁地明白过来。我第一次想到我可能一直误解洛特。我的意思是，完全、彻底地误解。这些年来，我以为她需要的是规律、常规，全然不受意外打搅的生活，也许真相恰好相反。也许她一直渴望发生点什么，将惴惴守护的秩序砸个粉碎，火车撞破卧室的墙壁，钢琴从天上掉落，我越是护着她免于突发事件，她就越觉得窒闷，越发渴望，直到有一天，渴望得不堪承受。

好像是可能的。或者至少在犹如炼狱的餐厅，不是不可能的，绝不亚于另一种可能：我一贯深信自己透彻地理解妻子。我顿时想哭。由于气馁、疲惫，还有不知何时才能接近中心的无望。我深爱的女人始终游离的中心。我坐在桌前，盯着油腻的食物，等着眼泪掉下来，甚至希望它掉下来，好叫我卸下些负担，眼前这种境况，叫我觉得沉重极了，疲惫极了，却看不见任何出路。可眼泪就是不掉下来，于是我坐在那里，很久很久，眼望着无休的雨点捶打窗玻璃，心里想着我们共同的生活，洛特和我的生活。我们生活里的每一件东西，是如何安排得透着永恒，靠墙的椅子，我们去睡觉的时候靠着墙，醒来时仍旧在那里，引用昨天的小习惯，可以预知明天，虽则皆是幻象，一如固体物质是幻象，一如我们的身体也是幻象，却佯作实体，其实只是数百万的原子往复不绝，有些方才抵达，另一些已永远离去。人就如同一座壮观的火车站，甚至连火车站都不如，至少当其他一切穿梭而过之后，火车站的石头、铁轨、玻璃拱顶依旧留驻。人更像莽苍的旷野，每一日都有马戏团来搭台演戏，尔后撤台离去，日复一日，但从来不是同一个马戏团，那么我们又怎能指望看清自己，遑论彼此？

女侍者终于朝我走来。我没有留意餐厅的客人尽散，侍者不但清理了桌子，而且已铺上洁白的桌布，想来晚餐时，这地方辣身一摇，变成颇体面的餐馆。午餐时间四点结束，她说。我们打烊到六点再开张。她换下了黑白制服，穿着便服，蓝色迷你裙配黄毛衣。我道了歉，结了账，给了一大笔小费，然后站着。女侍者至多不过二十岁，她问我要不要走很远？大概是因为见我做这些动作时皱脸的神情，如同举重员举起无比重量时皱起一整张脸。我想不用，我说，因为不太清楚自己这是在哪里。我要去剧院广场。她说她也往那个方向去，她请我等她一会儿，待她去拿手袋。我吃了一惊。我没有带伞，她解释道，指指我的伞。等待的时候，我不得不改变对这间餐厅的看法，侍者正一支一支地在餐桌上安插蜡烛，女孩微笑着回来，我忍不住叹赏这间餐馆真不错，雇着这么俏丽友善的女侍者。

我们拥在伞下，走进暴风雨。在她身旁，我的心绪随即柔软起来。路上不过数十分钟,我们多半说她在艺术学院的课程,她母亲因囊肿住院。在任何路人的眼里,我们极可能是父女。走到剧院广场,我叫她拿着伞。她要推辞,可我坚决不允。我可以问一个私人问题吗?待要各自走开时,她说。可以,我说。你在餐厅里坐那么久,在想什么?你脸上露出最不幸的神情,我正想着再不能有更不幸的神情了,你的神情却更加不幸起来。关于火车站,我说,火车站和马戏团。我伸手碰一碰女孩的面颊,轻柔地,正如我想她的父亲会做的那样,世间若有公道的话,她原该有的父亲。我回到旅馆,收拾箱子,退了房,赶上下一班飞机回伦敦。

  出租车停在我们的北郊房屋前时,已是奄奄黄昏,眼前的房子却依然叫我心里洋溢起欢喜。掩映着天空的轮廓,透过树叶的街灯光芒,窗玻璃映着明晃晃的黄色灯光,只有从外往里看时,才能有这样的黄色,一如马格利特那幅画里的黄色窗棂[①]。彼时彼景,我内决于心,要完完全全地原谅洛特。只要生活还能继续下去。只要我们去睡觉时立在那里的椅子,第二天早晨照旧立在那里,我不介意我俩并排睡觉的时候,这把椅子出了什么事,不介意这还是不是同一把椅子,抑或是千万把不同的椅子,或者悠悠长夜,它不复存在。只要当我坐上去穿鞋子的时候,一如我每天早晨做的,它会承载我的重量,这就够了。我不需要知晓一切。我只要知道,我们的生活会一如既往地过下去。我的双手颤抖,

---

① 大概是指画家的《向暮》(*Evening Falls*)。

付了车钱，摸索着钥匙。

我呼唤洛特。片刻停顿，然后传来她下楼梯的脚步声。她独自一人。看到她的神情，我便明白那男孩永远地走了，再也不会来。我不知道自己是怎样知道的，可我就是知道。某种无言的东西在我们之间传递。我们相拥。她问我会议怎样，怎么提前一天回来，我跟她说蛮好的，没什么有趣的事，我想她。我们一同做晚饭，吃饭时，我搜寻洛特的面容、声音，搜寻她如何与丹尼尔·瓦尔斯基结束的迹象，但是没有用。往后数日里，洛特神情委顿，异常索寞，我也任凭她去，正如我一向所习惯的。

几个月后，我才发现她把书桌给了他。我要用搁在地下室的桌子时，才发现这件事。我问她可见着那张桌子，她说她用作书桌了。你有书桌的啰，我蠢蠢地说。送人了，她说。送人？我难以置信。给丹尼尔了，她说道，他赞赏它，我就给了他。

是的，对我来说，洛特是一个谜，然而却是我能够摸着线索的谜。1938年10月的一夜，纳粹亲卫队按响她家的门铃，将她一家人和其他波兰犹太人驱集到一处，当时她是跟父母留守的唯一孩子。兄姊皆已年长，姐姐在华沙学法律，一位兄长在巴黎做共产党报刊的编辑，另一位在明斯克做音乐教师。在奄然遽动的梦魇里，幽禁在封死的隔间，她偎紧年迈的双亲，年迈的双亲偎紧她。得到监护签证时，一定像是奇迹降临。是的，放弃签证不走，是想也不曾想过。可是抛下双亲离去，也是想也不曾想过。我想洛特从来不能原谅自己。我始终相信这是她人生唯一真正的悔恨，然而这样的悔恨，如此浩荡无垠，却又不能直直面对。它会冷不防地探出脑袋。比如，老妇人在圣吉尔斯街被公交车撞倒，我想真正叫洛特不能释怀的是她自己在那一瞬间的反应。她眼见这件事发生：老妇人走下马路，刹车嘶叫，可怕的无生命的闷响。人们围上去看撞倒的妇人，她转头走她的路。她跟我讲这个故事，我自然询问任何人都会问的问题：这妇人有没有事？洛特的脸上呈现出那样的神情，我曾经见过无数次的神情，只能形容为死静，好似按照常理原该浮在表面的一切，如今沉入深渊。片刻过去。我感觉到我们和亲密的人相处时经常体会的那种感受。两人之间的距离，原本如同中国纸玩具一般折叠着，突然间猛地弹开。然后洛特耸耸肩，打破沉默，说她不知道。她没有再说起这件事，可是第二天，我见她在报纸上翻寻，我敢肯定，她在寻找那次事故的报道。你看，她走开了。她不等着看看究竟发生了什么事，径自走开了。

她的整个人生，我以为，只是关于她的父母。她讲起公交车的事故，是关于她的父母，她哭醒来，是关于她的父母，她冲我发脾气，一连几日不搭理我，我相信在某种方式上，也是关于她的父母。亡失是如斯深重，似乎再无寻求的必要。我又怎能知晓，在她的涡流里失落的，竟还有一个孩子。

倘若洛特在人生尽头不曾做出那件奇怪的事，也许我永远不会知晓。那时她的痴呆症颇为严重。起初，她竭力掩饰。我说起一同做过的事，几年前在伯恩茅斯去的海滨餐馆；在斯西嘉岛划船，她的帽子被风吹走，落在沓沓的海浪上，漂向非洲的海岸；或者我们后来晒得通红，赤身裸体，快乐地睡在床上。我提醒她这些往事,她会说,当然,当然,可我看见她眼底的空洞,那些词语背后,只有深渊,犹如那个暗黢的池塘,每日清晨,无论天气怎样,她都要跳进去。接下来的阶段,她开始害怕,她意识到每一天遗忘得那么多,甚至可能每一个小时都在遗忘,就像缓缓流血死去的人,失血过多,丧失记忆。外出散步,她紧抓着我的胳膊,好似这条道路随时会消失,树木、房子、英国都会消失,将我们两人旋转下去,翻腾旋转,从此不能站稳。后来这个阶段也过去了,她的记忆微弱得不足以叫她害怕,我想她不再记得事情曾有不同的模样,从此往后,她独自启程,彻底地孑然一身,走上儿时堤岸的汗漫归程。她说的话语,要是还能叫做说话,只是碎粒,只剩下曾经筑起壮美建筑的焦土与残砖颓垣。

正是在这个时候,她开始漫游。我外出购物回来,见前门洞开,屋里无人。第一次发生这事时,我坐进车里,四处兜开了十五分钟,越开越心焦,才在半英里外的汉普斯特德巷寻着她。她坐在公交车站,虽是冬天,却没有穿外套。她见到我时,仍坐着不动,没有要起身的样子。洛特,我说,弯腰探身过去,也许我是说,亲爱的。你打算去哪里?去看朋友,她说,脚踝交叠又分开。哪个朋友?我问。

再不能留她独自在家。她也不总是走出去,可是我吓怕了,雇来看护陪她,一周三个下午,我得以出门做些事。第一个看护简直是噩梦。起初,她显得很专业,带来一长串引荐人的名单,可是没过多久,她就露出真面目,轻率、不负责任,只是为了挣钱。一天下午,我回家来,她站在门口,慌张失措。洛特在哪里？我质问。她绞着双手。究竟怎么了？我说道，一把将她推进玄关。很多年前，洛特和我第一次踏进这个玄关时，它还属于坐在轮椅里的陶艺师，天花板上悬着改道的河流淹过的痕迹。河流，我承认，时常夜半醒来，我仿佛听见墙壁里头幽秘的声响。但玄关里空荡荡的，客厅、厨房也没有人。我妻子在哪里？我说道，也许吼道，尽管我原不是爱吼的人。她没事，看护安慰我，亚历山德拉，或者是亚历克莎，我记不得了，有个好心的女人打电话来，要是我没听错的话，她是治安官。她正送洛特回来。我不懂什么意思，我吼道，我气坏了，开始大嚷，你就坐在她旁边，她怎会一个人走出去？其实，看护说，我没坐在她旁边。她在看电视，我不太喜欢看那个节目，就决定坐到另一房间，等她看完。看完那个节目，她又看另一个类似的，于是我就给朋友打电话，我们聊了一小会儿，然后她决定看第三个节目，那种真的很恶心的节目，蛇吃掉无助的动物，蛇啊，鳄鱼啊，不过我想第三个节目是关于食人鱼的，嗯哪，过了会儿，我去看她是不是需要什么，她已经走了。幸运的是，几分钟后，他们从法院打电话来，说贝格女士在他们那里，她很好。

我气不可遏，说不出话来。法院？我吼道。法院？要不是有辆汽车驶进房前，我可能要挥拳揍她。开车的人走出来，五十开外的女人，绕到另一侧，给洛特开车门。她耐心地领着她走上前院小径。早已斫清灌木的小径，两旁栽着紫罗兰色的鸢尾花和串铃花，因为洛特最喜欢紫罗兰色。我们到了，贝格女士，终于到家了，这个女人说道，搀着她的胳膊引着她，好似洛特是她自己的母亲。终于到家了，洛特重复道，绽出笑容。嗨，亚瑟，她说道，手指抚着裤腿，走过我的身旁，走进屋里。

之后，这个女人，确实是治安官，给我讲了这个故事：大约三点钟，她去走廊另一头找同事，回来时，见洛特坐在她的办公室，腿上搁着手提包，腰板挺直，好像在乘汽车，直直地看着眼前掠过的未知风景，或者是在演电影，她在扮演乘汽车，实际上是坐着不动。有什么能帮上您的？治安官问道，虽说他们通常事先通知她有访客来，况且就她所知，她没有任何预约。事后，令她百思不得其解的是洛特如何通过保安和秘书。洛特缓缓转身看向她。我来揭发一桩犯罪，她说。好的，治安官说道，在洛特的对面坐下，因为另一个选择只能是请她离开，可她不忍心这么做。是什么样的犯罪？她问。我遗弃了我的孩子，洛特宣告道。您的孩子？她问。她开始觉得洛特（已七十五岁）可能头脑迷糊，或者神志不清。1948年7月20日，他出世五周后，她说。您将他给了谁？治安官问。利物浦来的夫妇收养了他，洛特说。那样的话，无人犯了罪，女士，治安官说。

这时，洛特沉默了。先是沉默，然后迷惑。迷惑，然后惶恐。她猛地站起身，请求送她回家。她站着，不知该往哪个方向转，好像忘了门在哪里，好似出口已经消失。治安官询问她的住址，洛特说出德国的地址。走廊另一端传来法官敲槌的声音，洛特吓了一跳。最后，她允许治安官打开她的手提包，找到住址和电话号码。治安官拨通电话，跟看护讲了电话，然后她告诉秘书稍后便回来。她们走出大楼，洛特抬头望着她，似乎初见这位治安官。

　　我的头脑里感到一阵寒意，极度的麻木感，好似脊椎被冰冻起来，渐渐地冻进脑子，以便保护感觉中枢，免得被这突来的消息炸碎。我竭力稳着心绪，由衷地感谢治安官，她的车一开走，我便进屋，辞退看护，她诅咒着离开。我见洛特在厨房里，吃着一盒饼干。

　　起初，我什么也没有做。渐渐地，我的脑子开始融化。我留神细听洛特发出的声音，在房子里走动、呼吸、骨骼喀喀作响、吞咽、舔润干燥的嘴唇、轻叹一记微弱的呻吟。我帮她脱下衣衫或洗澡——这是我现在得做的，看着她瘦弱的身体，我以为我熟悉她的每一寸肌肤，纳闷竟从来没有意识到这副身躯曾生过孩子。我嗅着她的气息，熟悉的气息，还有暮年的新气息，我心下思忖，我家住着两种不同的物种。在这里，这栋房子里，生活着两种不同的物种。一种陆生，一种水生；一种活在地面，一种潜在渊底。然而，在夜里，爬过物理学法则的漏洞，他们睡在同一张床上。我看着洛特对着镜子梳白发，我明白，从此往后，直到最后，我们会一日更比一日陌生。

　　孩子的父亲是谁？洛特把婴儿给了谁？她究竟可曾再见过他，或者有着联系？如今他在哪里？我一遍一遍地在心里琢磨这些问题。这些问题，我到现在也不敢相信自己竟会询问，就像是问自己，天空为什么是绿的，河流为什么要冲过我家的墙壁。洛特和我从来不谈以前的恋人。我不问，是出于尊敬她，她不问，是因为这是她对待过去的方式：彻底的沉默。我当然意识到她有过恋人。比如说，我知道书桌是其中一个男人送的。也许他是唯一的爱人，不过我怀疑这个可能性。我遇见她时，她已二十八岁。不过我这时才明白，他肯定就是孩子的父亲。不然又如何解释她对那书桌的古怪的眷恋；她同意跟那头怪物一起生活，况且不只是一起生活，而且是在那怪物的膝头日复一日地写作。倘若不是内疚，以及几近悔恨，还能是什么？没过多久，我不可避免地联想起丹尼尔·瓦尔斯基的鬼魂。要是她告诉治安官的事是真的，那么他恰好跟她的孩子年纪相仿。我从没想象过他会是她的孩子，这绝不可能。假如她的儿子走进屋来，她又会作怎样的反应，我确实无从知晓，可我知道绝不是她第一眼见到丹尼尔时那样。然而，我豁然明白促使她接纳他的缘由，这整件事情顿时清晰起来，至少灵光一闪的片刻，我瞧见整体，然后又消散在更多未知、疑问里。

定是丹尼尔·瓦尔斯基按响门铃的四年后，一夜，1974年一个冬夜，洛特开车到帕丁顿接我，我一坐进车里，就看出她哭过。我万分惊恐，询问她是什么缘故。她久久不说话。我们默默行驶在西道上，穿过圣约翰林，循着摄政公园的黑暗道路，车前灯不时掠过跑步者的鬼魅身影。记得几年前来的智利男孩吗？丹尼尔·瓦尔斯基？我问道。当然。我当时完全不知道她要跟我说什么。我的头脑里闪过无数念头，但无一个接近她要告诉我的内容。大约五个月前，他被皮诺切特的秘密警察逮捕，她说。自那以后，他的家人再没有他的消息，他们有证迹确信他已被害。先受了折磨，然后被杀害，她说道，声音滑过最后几个梦魇般的词语，并不是哽在喉头或者缩紧喉咙，好收住眼泪，而是膨胀开来，宛如瞳孔在黑暗里扩张，似乎这里头不单包含一个梦魇，而是很多很多梦魇。

我询问洛特从何得知，她告诉我，她间或跟丹尼尔通信，直到有一阵子，再没有他的音信。起初她也没有放在心上，因为他总要辗转经过很长时间才会收到她的信，总是经由朋友转寄；丹尼尔经常居留不定，委托住在圣地亚哥的朋友转达信件。她又写了一封信，依旧没有回音。那个时候她担心起来，因为智利的局势如此恶劣。于是她直接写信给那位朋友，打探丹尼尔的消息。近一个月后，她终于收到那位朋友的回信，告诉她丹尼尔消失的消息。

那一夜，我竭力安慰洛特，我虽努力了，但也明白我是不懂如何安慰她的，我们一同表演空洞的哑剧，毕竟我也不指望自己能够知晓或理解，对她来说，那个男孩意味着什么。她也不需要我知晓，可她希望甚至需要我的安慰，我猜想我若是更好的男人，可能会有不同的感觉。可我不是，我不由得生起一丝愠意。只是一丝，一丝罢了。汽车在屋前停下，我把她拥在怀里的时候，感觉到那一丝愠意。毕竟是她筑起墙来，然后呢，却要我为墙那一头发生的事抚慰她，这公平吗？不公平，甚至自私？当然，我什么也不说。我能说什么？我曾立誓宽容她做的一切。黑暗里，男孩的惨烈悲剧笼罩着我们。我拥抱着她，安慰她。

治安官送洛特回家的一星期或十天后，她在沙发上打盹，我爬上她阁楼的书斋。她已有一年半不曾到这里，桌上的稿纸一如她最后一天离开时的模样，那一日，她勉力跟瘁竭的头脑抗争，永远败下阵来。看着翘卷的稿纸上的手迹，我心痛万分。我在她的书桌前坐下，双手摊在桌面，二十五年前，她把那张书桌给了丹尼尔·瓦尔斯基，就一直用着这张简易的木桌。第一页稿纸上的词语大多涂掉，间或留下一两行或数个词语。我分辨着，多半也是读不通的，并且在狂乱的涂抹与颤抖的字迹之间，昭然可见洛特的气馁，挣扎着记录消逝的回音的气馁。我的目光落在页底一行：惊愕的男子站在天花板下。是谁？究竟会是谁？泪水潸潸将我卷裹，犹如溃决的潜澓，泛过原本平坦宁静的海洋，狠劲地往我的头顶砸来。我被卷裹进去。

我起身走到柜前，洛特的稿纸和文档放在里面。我不晓得自己在找什么，但心里以为迟早会找到。编辑寄来的信，我送的生日卡，不曾发表的故事手稿，明信片；有些寄自我认识的人，有些我不认识的人。我找了近一个小时，仍然没有找到，没有任何孩子的痕迹。也没有找到丹尼尔·瓦尔斯基的信。然后，我下楼去，洛特恰好醒来。我们一同出门散步，自我退休以来，我们每天下午都要这样出去散步。我们直走到议会山，看风筝在风里颠簸摇荡，然后回家吃晚饭。

当夜，我待洛特睡下后，悄悄起身，泡了甘菊茶，漫不经心地翻阅报纸，卒尔，这个想法不期而至似的，我径直爬上阁楼。打开另一些抽屉，翻看另一些文档，在这些翻寻过抽屉和文件后，在这些搜索过的地方，又有更多抽屉和文档冒出来，有些作了记号，有些空白。纸张似乎顺着自己的意愿漂出来，在地板上游走，如同百无聊赖的孩子用纸搭起的秋日舞台。貌似狭小的柜子里，洛特像松鼠似的积贮了无尽的纸，我渐觉气馁，不敢再希望能够寻着我要找的。看着这些信笺、笔记、手稿的片段，我始终不能摆脱背叛洛特的罪孽感，我用她认为最不可原谅的方式背叛她呢。

过了凌晨三点，终于找到一只塑料夹，装着两份文件。一份是发黄的知示，东城妇产科医院签发的，日期是1948年6月15日，病人姓名一栏，哪个护士或秘书敲下洛特·贝格。住址不是罗素广场的公寓，而是我从未听说过的街道，后来我查了地图，发现是施达尼路，离医院不远。地址下面一栏写着，洛特于6月12日上午十点二十五分产下一个男孩，体重7磅2盎司。另一份是密封的信封。胶水已风干，我试着揭开，便轻易开启。里面装着一小束细柔的黑头发。我捏起这束头发，放在掌心。不知什么缘故，我的脑子里浮现儿时走在树林里，看见缠在矮枝杈上的一簇毛。我不晓得是哪种动物的毛，想象着是驼鹿一般雄赳赳的大兽，却十分雍容闲雅，在森林里悄然而过，从来不向人类现身的灵兽，却单单给我留下迹象，叫我去寻找。我试图从脑子里挥去这个六十多年来不曾忆起的古老形象，凝聚心念思索，掌心这束头发，我妻子的孩子的头发。然而不论怎样努力集中心念，我还是只能想着那头美丽的动物，在森林里迈着无声的大步，不会说话却懂得一切，眼看着人类对同类、对一切物种犯下的罪孽，肝心圮裂。我一度以为是疲倦令我生起幻念，但又自忖，不，这就是衰老，时间将你遗弃，所有的记忆不待召见，便自主呈现。

信封里别无他物，过了一会儿，我把头发装回去，拿胶带封上信封，再把信封放回塑料文件夹，搁回抽屉底。然后，我整理好所有纸张，尽量按着原样放回去，合上写字台的抽屉，关上灯。天色熹微，我蹑足走下楼梯，到厨房里，把水壶搁到炉上烧水。在空蒙的天光里，我仿佛看见通往花园的门侧杜鹃花下，有个影子在动。刺猬，我高兴地想着，尽管也没有根据。英国的刺猬上哪里去了？那些友善的生灵，儿时无处不见的，尽管那时候看见它们，也都是死在路旁的。是什么杀尽了刺猬？茶包在沸水里翻滚，我想着，暗暗提醒自己要记着，也许又会忘记，记得告诉洛特，从前这个国家到处有刺猬，那些可爱的夜游动物，瞪着一对大眼睛，掩饰坏得透顶的视力。正如阿尔基洛科斯说的，狐狸懂很多事，刺猬却只懂一件大事。可是，是什么大事？时间过去，我听见她在卧室唤我。嗳，我的爱人，我应声，眼睛仍望着花园。这就来了。

孩子的谎言

1998年秋天，我遇见约阿夫·怀茨，就爱上了他。我们在一个聚会上相识，在阿宾顿路，一个我不曾去过的地方。陷入爱情，这是我没有经历过的。十年过去了，但那一段时光，并没有像大多的时光那样从我的人生中消逝。约阿夫与我一样上牛津，不过他住在伦敦，贝尔赛兹公园的一栋房子里，跟妹妹利娅同住。她在皇家音乐学院学钢琴，我常听见墙后传来她的琴声。有时音符戛然而止，漫长的停顿，错落着钢琴凳的刮擦声，或者地板上的足音。我以为她会出来打招呼，但音乐又起，突然冒出来。我去过三四次后，才见着利娅。见到她时，我有些吃惊，她跟哥哥相貌肖似，但更像精灵，更容易消失，你要是适巧转头，她就会不见。

房子是维多利亚式的砖砌房子，荒残得很，两人住着，实在嫌大，屋里拥挤着乌沉沉的美丽家具，都是他们的父亲搬运来的。他是出名的古董商。每隔数月，他路过伦敦，尔后，房子里的一切，就仿佛经由无瑕的鉴赏力神奇地编排过。有些桌子、椅子、台灯、软榻，装进板条箱搬出去，另有一些搬进来。就这样，房间总是变换着模样，添染上别人家的房子、公寓的奇异、错位的情绪。这些家具的原主人去世、破产，或者只想摆脱跟他们生活了多年的东西，便托乔治·怀茨处置这些负担。偶尔有意购买的人亲自来看，约阿夫和利娅就得捡起四散的脏袜子、摊开的书籍、污渍的杂志、空玻璃杯。清洁工刚打扫完，杂乱就开始积淀。不过，怀茨的主顾通常不需要亲眼看，或许是因为这个古董商名声在外，或许是因为他们的财富，或者他们买的是这件东西的情感价值，跟东西的外表无关。倘若他们的父亲不去巴黎、维也纳、柏林或纽约，就住在耶路撒冷葡萄园泉村哈奥冷街的一幢石砌房子里，掩映着开满花的藤蔓，约阿夫和利娅在那里度过童年，百叶窗总是紧闭着，拦挡酷烈的日光。

自1998年11月到1999年5月，我和他们一起住在那幢房子里，走上十二分钟，就是梅尔斯菲尔德花园路20号。1938年9月，西格蒙特·弗洛伊德挣脱盖世太保的钳制，寓居在这幢房子里，直至1939年9月死于他自己要求注射的三支吗啡。外出散步，我常信步走到那里。弗洛伊德逃离维也纳时，几乎把全部家当都装上集装箱，运到伦敦这幢房子里。在这栋大房子里，他的妻女深情地铺设起一个房间，完全依照他被迫离弃的贝格斯19号的书房，相像到最小的枝节。那时我还不知道怀茨在耶路撒冷的书房，因此全然不懂他的房子与弗洛伊德故第的诗意对称。可能所有放逐者都想重建失落的家园，因为害怕死在陌生的地方。

然而 1999 年冬天，我在这位医生的书房里，在磨损的东方地毯上逗留，感受这地方的安然闲适，看着他的小塑像、小雕像，这一切都叫我觉得安心。弗洛伊德比任何人都更懂记忆是令人蹇蹶的负担，却不能比我们任何人更能抗拒它的神秘诅咒，这一反讽也时常叫我愕然。他去世后，安娜·弗洛伊德把书房保留得跟她父亲生前一模一样，连他最后从鼻梁上摘下的眼镜，也照旧摆在书桌上。星期三到星期天，十二点到五点，你可以拜访这个房间永恒地陈列着的那一时刻。在那一时刻，这个就做人的意味给出一些最隽永思想的人，停止做人。大门前的椅子上坐着年迈的向导，给访客发小册子。访客在小册子上读到，非但可以把这次参观当作观览真实的房子，并且由于房间里的各种收藏、展品，也不妨当作观看隐喻的房子——心灵。

我说我和他们一起住，不是说我们的房子，因为我虽在那里住了七个月，但它绝不是属于我的，我只当自己是享受优遇的客人，绝没有别的念头。除我以外，就只有另一个访客，罗马尼亚清洁工鲍葛娜，她是来抵挡要吞没这对兄妹的混乱。这团混乱如同地平线上永不息止的风飑。后来不知出了什么事，她走了，若不是因为她再也挡不住这团混乱，就是因为没人给她工钱。兴许她觉察事情往糟糕里栽去，要趁早脱身。她瘸着一条腿，膝关节水肿，我想着，那是一杯多瑙河水在泼溅，看她拿着拂尘，砰砰地打扫一个又一个房间，不时叹口气，好似又回想起失望。她厚实地裹着的膝盖，掩在宽松长袍下，头发是自己在家拿危险的化学物质煮汤漂白的。挨近她时，闻得到她身上的洋葱味、氨水味、干草味。她是个勤快的女人，不过，有时会停下手里的活，跟我讲她的女儿，还在康斯坦萨，园艺专家，政府发的工资很少，丈夫跟别的女人好上，就把她甩了。也讲她的母亲，有一小块地产，死不肯卖，老犯风湿。鲍葛娜接济她俩，每月给她们汇钱，邮寄从牛津饥荒救济委员会领的衣服。她十五年前死了丈夫，稀奇的血液病；如今这病已能治了。她管我叫伊莎贝拉，不叫伊莎贝尔，或者像大多数人那样叫我伊姿，我也从不去纠正她。我不知道她为什么要跟我说话。也许她把我看作同盟，或者至少是外人，不是这一家子的。我自己倒不这么看，不过，在当时，鲍葛娜知道的比我多。

鲍葛娜走后，房子就荒芜了。房子抗议唯一的拥护者抛弃了它似的，潦倒起来，蜷缩到自己内心去。每个房间都堆着脏盘子，食物掉到地上，也就任它掉着，凝固。灰尘沉淀下来，家具底下长出灰蒙蒙的绒毛。冰箱被黑霉蚕食，窗户洞开着，任凭风雨浸淫，腐臭了窗帘，朽烂了窗台。一只麻雀飞进来，陷在屋里找不着出口，双翅拍打着天花板，我笑说这是鲍葛娜的羽毛掸子的幽灵。我的幽默撞上阴郁的沉默。我才明白，再也不能提起照料了约阿夫和利娅三年的鲍葛娜。利娅从纽约回来后，兄妹俩与他们的父亲之间生出可怕的沉默，他们索性不出门。我给他们带需要的东西。我刨去沾在锅底的蛋黄，以便煮早餐的时候，就会想起鲍葛娜，祝愿她有一天实现愿望，在黑海边的小度假屋里安享晚年。两个月后，5月末，我的母亲病重，我回了纽约，大概待了一个月。我隔几天就给约阿夫打电话，没想到兄妹俩突然不接电话了。有些夜里，我任电话响上三四十下，胃拧成一个一个的结。7月初，我回到伦敦，房子黑沉沉的，锁也换了。起初我以为约阿夫和利娅跟我戏闹。但是日子一天天地过去，还是没有他们的音讯。我别无选择，最后只得回纽约，因为当时我已被逐出牛津。虽然饥怨交迫，我还是努力寻找他们。没有找到。半年后，一个装着我的东西的盒子寄到我父母家，没有寄件人的地址。这是他们还活着的唯一迹象。

最后，我向他们离别的古怪逻辑妥协，同他们共处的短暂时间里，我被教会了这个逻辑。他们是他们父亲的羁囚，关押在自家的四壁，他们终归不能属于任何旁人。这些年来，我从没指望他们会打破沉默，从没想过再见到他们。他们做起事来，绝不折中，绝不会像我们这样，因为疑虑、犹豫、懊悔而深受牵绊。我虽继续生活下去，也爱过不下一两次，却从来不能忘记约阿夫，想着他在哪里，变成了怎样的人。

有一日，2005年夏末，他们离开已有六年，我收到利娅的信。她在信里写道，1999年6月，他们的父亲在七十岁生日的一星期后，在哈奥冷街的房子里自尽。第二天，女仆在书房里发现他。

他身旁的桌上摆着一封信，密封着，写给儿女的；一只安眠药空瓶；一瓶威士忌，利娅没见他这辈子喝过这种烈酒；一份赫姆洛克安乐死协会的手册。绝对不是意外。房间另一头的桌上摆着一排手表，原本属于怀茨的父亲。1944年，他的父亲在布达佩斯被捕后，他就保管这些手表，一直给它们上发条。怀茨在世时，不论走到哪里，都要随身带着这些手表，以便按时上发条。女仆来的时候，利娅写道，所有手表都停了。

她的手迹纤细清晰，跟散漫的内容很不相称。没有问候语，好像只有数月不见，而不是六年音信杳然。写了她父亲的自尽，信里接着一大段写书房里的一幅画，他结束自己性命的房间。自她懂事起，这幅画就挂在那里，利娅写道，但她也记得这幅画没有挂在那里的时候。那时她的父亲还在寻找它，正如他找回那个房间里的每一件家具。1944年的那个夜晚，盖世太保逮捕他的双亲之前，那些家具曾经摆在他的父亲在布达佩斯的书房。要是换作别人，只能把它们当作永远失去的东西。但她的父亲不是这样的人，正是因为这一点，他在他这一行里无可匹敌。他说过，无生命的东西跟人不一样，不会就这么消亡。盖世太保没收了公寓里最值钱的东西，怀茨家族的母系尤其富贵，因而没收的东西极多。这些东西连同堆成山的珠宝、钻石、钱币、手表、画作、地毯、餐具、瓷器、家具、棉麻织物、陶瓷，还有照相机、邮票，装上四十二节车厢相连的"黄金火车"——苏联军队入侵匈牙利时，纳粹亲卫队用来转运掠自犹太人的财物。收缴剩下的，都被四邻搜刮去。战争结束了，数年之后，怀茨方抵达布达佩斯，就去敲邻居家的门。他们的面色顿时变得刷白，他领着一伙雇来的暴徒，闯进公寓，抄起被窃的家具，扛在背上扬长而去。一个女孩长大，搬了家，一并带走他母亲的梳妆台，怀茨搜索城市的四郊，夜半进入她的屋子，自个儿倒了杯葡萄酒，喝后将杯子搁在桌上，亲自扛了梳妆台离开，女人一直就睡在另一个房间里。后来，买卖做大了，怀茨就雇人干这种活。但只要是他自家的家具，他总要亲自上门去。1945年5月，盟军在魏芬附近截下黄金火车，火车上载的大部分东西被搬到萨尔茨堡军用仓库。后来，这些东西或在军队交易店出售，或在纽约拍卖。怀茨费了更长的时间搜寻这些东西，通常是数年，甚至整整一个年代。他不仅结识了美国军队监督分派这些东西的每一位高级军官，而且跟仓库雇用的每一个搬运工都打上交道。天晓得他用什么交换想得到的信息。

他费尽心思认识买卖十九和二十世纪家具的欧洲大商。他精读每一场拍卖会的目录，跟每一位家具修理师傅交朋友，对进出伦敦、巴黎、阿姆斯特丹古董市场的东西了如指掌。1975年秋，他父亲的霍夫曼书柜出现在维也纳赫伦街的店里。他径直从以色列飞去，凭着右侧一道细长的擦痕认出。也有类似的书柜出现，却都因为没有这一道擦痕而被怀茨否决。他搜寻父亲的词典架，寻到安特卫普的银行世家，又寻到巴黎雅各布街的古董店。这个词典架立在橱窗里，在白色大暹罗猫的监管下度过了不少年头。利娅眼见失落已久的家具来到哈奥冷街的房子里，这些紧张沉重的事件总叫小小的她惧怕，有时她躲进厨房去，生怕条板箱撬开时，跳出来的是她死去的祖父的淤黑的脸。

关于那幅画，利娅这样写道，画面很暗，你得站在特定的角度，才能分辨出画的是骑马的人。很多年来，我一直以为那是亚历山大·扎伊德。我父亲从来不喜欢这幅画。有时候我想，要是他容许自己以想要的方式生活，他会宁可住在只有一床一椅的房间里。换作任何人,都会任由这幅画随同其他东西失落,可我父亲不是这样的人。他担起支配他人生的责任感,后来也把这份责任感传给我们。他长年追寻这幅画的下落,支付大笔现钱,说服得主转卖给他。他的遗书里写着,这幅画曾经挂在他父亲的书房里。就因为这荒唐,我气得差点逆气,或者尖叫,甚至也可能狂笑。说得好似我完全不知道这个事实:他在耶路撒冷的书房里摆的每一样东西,都是原原本本照着祖父在布达佩斯的书房,丝毫不差!连天鹅绒窗帘、象牙托盘里的铅笔都一样!四十年来,我父亲劳碌奔走,重拼这间失落的书房,重拼起这间书房在1944年生死攸关的那一日的样子。似乎只要把所有家具再摆在一起,他就能够摧毁时间,抹去悔恨。哈奥冷街的房子只缺一样东西——我祖父的书桌。在它原该伫立的地方,留着一个幽深的洞。没有它,书房就只是残缺拙劣的复制品。我知道它在哪里,只有我知道。我不肯把它交给他,分裂我们家的就是这件事,就发生在你跟我们一起住的那一年,他自杀前几个月。他却不肯承认这一点!我以为我做的事会害死他。可事实恰好相反。我读他的信时,利娅写道,我知道是我父亲赢了。他终归还是找着法子,叫我俩永远不能逃离。他去世后,我们回到耶路撒冷的房子里。我们停止生活。也许可以说我们开始了一种孤寂的幽闭人生,不过是两个人,而不只是一个人。

接着信里描写屋里的房间。哪样东西坏了,我们就不再用它。我们雇人买东西,送来我们需要的。这个女人需要钱,这辈子什么都见识过,从不抬起一根眉毛。以前我们偶尔出去,现在压根不出门了。是惰性起作用了吧。我们有个花园，约阿夫会出去看看，不过他也有几个月不去看了。

她终于写到来信的目的：再不能这样下去了，不然，我们真的会停止活着。我们当中的一个最终会干出些可怕的事来。就好像每过一天，我父亲就引诱我们走得更近。越来越难抵抗。很久以来，我一直在鼓起勇气离开。我要是走了，就永远不能再回来，但我不能告诉约阿夫，不然我们俩又会被吸到一起。那时候，我就不知道是否还能再逃脱。所以，他什么也不知晓。你要是还没猜到的话，伊婆，我写信请求你到这里来。到他这里来。我一点也不知晓你眼下的生活，可我知道你那时很爱他。你俩是天生要在一起的。他心里还装着你，再没有装过别的人。我一向嫉妒你，能够让他有感觉。嫉妒他找到了能让他有感觉的人。可是我呢，永远不会容许自己的。

信末，她写道，在确定我会去他那里之前，她是不会离开的。她不敢想他独自个儿会怎么样。她没有说打算去哪里，只是写道两周后会打电话来。

她的信唤醒我感觉的潮汐，悲伤、忧虑、喜悦。也有气忿，因为利娅竟然认定，这么多年后，我会为约阿夫抛下一切，她竟然把我搁在这样的境地。也叫我害怕，因为我知道再见到他，触摸他，会叫我万分痛苦，因为他竟变成那样，因为我知道他能点燃我，牵惹起叫人心痛如绞的生命力。这生命力像光焰，灼亮我心底的空虚，照透我一直以来暗自明了的事实：多少日子里，我半死不活地过着，多么轻易地向生活妥协。跟别人一样，我也有一份工作，虽然讨厌这份工作；还有个男友，温和善良的人，爱我，能激起我迟徊的柔情。但是看完信后，我知道我会到约阿夫身边去。在他面前，一切的一切，漆黑的阴影、污秽的盘子、窗外屋顶的油毡，都被汩汩涌动的感觉改变，更换了模样，变得敏锐起来。他唤起我的饥渴，不单是渴望他，也是渴望寥廓的人生，渴望那种人生曾经给我们展现的所有极致。是饥渴，也是勇气。后来，回头想想，我是那么轻易地关上一种人生的门，滑向另一种人生，滑向他，好似这些年来，我一直就在等这封信，好似我周围这一切是用纸板箱搭建的，因此，信终于来了，我就将它折起来丢掉。

等待利娅来电话的日子里，我的心里装不下任何别的事情。夜里睡不着，工作不能上心，忘记该做的事，丢失文件，跟老板闹僵：平日里，他不是盯着我的大腿和胸脯，就是冲着我发火。利娅要来电话那一天，我打电话请了病假，连澡也不敢洗，生怕错过她的电话。上午到下午到傍晚到夜里，电话还是没有响。我想着她改了主意，又消失了。要不然就是找不到我的电话号码，虽然我的电话号码列在黄页里。正在那时，九点差一刻（耶路撒冷凌晨时分），电话响起。伊姿？她说，声音一如当年那么苍白，要是可以这么形容声音的话，有些颤抖，好似屏着呼吸。是我，我说。他在楼上睡着，利娅说，不到凌晨两三点，他不去睡的，我得等他睡下后才能打电话。我们沉默着。在沉默里，没有说一个字，她探进我的心底，掏出答案。最后，她长呼一口气。你来后，不用按门铃。他不会来开门的。我把钥匙留给你，用胶带粘在蜂音器后。我点着头，哽咽得不能开口。伊姿，我很抱歉，我们，他从没，她即又咽住，太可怕了，她说。罪孽太重。这些年来我们惩罚自己。约阿夫的惩罚是放弃你。利娅，我说道。我得挂了，她悄声说，好好照顾他。

他们四处流寓。他们的母亲去世时，约阿夫八岁，利娅七岁。他们的父亲失去妻子的羁束，意淡心冷，带着他俩从一座城市游荡到另一座城市，有时停留几个月，有时几年。不论住在哪一座城市，他都在工作，约阿夫说，就是在那些年里，他在古董圈崛起，成了传奇。他不需要店铺，主顾们知道去哪里找他。他们渴望的家具，很久很久以前坐过的书桌、办公桌、椅子，叫他们无法释怀，原本以为再也不能看见。这些东西，曾经布置起那个失落的人生，或者梦里有过的人生，通过各种机密的资源、渠道，还有巧合，辗转来到乔治·怀茨的手里。十二岁那一年，约阿夫经常做同样的梦，梦见父亲、妹妹和他在丛林边的沙滩上。每天夜里，潮水把家具冲上沙滩，海草萦累的四帷柱床、沙发。他们把家具拖到树荫下，摆在房间里。这些房间是他父亲点着脚趾在森林的空地上画的格子。没有屋顶，没有四壁，一间又一间，蚕食着树林。这些梦又忧伤又惊悚。有一回，约阿夫梦见利娅找到一盏台灯，灯泡还在。他们跑向父亲，他把台灯搁在桃心木角桌上，把插头插在约阿夫嘴里。约阿夫蹲在地上，嘴里被插头紧塞着，抬眼望着灯光照得树巅影影绰绰。多年后，约阿夫在挪威背包旅行，偶然见到跟梦里相似的海岸线。他拍下来，到奥斯陆后，洗出照片，寄给妹妹，没说一字，他们之间不需要解说。

　　父亲带他们去巴黎、苏黎世、维也纳、马德里、慕尼黑、伦敦、纽约、阿姆斯特丹。不论何时搬进新公寓，屋里早已装满家具。这些家具卖出去，公寓渐渐空荡，他们就去另一座城市。或者恰好相反：落脚时，公寓里空荡荡的，还散发着油漆味。几个月后，卷盖书桌、套桌、睡榻塞满屋子。它们或是从窗户吊进来，或是由喘着粗气的大汉扛在背上从门里搬进来，或是约阿夫和利娅去上学或去公园玩耍时，凭空冒出来，镇定地立在不起眼的角落，好似在它们无生命的一生里，从来就是这样立在这里。约阿夫跟我说，他对于那些瞬变岁月的最早记忆里，有一个记忆是听见门铃响起，去开门，见楼梯口立着一把路易十六椅子。蓝锦缎绷裂，填充的马鬃毛翻将出来。公寓拥挤不堪，或是乔治·怀茨不堪忍受对妻子的思念，或是出于约阿夫和利娅明白却说不出的理由，他们又往另一座城市去。在陌生的地方，他们半夜醒来去卫生间，以为仍在老公寓，仍在先前的城市，就会撞上墙壁。贝尔赛兹公园房子的三楼卫生间的药橱里，他们当中哪个人或者两人刻下所有住过的地方：哈奥冷街19号、辛厄尔运河104号、弗洛拉街43号、西83街163号、圣米歇尔大道66号……总共十四个地方，一天下午，房子里只有我一个人，我把这些地址抄在笔记本里。

　　怀茨极怕这对儿女出意外，管教十分严厉，苛刻地规定允许做的事，允许去的地方，允许一同玩耍的伙伴。他们的生活被一个个古板的保姆牢牢控制,不论去哪里,他们都挣不脱这些保姆紧钳的手掌,长大得该有些自由活动的权利时,处境也没有变化。网球课、钢琴课、单簧管课、芭蕾课、空手道课后,他们立即被穿着厚长筒袜、粗跟鞋的雄赳赳的妇人监管着回家。他们日常行程稍有变动或者更改,都得先请示父亲。有一次,约阿夫怯怯地说别的孩子不用遵守同样的规矩,怀茨厉色打断他的话,说也许这些孩子不如他和妹妹这样被父母深爱着。要说在他们父亲的规矩下还有抗议,那也只是来自约阿夫,也只敢以畏怯的方式。怀茨强势地粉碎他的抗议。他们的父亲似乎为了确保约阿夫永远不敢大胆反抗,不时找法子贬损他。利娅则是一贯顺从地听从父亲的指示,因为她知道自己是父亲最疼爱的,她得担负起这份特殊的重任,反对他,或者违抗他,上帝哪,那就是背叛至高无上的训命,不亚于人身攻击。

约阿夫十六岁、利娅十五岁时,他们的父亲决定送他们进日内瓦的国际学校寄宿。那时,司机取代了保姆,但是跟那些妇人一样,他的阴影无处不在,只不过是从梅赛德斯-奔驰的皮座椅上投射出来。但怀茨再也不能忽视儿女成长得过于内向,他们说话夹杂着希伯来语、法语和英语,只有他们自己听得懂。此外,他们虽然老成,却更喜欢甚至寻求与同龄人隔绝。他承认再也不能紧拢着他们。正如最盲目、最受误导的父母有时也会恍然领悟,发觉自己教养儿女的方式,可能会以眼下还想象不到的方式伤害他们,甚至最后将他们致残。

他给校长布利耶先生打电话,就学校,就他的儿女能够得到的照顾，就他对学校的期待，进行了长谈。他深谙人情世故，很清楚只要当别人觉得跟你拴在一起的时候，即使只是通过一次握手，或者友好的谈话，就会照你喜欢的方式为你做事。要是他们知道你还能有所回报的话，做起事来就会更加卖力。因此，挂上电话前，怀茨向布利耶保证，他会给他的明朝花瓶另找个配对。几年前，在他妻子摆的晚宴上，布利耶的另一只配对的花瓶掉在地上摔碎。怀茨不相信那只花瓶是在晚宴上摔碎的，不过，对他来说，知道它摔碎的场景至今困扰着布利耶，这就够了，并且唯有那只花瓶的完美替代，才能让那件事的记忆消失。

怀茨不开车，他尽可能步行，要不然，就跟别人一样乘地铁。但他坚决要陪约阿夫和利娅，坐在司机开的车里，一路从巴黎到日内瓦。他们在第戎停下，在中世纪的小街——以十七世纪的神学家命名①——一家阴暗的饭馆吃午饭。饭后，怀茨把约阿夫和利娅留在书店，司机在一旁监管，他则去找人谈生意。不论走到哪里，怀茨都有生意要做；没有生意可做的地方，他就编出一个。他们的父亲有个习惯，手指耙着紧闭的眼睑，好似耙落眼皮上什么东西。在约阿夫眼里，这个手势好独特，成了他父亲的某种身份标志。年纪尚小时，约阿夫相信，在那些时刻，父亲是在聆听人类听觉以外的声音，就像狗一样。

到了日内瓦，怀茨直接带儿女到布利耶校长家。父亲和校长在紧闭的书房里说话，他俩跟夫人、法国斗牛犬一道坐在客

---

① 大约是指雅克-贝尼涅·波舒哀（Jacques-Bénigne Bossuet, 1627—1704）。

厅，吃着黄油曲奇饼。最后两个男人从镶木壁的书房出来，校长陪他们去约阿夫的男生宿舍，还拉开窗帘，给他们指点树林里的风景。怀茨拥抱儿子后，陪着利娅到镇子的另一头，利娅要和两个年纪略长的女孩一起住在退休的英语教师家。一个是美国商人和他泰国妻子的女儿，另一个是伊朗沙阿时代的皇家工程师的女儿。利娅初来月经时，伊朗女孩送给她一对小巧的钻石耳钉。利娅把耳钉装在小盒子里，跟旅途里收集的纪念品一道陈列在窗台上。那一年，约阿夫和利娅第一次分开住，也是最后一次，至少直到我认识他们。

儿女不在身旁，怀茨越发不能安定下来。他给约阿夫和利娅寄明信片，寄自布宜诺斯艾利斯、圣彼得堡、克拉科夫。明信片背面的字迹，是那种就要随着他这一代人一同消逝的手迹：颤抖，因为被迫从一种语言跳跃到另一种语言而显得杂乱无章，难以辨认的笔迹中透着尊严。结语总是这句话：好生彼此看顾，我挚爱的孩子，爸爸。节假日，有时甚至在周末，约阿夫和利娅乘火车去巴黎、沙莫尼、巴塞尔、米兰，走进公寓或宾馆去见父亲。在这些旅途中，人们常把他们看作双胞胎。他们乘的是吸烟车厢，利娅头抵着车窗，约阿夫的下巴支在手上，望着阿尔卑斯山的轮廓疾驰而过，他们修长手指间的烟头，时而在黄昏里明灭。

儿女进日内瓦学校两年后，也就是怀茨离开哈奥冷街九年后，他突然决定回去。他没有跟儿女解释。很多事情，他们从来不解释。在他们之间，沉默与其说是一种逃避，不如说是孤独的一家人共生共存的一种方式。怀茨照旧出行,不过旅途最终牵引着他拎着提箱,回到妻子曾经钟爱的石砌房子,走上蔓草丛生的前院小径。

约阿夫和利娅呢,他们喜欢学校里的新自由,但其他方面也鲜有变化。要是非得说有什么变化,那就是猛地被推入学校的生活,跟同龄人亲近相处,越发显得他们的疏离,于是他们将孤绝的壕沟挖得更深。他们俩避着人一同吃午饭,得了空就结伴在城里游荡,去湖上乘船,忘掉时光。有时,他们在湖畔的茶餐厅买一个冰淇淋同吃,眼望着不同的方向,沉浸在各自的遐想里。他们没有交朋友。在学校的第二年,约阿夫同宿舍的男孩,一个狂妄的摩洛哥人,想哄利娅跟他约会,却遭到冷漠的拒绝,他就散布谣言,说这对兄妹乱伦相恋。他俩也尽力地助长谣言,公然躺在彼此的腿上,抚摸彼此的头发。在学生当中,这个谣言就成了公认的事实。连教师也以异样的眼光看着他们,混杂着迷惑、恐惧、艳羡。事情一发不可收拾,变得紧张起来,布利耶先生感到自己有责任知会他们的父亲,关于他的儿女这一件事。他给怀茨的电话留了口信,怀茨立即从纽约打来电话。布利耶干咳两声,清清喉咙,想要拐弯抹角地谈到那个话题,却又趑回去,绕到另一个话题,咳得不能抑制,请求怀茨稍等,他的妻子来拯救,端着一杯水,露着严酷的神情,这副表情唤回他的使命感,他再度拿起电话,告诉怀茨他的儿女这一件众人皆晓的事。他讲完后,怀茨黯然不语。布利耶抬起眉头,朝妻子投去焦灼的一眼。您知道我在想什么吗?怀茨终于开口。我只能想象,布利耶说。我在想我极少看错人,布利耶先生。在我这一行,识人极为要紧,而我也深以敏锐自居。如今才知道我竟看错了您,布利耶先生。我承认一向不曾认为您是明智的人,却也不曾认为您蠢庸。这时,校长又咳起来,渗出冷汗。那么,请您慷慨地允许我告辞了,有人在等我。午安。

　　这些故事,大多是约阿夫讲给我听的,我们赤身躺在他的床上,在黑暗中吸烟、说话,他的下体靠着我的大腿,我的手指循着他凸起的锁骨摩挲,他的手搭在我的膝后,我将头埋在他的肩下,感受这份新鲜脆弱的亲密里独特的、叫人悚然的兴奋。后来,我跟利娅熟起来,有时她也会跟我讲一些事情。不过,这些故事总是没有讲完,他们的情绪叫人无从捉摸,不可解释。他们的父亲是一幅只画出一半的速写像,就好似若是全画出来,就会把其他一切,包括他们自己,一概遮去。

　　确切地说,我并不是在聚会上遇见约阿夫,至少不是初识。我第一次见到他,是在来牛津的三个星期后,在年轻的研究员家里,这位研究员是我在纽约的大学教授的学生。不过那一晚我们只说过几句话。又见面时,约阿夫竭力要叫我相信,在晚餐上,我给他留下了深刻的印象,深刻得足以令他甚至考虑要想办法再见到我。可我记得,整个晚餐上,他不是显得百无聊赖,就是陷入沉思,好像他这个人的一半喝着波尔多酒,把眼前的食物切成小块,另一半则在枯瘠的平原上牧羊。他话不多。我只知道他学英语文学,三年级本科生。甜点后,他第一个起身离开,说他要赶公交车回伦敦,他跟主人夫妇道别时,显然可见,他乐意的时候,能够做得很讨人喜欢。

博士学位要念三年,要求极宽松。每隔六周跟导师会面,此外,我就得自顾自的。烦事旋即来了,我原本打算研究的课题——广播这种新媒体对现代主义文学的影响——走进死胡同。这原是我在纽约的本科论文,得了教授的赞扬,还得了韦特海默奖,一位退休教授设立的,他坐着轮椅,从温彻斯特牧歌般的墓园被推来参加颁奖典礼。可是牛津为我指定的研究员是基督教堂学院的A.L.普卢默,一个秃顶的现代主义者,他一把撕碎我的论文,说是缺乏理论完整性,固执地要我找个新课题。在他书房的层层书架之间,我坐在随时要散架的椅子上,心下惴惴不安。我无力地试图论证自己论文的价值,但事实是,我自己也对这个课题没了兴致,我想说的话,都写在那一百多页的本科毕业论文里了。光束透进高悬的小窗——小得只能叫侏儒或小孩逃生,照起飘浮的尘埃,落在A.L.普卢默的头顶,我揣想也落在我的头顶吧。除了跋涉到波德林图书馆的无限收藏里,去找一个新课题,我没有别的选择。

接下来几周里,我耗在拉德克里夫图书馆的座椅里,舒适的软垫椅,污着人类的分泌物,世界各地所有的图书馆几乎都有这种椅子。椅子临窗,俯瞰万灵学院。外头,雨水倾空而下,像是一个科学实验——千万年来一直做着的科学实验,构造起英国的天气。偶尔一两个穿着黑长袍的人影走过万灵学院的中庭,我觉得像是在看戏,戏里的台词和舞台背景都省略掉,只有出场和退场。这些空洞的出场和退场叫我觉得恍惚、迟疑。我读各种书，其中有保罗·维利里奥的论文：发明火车，也就发明了脱轨。维利里奥爱写的就是这些，但我没有读完。我没有戴手表，不堪忍受困在书堆时，我就起身离开。有四五次，走出图书馆的大门，有个学生适巧走过卵石路，推着直立的低音提琴，就像领着发育太快的小孩。有时，他刚巧走过去；有时，他正好走来。不过，有一回，我走出图书馆，他恰从门前走过，我们对看一眼。有时候，陌生人之间的眼神，彼此默默认同现实布满了石灰洞，彼此明了永远不能探知这些洞究竟有多深。

我住在小克拉伦登街的公寓，要是不去图书馆，我就窝在房间里。我一贯内向、神经过敏，那段时间更是如此，倘若不是独个人，生活里也只有一二密友，兴许还有个男朋友。我知道最终会在牛津遇见这样的人，或者人们。与此同时，我却又窝在屋里。

房间里有一条磨损的地毯，我从班伯里路的北头拖上公交车带回来的，有一把电水壶、一套跳蚤市场买的维多利亚茶杯和茶碟，此外再没有别的。我一向迷恋旅行的感觉，喜欢随时毫不费力地起身离开的感觉。被器物牵绊，叫我觉得极不自在。犹如生活在冰冻的湖面，日常生活里的陷阱，一只锅、一把椅子、一盏灯，都可能压碎冰面，令我坠入湖底。唯一例外的是书籍，我恣意地买，因为从不觉得它们真正属于我。也是因为这一点，我也从不觉得有义务读完不喜欢的书，或者有着非得喜欢它们不可的压力。但也是因为欠缺某种责任感，令我极容易受影响。终于找着对口味的书时，我的反应就会很激烈：这本书会将我炸出窟窿，叫我的人生越发险象环生，因为我无法控制从那窟窿爆发出来的东西。

我学的是英语文学专业，只是因为喜欢看书，倒不是因为我知道自己要拿这一生做什么。那一年秋天，在牛津，我跟书籍的关系变了。渐渐地改变，几乎没叫我察觉。日子一周一周地过去，我越发自馁，不知道三年的光阴要写出怎样的博士论文，这个庞大的任务压得我不能喘息。一坐进图书馆，我就被焦虑、恍惚、蒙昧、绵密的黑暗追逐着。起初，我根本不知道究竟是怎么了，只觉着胃尖隐隐不安。一天天地过去，这种感觉更加强烈起来，蔓延到脖颈上，我越来越觉得漫无目的，徒劳无益。看书，却不知在看些什么。翻回去重看，不多时，句子又隐去，我又心不在焉地翻回去，翻过这些空白的书页，这些书页犹如死水表面的虫子。我惶惶不安，怕去图书馆。我开始担心自己会担心。一走进图书馆，我就焦虑起来。焦虑跟读书交集。就我记事以来，读书便是我人生的中心，从前为我筑起堡垒抵御沮丧，因此这份焦虑更令我焦虑。从前我也常忧心，但从来没有感到自体内袭来的埋伏，似乎身体竟对它自己敏感起来。夜里，我清醒地躺在床上，觉得即使这样不动弹地躺着，在某个层面上，身体却快要散架。

我不能安定心绪去看书，于是尽日走在牛津街上，去凤凰影院看电影，去高街看老书，要么去皮特河博物馆，看失落民族留下的东西：骷髅、工具、豁口的碗。但我的眼睛几乎看不见面前的东西。我觉得心灵麻木地死去，我的存在寂然无声，好似身体里的信号站关闭了。几个星期过去，我完全没了自我。一夜间，犹如被人抽空躯壳内的内容，而躯壳依旧四处走动，好似不曾有事发生。虚空感却不是漠然的：焦虑、孤寂、绝望，在街角潜伏，等着我的肉体走上街去，伺机将我拦截。在这条障碍赛道上，失去了任何目的感，我唯一的渴望是回家去，回到儿时的房间，睡在散发着熟悉的洗涤剂气息的床上，聆听父母在甬道尽头嘀咕。漫游几个小时后，傍晚，我回公寓去，在圣吉尔斯街的美食店前停下。眼望着人们的袋子里装着酸果酱、鹅肝酱、馅饼、酸辣酱、新出炉的面包，想起父母穿着拖鞋坐在厨房里，佝偻着背吃晚饭，角落里的小电视机播着晚间新闻，我猝然痛哭起来。

  若不是实在怕叫父母失望，我可能早已收拾行李离开这里。他们不会明白的。是我的父亲督促我申请的，他在餐桌上滔滔不绝地讲述奖学金将为我打开的一扇扇大门（我父母的卫生间的墙上全嵌着镜子，如果同时打开两扇柜门，站在它们形成的三角形里，就会有数不尽的门和壁架朝四面八方延伸）。每当父亲说开门这个词，我脑子里就浮现这个画面。他毫不关心这笔奖学金能让我学到什么。我想，他想象着等我被册封了足够的学术荣耀，就能像高盛或麦肯锡的投资银行家那样，大把大把地赚取高薪。我得了奖学金要来牛津，我的母亲，在这整个过程中不曾说过一句话，这时来到我的房间，泪眼婆娑地跟我说，她好高兴。她没有说她像我这么大时，也有过这样的梦想，这样的梦想是最不切实际的。她明白，劳碌糊口的移民父母不会鼓励她的求学志向。我禁不住地想，母亲嫁给父亲，就是决定最直接地扼杀这个梦想，就像淹死一窝没人要的猫崽。试想一下，她竟以为没有别的出路，好叫人难过。她的父母是虔诚的教徒，而我的父亲，比大她十二岁，却不信教。我猜想，那个时候，母亲只是想远远离开她的父母。1967年，她结婚时才十九岁，要是她再等上几年，周遭发生的一切变化也许能给她一些勇气。不过，那样的话，也就不会有我。

我不想假装自己知道母亲内心压抑了多少。四季更迭，她再也无法隐藏心头的疲顿，但她绝少流露内心的晦暝。我只晓得母亲的好奇心和渴望中某些顽固的部分从未如她希望的那般被淹没。她的床头总摆着一小撂书，等屋里每个人都睡着了，她就会翻开看一看。很多年后，我才把自己对书籍的热爱跟母亲联系起来，家里虽总有一些书籍，我却极少见母亲阅读，及至年迈，她得了些空暇，我才见她看看书。唯一例外的是报纸，她从头版细细看到末版，好像在寻找很久以前失落的朋友。念大学时，我有时见她坐在厨房餐桌前，看我的大学课程要览，双唇无声地嚅动。她从来不问我选哪些课，或者干涉我的独立；我走进厨房，她就会合上要览，拿起方才丢开的家务。然而我离家去英国的前一夜，母亲把她的绿色百利金荧光钢笔送给我。这是她小时候在学校的作文竞赛上得了奖，她的伯父扫罗送给她的礼物。我羞耻地承认，我从没用它写过一个字，连给母亲写信时也不用，后来就不知丢到哪里了。

星期天下午，我的父母会打电话来，我竭力渲染这里的美好时光。我给父亲编造在牛津辩论社参加的辩论，讲其他拿奖学金的学生的轶事：未来的政治家，强势好斗的法学生，布特罗斯·布特罗斯-加利从前的发言稿执笔人。我给母亲描述博德利图书馆的汉弗莱公爵图书室，可以订阅T.S.艾略特或叶芝的手稿，还描述了A.L.普卢默邀我在基督教堂学院的高桌上享用的晚餐——在他撕掉我的论文之前。可是事情越来越糟。我眼下这副憔悴的模样，连出门见人都很难。就算在塔克店开口买一份三明治，我也得预先用尽全力鼓起零碎的决心。独自待在房里，我裹着毯子，呜呜咽咽，高声自言自语，追忆年少时的荣耀，那时我以为，别人也以为，我是个聪明能干的人。如今看来这一切都不复存在。我想着这是不是精神错乱，就是那种潜伏在平常生活背后的，兀然冒出来，预示着从此要过充满磨难和挣扎的新人生。

11月的第一个星期，我去凤凰影院看塔可夫斯基的《镜子》。这向来是我最爱的电影之一。灯光亮了，我还坐着不动，哭泣，或是快要哭出来。最后，我拿起东西，起身离开，在大厅碰见名叫帕特里克·克利夫顿的男生，一个聪明、好辩、乐呵呵的政治学学生，跟我拿一样的奖学金。他的嘴巴一咧，露出尖细的牙齿。他邀我一同去当晚的聚会。我不晓得为什么竟会答应，鉴于我这一番模样根本不适合去。也许是出于绝望，还有自救的直觉。一到聚会，我就懊悔不已。聚会是在牛津的南端，一幢复式的房子里，每个房间亮着不同颜色的灯，紫的、绿的，照得整幢房子极为阴郁，还配上我只能形容为新石器时代葬礼的音乐。楼梯上有人很亢奋，乐声最响的房间里，摇晃的身躯挤作一团，似乎完全无视旁人。最里头是宽阔的开放式厨房，肮脏的地板砖，一桶桶冰镇啤酒。二十分钟后，帕特里克不知去向，没别的事可做，我只好去找卫生间。在二楼找到卫生间，里面有人，我就靠在墙上等。里头语笑喧阗，听来有两三人。看来一时不会出来，但我还是站在那里等。十分钟后，约阿夫·怀茨在亮着蓝灯的走廊上冒出来。我一眼就认出他，因为他的相貌跟别人都不一样。浓密的褐色鬈发龙茸地蓬在头上，垂在额前，狭长的脸颊，相隔甚远的黑眼睛，高鼻梁，鹰钩鼻尖，饱满的双唇，嘴角自然下垂，时而天使时而撒旦的面容，宛如从文艺复兴时期，甚至中世纪径自走来，未经任何修改。你，他说道，歪嘴一笑。

卫生间的门一开，两个人冲撞出来。我随即觉得一阵反胃，知道要吐出来。我扑进卫生间，掀起马桶盖，蹲着呕吐。吐完后，我抬起头，令我惊讶的是约阿夫竟站着低头看我。他递来水龙头下接的浑浊的水。我喝水时，他关切甚至柔情地看着我。我说大概先前在烤肉串摊上吃坏了。我们默默坐着，就好像这下子终于进来了，也要像那两个人一样待那么长久。我瞥见镜中的人影，枯槁，在镜子里有些变形，我想瞧个仔细，究竟坏到怎样的地步，可是约阿夫在面前，叫我尴尬。我丑得吓人吗？他终于开口。什么？我问，笑了一声，倒更像喷鼻声。要说有人丑得吓人的话——我刚开始说。不，他说着，拨开我眼睛上的头发，你很美。他就是这么说的，这么直接，叫我喘不过气来。这真叫我不好意思，我说。其实，我没有不好意思。

他从兜里掏出瑞士军刀，扳出刀片。一时间，我以为他要做什么暴力的事，对他自己，倒不是对我。他却拿起盥洗台上的香皂——裹满所有进出卫生间的手上的污垢，刮削起来。看着好荒唐，我笑起来。没多时，他把香皂递给我。是什么？我问。看不出来？我摇摇头。船，他说。一点也不像船，不过我很满意。很久很久没有人特地为我做东西了。

　　正是在那个时候，看着他奇怪的脸，我知道有一扇门开了，不过并不是我父亲想象的门。这一扇门，我知道我走得进去，当时当地，我知道我要走进去。又一阵恶心袭来，恶心混杂着快乐，还有解脱。我知道人生的一个篇章结束，另一篇章就要开始。

　　自然也有不少尴尬，或者说叫人犹疑的时刻。我们第一次上床，就出了古怪的事。我俩躺在约阿夫睡房的地毯上，贝尔赛兹公园房子的三楼，窗子敞着，暴风雨前的乌云笼黑了天空，可怕的沉寂。他脱去我的衣衫，碰触我的胸脯。他的双手柔软、好奇。他脱去我的长裤，可是没有先脱去鞋子，就连同内裤，卷着裤子，一道往下拉，直拉到脚上，当然拉不下去了。接着一阵挣扎，一如俄国小说描写的，谢天谢地只是短短一阵子。鞋子松脱，裤子顺势滑下。他脱去自己的衣服。我们终于都裸出身体。约阿夫却没有顺着先前的情调，换了路数，打起滚来。确实是打滚，他抱着我打滚。转了三百六十度，又往回滚。我跟人上床，也顺着他们玩过些古怪或乖僻的花样，可是这一种是我所见过的最古怪的，真不懂打滚哪里有挑逗性，反正我感觉不到；而且我感觉，在他也不是。我们如同马戏团的演员在排练。弄疼我脖子了，我悄声说。这就足够了。约阿夫把我松开。我翻身躺在地板上，一动不动地躺了片刻，恢复呼吸，想作个决定，是开始做方才停下的事，还是穿上衣服走开。

我还没有拿定主意，就听见他吞声流涕。我坐起来。怎么了？我问。没什么，他说。可你在哭。只是想起一些事，他说。什么事？我问。有一天我会告诉你的。现在就告诉我，我说着，挨近他，可是话没有说完，因为他的双唇合在我的嘴唇上，将我吸入温柔深情的亲吻里。他似乎探进我的身体，用最最灵巧的一触，施行疾快的急诊手术，叫我的身体汹涌起来，有了生机，被褫夺已久的元气满溢出来。那一夜，我们做了三次或者四次。自那以后，我们极少分开。

跟约阿夫一起，我体内沉睡的一切都被唤醒。他直看进我的眼底，眼神开阔坦荡，叫我战栗。人生中第一次有人这样看着你，把你当作真实的你，而不是他们所希望的你，或者你所希望的自己。这样的感觉好神奇。我也有过男朋友，熟悉这些小小的交配仪式：相互了解，讲些童年的故事、夏令营、高中、众所周知的屈辱、儿时说过的可爱话语、家庭的戏剧性事件。描一幅自画像，总是将自己画得灿烂一些，画得比自己心里明白的深刻一些。我虽只谈过三四次恋爱，但早已懂得，给另一个人讲述自己的故事的刺激感，每讲一次，就减去一分；每讲一次，你就跟故事离得更远，就更不相信两人间的亲密。最终还是不能到达理解的彼岸。

跟约阿夫在一起却不一样。我说话时，他的身体支着胳膊，盯着我看，手指漫不经心地轻叩我的手臂或大腿，不时打断我的故事，问一些问题。她是谁，你没有提过她，好的，接着说，后来怎样？他记得每一个细节，不光想听最精彩的部分，而是一切，不许我略过任何片段。每当我讲到一件残酷或者被背叛的事，他就会啧着舌头，脸上露出愤怒的表情；每当我描述一桩伟业，他就会骄傲地微笑。有时，我给他讲的故事逗得他露出安静甚至温柔的笑容。他叫我觉得，我经历人生，就是为了要说给他听。他以同样的专注和惊奇看待我的身体。他触摸我，亲吻我，神情那么严肃，研究我的脸，测量我的反应，这总叫我发笑。有一回，他开玩笑似的拿出本子，温存一下，写下一些记录，边写边大声念着：吮耳垂……分号……叫她……喘息……，然后他又亲吻触摸我，又拿起本子：舔……右……乳头同时……手……游走……她的身体……美丽的……屁……股……分号……恍惚的……微笑……绽现……在整个……脸庞。又一停顿。然后：将……她的脚趾……嘴里……分号……毛……手臂上……立起……她……美妙的大腿……挤在一起……附注……分号……第二次……弄得……她……尖叫……感叹号。玩笑没有就这样结束。有一日，我去图书馆，发现这个笔记本塞在我的书堆里，每一页都写满约阿夫纤细的字迹。

他对我的专注，叫我觉得清澈极了，光明笃定极了，感动极了。我就接受这个事实，至少起初是接受的：我对他没有什么可隐瞒的事，但他的家庭，却似乎有很多不能告诉我的事。他没有直接这么说。他总能找着法子，避免回答。

我想要懂得他。研究他身上的痣，左乳头上闪亮的伤疤，像一道铁轨，右手大拇指的畸形指甲，脊柱和臀部交汇处的金毛。他的手腕细得叫我惊讶，他脖颈的气息，他牙洞里的银色填料，他耳尖的毛细血管。我爱他说话时只挪动一边嘴角，另一边嘴角好似拒绝同意说出口的话。他边吃麦片边看报纸，拿着小匙的样子，近乎残忍，完全没有做其他事情时透露的优雅，这也叫我泛起爱意。他看书时手指绕着一束头发。他的新陈代谢极快。他不停地吃，以免饿得头痛。因为这一点，也因为他母亲去世后，女佣来做饭，吃着是不一样的，所以他从小就学会了做饭。

　　他睡着时散出强烈的热气，起初着实使我惊慌。习惯后，我甚至被这股热气吸引过去。我曾读到文章说，没有母亲的孩子在散热器旁拥作一团。有一夜，睡意蒙眬之际，我看见那些孩子靠着约阿夫。我甚至可能梦见自己也是这样的孩子。但失去母亲的是约阿夫，不是我。醒着时，他走个不停，或者拍打脚丫。他得消耗身体产生的能量，可是这种狂乱的活动无济于事，因为能量一用尽，身体就会产生出更多。跟他在一起，我觉得四周永在运转，朝着某个东西而动，起先几个月的窒息感过去后，这种感觉既叫我兴奋，又叫我的神经安宁。若说我能感觉到他的苦楚，那时我还不懂是怎样的苦，有多深重。不要那样看着我，他说。哪样？我问。好像我是绝症病号。可我是顶好的护士呀。我怎么知道？他问。像这样，我说。沉默。不要停，他呻吟道，我只有一天可活了。你昨天也这么说。可别跟我说，他说，除了所有病痛外，我还得了健忘症？

　　就这样，没过多久，我不再回小克拉伦登街的房间睡觉，几乎所有时间都在伦敦度过。你可以说，我逃到那里，逃到约阿夫身旁，逃到他的世界，他的世界中心便是贝尔赛兹公园那幢大房子。自一开始，约阿夫定然就感觉到我的绝望挣扎，我心甘情愿地配合他的热烈，撇却一切，扎进这种他唯一知道如何拥有的关系，如同绝无任何旁人的秘密集团，或者说没有别的人，除了他妹妹，他将她看作自己的一部分。

我的精神状态随即好转。好转起来，但还没有恢复原先的自我：残留的恐惧仍在逗留，我尤其害怕自己，害怕那个不得我的知晓而一直在体内潜匿的东西。不管叫我病倒的究竟是什么，眼下更像是打了麻醉剂，而不是痊愈。一切再也不像从前，我虽不再担忧最终会得精神病，回想起最糟糕时期那些可悲行径，还会觉得脸红，但是我觉得内心某些部分似乎永远地改变了，变得干瘪，甚至残缺。失去某种控制自我的统治权，也许更适当地说，失去完整的自我这个概念。对我来说，这个概念原本就不结实，如今更像个廉价玩具一样碎裂。也许这更容易叫我想象——倒不是眼下，而是随着时间过去——我几乎成了他们当中的一员。

起初自然有些怪异。在我眼里，贝尔赛兹公园房子里的一切都很奇异，叫人难以捉摸。即使是最平常的事情，也令我着迷，令我迷惑：利娅的衣柜里挂满昂贵的衣裙，却从来不穿；跛脚的鲍葛娜一周两次来打扫房子；约阿夫和利娅进门后随手把外套和包掷在地板上。我观察他们，努力理解这些事。我意识到支配这种生活的是一套私密的规矩和形式，但又说不出究竟是什么。我知道好歹，从不打探；我不过是礼貌又心怀感恩的客人。我的母亲给我灌输了很多礼数。这些礼数的中心思想是：事关更高的权威时，你要抹除自己的好恶。

正如船长的孩子直觉地熟悉大海，对于家具，家具的产地、年代、价值，约阿夫和利娅赋有天生的直觉，敏锐地察觉家具的独特美丽。他们却不利用这份天赋，或者因此ociated小心侍候这些东西。他们只是随口赞一句，就像人们称赞悦目的风景，然后继续做手头的事，毫不放在心上。我开始留心他们随口的评判。我想学得像他们，特意问约阿夫在房子里进出的各种家具。他头也不抬，做着自己的事，淡漠地应答。我有一回问他，这些家具效力的人生散落或崩溃后，所有这些东西，本身没有拥有记忆的能力，只是立着，蒙上尘埃，是不是叫人忧伤。他耸耸肩，没有回答。不论我对这些家具懂得多少，都学不会约阿夫和利娅在古董之间穿梭的从容，也学不会他们这种敏感和淡漠的古怪融合。

我在纽约长大，从来没有受过穷，但我的父亲也不是有钱人。小时候，我总被一种感觉萦绕：我们拥有的这一些都是靠不住的，随时可能在脚下碎裂，就好像是住着搭在坏天气里的土坯房。有时我听见父母商量要不要卖掉玄关里那两幅摩西·索耶的画。那两幅画阴沉骇人，在黑暗里叫我心悸，然而想到父母迫于生计要卖掉它们，又叫我担忧。要是当时知道有乔治·怀茨这样的人，我在睡梦里也会被他吓坏，正如屋里的家具一件件地被搬走这个念头，叫我不能安生睡着。现实里，我们住在约克大道上一栋砖砌白色公寓里，是我的祖父母买给我父母的，但我们只在

137

打折店买衣服；因为忘记关灯，我经常挨骂，因为电费很贵。我曾听见父亲向母亲吼道，每冲一次马桶，就是往下水道冲下一美元。后来，我就养成习惯，任由屎尿在马桶里积攒一整天，直到再也积不下。母亲威胁我不可再做这种事，我就训练自己尽量憋着。憋出意外时，我就咽下耻辱和母亲的怒气，心里数着替父母省下的钱。虽说如此，我从来不能明白这个矛盾：窗外宽阔的东河流淌着不息的浑水，马桶里的水却这么宝贵。

  我们只有寥寥数件家具，大多是上好的，有几件还是祖父馈赠的古董。这些古董压着四角衬橡胶圈的套护玻璃。并且我不得把杯子搁在上面，或者靠得太近。这些值钱的东西威吓我们。我们明白，不论日子怎么好起来，我们永远都配不上这样的精致，这几件古董，从更高的人生掉到我们身上，如今它们纡尊降贵跟我们一起生活。我们总怕伤着它们，因此，我被调教得谨慎地在家具之间挪动，与其说跟它们一起生活，倒不如说在它们旁边生活，保持礼貌的距离。我住进贝尔赛兹公园后，起初见约阿夫和利娅对房子里进出的家具这么随意，心下好生不安。这些可是他们的父亲、他们自己的生计来源哪。他们把光脚丫或葡萄酒杯搁在比德迈式咖啡桌上，在玻璃陈列橱上留下指印，在软榻上打盹，在装饰艺术风格的盥洗柜上吃东西。房间里挤满家具，要是长餐桌碰巧是从这一头到那一头的捷径，他们就径直踩在桌上走过去。约阿夫第一次脱去我的衣衫，伏下身来时，我的身子一僵，手足失措。倒不是因为往后靠的姿势，这个我是蛮喜欢的，而是因为我靠的书桌嵌着珠母。纵使他们漫不经心，却从不会在家具上留下痕迹。起初我以为这份超逸得自教养，自小将这些家具看作天生的栖憩地，后来我和约阿夫、利娅熟悉起来，渐渐觉得这缘自他们的天赋，借自魔鬼的天赋，要是可以这么说的话。

房子的秘密倒容易揭开，我很快就将它摸清。房子有四层楼。利娅住在顶层。她睡在后间的天篷床，前间的彩色玻璃天窗下，摆着施坦威立式钢琴；午后某时，象牙琴键会染上彩色。没见利娅之前，她在约阿夫的生活里所占据的位置，叫我感觉受到胁迫。他时常提起她，有时说我妹妹，有时只说她，经常直接说我们。她不弹琴的时候，我敢肯定她在屋里某处窥探，我手臂上的汗毛就会立起来。利娅终于出现，我却吃了一惊，她竟那么清瘦、不起眼，仿佛她全部的存在都只是为了内心的生命。她似乎是由于自内迸发的巨大压力才结合成整体。一楼也有一架小三角钢琴。四处堆着乐谱。这些乐谱在整幢房子里迁徙，在厨房、卫生间露面。她花一两周时间记忆一支乐曲，分解成小段，更小段，神情茫然，机械地练习片段。她穿着旧棉布晨袍，鲜少打扮。污垢在她身上积聚，弄脏了琴键，连指甲缝也嵌有黑泥。直到有一天，她吞下整支乐曲，消化掉，变作身体的一部分。她就在房子里奔走，清洗所有东西，洗头发，再坐下来凭记忆弹奏。她用上百种方式弹奏，极快，极慢。每弹出一个音符，她就更接近某种无状的清澈。她浑身透着精致、萧飒，优美极了。然而，当她的手指按上琴键时，她的体内似乎沸腾着无比浩荡的浪涛，飞湍争喧。数年后，读了利娅的信，我去哈奥冷街的房子，到约阿夫身边去。在一间穹顶的大房间里，天花板上原本挂吊灯的地方，她用滑轮和绳索吊起大三角钢琴。那幅景象透着可畏的暴力。虽是溽暑天气，绝无一丝凉风，钢琴却在微微摇晃。想来利娅得搬来梯子才能爬上去弹。她是怎么将钢琴吊上去的，仍旧是个谜。后来，约阿夫说，他没有帮她；一天他出门去，回来时，钢琴就在上面了。我问她为什么做这种事，他言辞闪烁，音符在空气里不受任何影响，一瞬间听来，泠然精纯。但就我所知，他们的父亲自杀后，利娅就不再弹琴。即使待在大房子的另一头，我仍能意识到钢琴诡谲地吊在那里，时而凄楚，时而威吓，我觉得它最终掉落时——只是迟早的问题，绳索总会磨损的——会将整栋房子一道拉塌。

在贝尔赛兹公园，约阿夫的睡房在利娅的睡房下面。他们睡房里的家具很少，并且可以算是永恒的，也许是上下搬腾费事，也许是对他们来说，至少在睡房里，得以逃脱父亲的影响。约阿夫的睡房里，只有一张大床垫、一墙书，再没别的。

厨房跟花园在同一层，得走下一段台阶去。从厨房里看得见后花园。小走廊尽头有一扇门，通往后花园。要打开这扇门，得先摧毁安居在这里的蜘蛛造出的繁复工程。门再关上时，蜘蛛又立即回来建造。鲍葛娜是东正教徒，忌惮生命的神圣，不肯消灭它们。花园里野草芜杂、荆蔓萦蘁。我第一次看见花园，是在11月，整个园子死寂零落。很久以前，想来曾有人精心种植照料，一旦任由它自主，那些既倔又犟的植物生命力没了约束，耐久的植物就蕃滋起来，密密地盘绕滋长。小径早已埋圮，在阳光下，杜鹃和月桂牵缠成翳翳苍苍的大墙。草地上有一张牌桌,桌面滴落着蜡烛油,罗马大酒店的烟灰缸里贮着污水。后来,天暖起来,我们又用起花园来,拿瓶酒坐在外头。花园的景致跟约阿夫和利娅相契合。他们能够欣赏、尊重事物原初的隐秘生命。他们跟事物保持距离,维持敬意。房子里四处散落着丢弃、掉落、先前搁下的东西。这些家常道具有时一连几个星期散落着,直到鲍葛娜来清扫,把它们放回原来的地方,或者扔进垃圾桶。虽然鲍葛娜有着不一样的生活方式,但她好像能理解约阿夫和利娅的品位和习惯。她佯作气恼,故意慨然长叹,跛腿瘸得更厉害,可是很显然,她心里替他们难过。但鲍葛娜终究得干活。怀茨才是她的雇主,他出现时,这地方要是不干净,她就得挨训。

他们的父亲来大房子之前,我得乘公交车回牛津去。做生意的虽要有魅力和人缘,他却是孤僻、幽独,在周身掘起护城河。他是那样的人,营造起亲密的幻象,将你往外拉,问你各种问题,要是你有孩子,他就会记着你孩子的名字,要是你喜杯,他就会记着你嗜好的酒名,而你事后会省悟,要是你能省悟的话,他竭力不叫你了解他。事关他的家庭时,他不允许有外人在场。我不记得是怎样了解这一点的,无人直接说出来,可我知道他们的父亲来时,禁止有外人在场。他的父亲走后,约阿夫时常显得冷漠、焦躁,利娅则消失,长时间练琴。相处长久后,我和约阿夫的关系认真起来,我在贝尔赛兹公园的位置也稳固了,我开始觉得受了伤害,很恼怒,他们的父亲一来,我就得像个不得体或拿不出手的客人一样走开。约阿夫不肯解释,甚至不肯提这个话头,我愈加觉得深受伤害。他只是暗示,有些不能言说的规矩和期待是根本打不破的。唯一直接明了的是,他父亲来时,我绝不能在。在我们的爱恋里,我总是隐约感到不安,这样一来,我就更加不安:约阿夫不会跟我分享太多事情,他人生里的一部分,是不让我涉足的。

到了1月,我几乎整天都坐在大英图书馆。天还没有破晓,我就从哈弗斯托克山去地铁站。下午从图书馆出来,走到尤斯顿路时,天色已晦。我还没有想出论文题目,漫无目的地看了几天书,也看不进去,依旧担心再次坠入惶恐。我打电话给 A. L. 普卢默——他对我似乎渐渐没了兴致——汇报我的研究进展。那就继续,他说。我的脑子里浮现他高栖在书堆上的模样,秃顶埋在长袍里,像一只沉睡的秃鹫。有些日子里,我出门去,原本要去图书馆的,到了地铁站,却打不起精神走下长长的电梯,跟着高峰时刻的行人走进幽深的地铁北线。于是我继续往前走去,在北街的小店铺买早餐,在水石书店或是在弗兰斯克步行街的旧书店里消磨,游荡到十一点一刻,就朝菲茨约翰大道走去。弗洛伊德博物馆午间开门。时常就我一个访客,博物馆的讲解员和博物馆商店的女店员似乎都很乐意见到我,退出我所在的房间,好叫我独自静静逗留。

在贝尔赛兹公园的房子里,约阿夫和我去看午场电影,利娅时常也一道去,有时连着看两部,有时同一部电影看上两遍。要不然，就去石楠地。我们不时外出远征。去国家画廊，去里奇蒙公园，去艾美德剧院看戏。不过，大多时候，我们窝在房子里。这幢房子的力量总是把我们吸回来，我无法解释是什么力量，只能说这是我们的世界，我们在这里才快活。夜里，要么租电影看，要么看书，利娅练琴，夜深后，我们常开瓶葡萄酒，约阿夫给我读比亚利克、阿米亥、卡纽克、阿尔特曼①。我爱听他用希伯来语吟诵，聆听他在母语里如此鲜活的存在。也许在这样时刻，我才能放松，不再竭力去理解他。

至少，在那里，我是快活的。一日早晨，我摸黑穿衣，约阿夫从被窝下伸出手来，将我拉回去。你，他说。我躺到他身旁，轻抚着他的面颊。我们逃走，他说。去哪里？我问。我不知道。伊斯坦布尔？卡拉加斯？做什么呢？约阿夫合上眼睑想。我们摆个果汁摊。什么摊？果汁，他说。我们卖鲜果汁。人们喜欢的水果都有，木瓜、芒果、椰子。我知道他说笑，可他的眼底露着恳求。伊斯坦布尔有椰子吗？我问。我们进口来，他说，椰子就风靡了。人们沿街排起队来。整个城市为我们的椰子汁疯狂，我说。是的，他说，下午呢，我们卖完想卖的椰子汁，就回家去，又黏乎乎又快乐，我们就做爱，做上好几个小时，然后我们打扮起来，你穿上白裙子，我穿上白西装，我们出门去，闪闪发亮

---

① 分别指哈伊姆·纳赫曼·比亚利克（Hayyim Nahman Bialik, 1873—1934），犹太诗人；尤拉里·卡纽克（Yoram Kaniuk, 1930—2013），以色列小说家；耶胡达·阿米亥（Yehuda Amichai, 1924—2000），以色列诗人；纳坦·阿尔特曼（Natan Alterman, 1910—1970），以色列诗人。

的，开着玻璃底的船，整夜在博斯普鲁斯海峡穿梭。博斯普鲁斯海底能看见什么？我问。自杀、诗人、暴风卷沉的房屋，他说。我不想看自杀，我说。好吧，那跟我去布鲁塞尔。为什么去布鲁塞尔？上面的指令，他说。什么？我问。El Jefe[①]，他说。你父亲？其中一个。当真？我问。你几时见我不当真？他说着，褪下我的内衣，消失在被窝下。

他们的父亲偶尔会叫约阿夫或利娅给他做些生意上的小事，带主顾看家具，取议定的东西，替他去拍卖会。这是约阿夫第一次邀我同去，我就看作是我们交往关系的大转折。这是我头一次得到信赖，参与这个家庭的秘密事务。我们开车去，1974年产的黑色雪铁龙DS，点火后，得等上半晌，液压泵才会一动，将车屁股一抬。前座是一条长凳，我挨着开车的约阿夫。车滑上高速公路，我们说着各自想去的地方（我，日本；他，看北极光）。说匈牙利人和芬兰人，午夜的天才，失败的解脱。说约瑟夫·布罗茨基，说墓地（我喜欢圣米歇尔，他喜欢白湖犹太人墓园），说耶胡达·阿米亥在叶明莫什的房子。约阿夫对我说，小时候，他母亲指着阿米亥叫他看，在公交车上，在路上，从犹太人市集回来，拎着装满食物的塑料篮子。看他，她说，就跟普通人一样，负载着食物杂货回家去。但是在他的灵魂里，他这一路遇见的人们的所有梦想、忧伤、欢喜、爱恋、悔恨，所有苦涩的失落，挣扎着在他的诗行里寻找位置。于是我俩一起回到他童年的

---

① 西班牙语，上峰、老板。

耶路撒冷。他给我讲哈奥冷街的房子，散发着霉味、阴湿的水槽味、调味料气味，无数年前，他母亲第一次去葡萄园泉村，第一眼看见这幢房子，就喜欢上了。他父亲挣了钱，第一件事就是去找房子的主人，要他出个价。一天，他问妻子想不想出去走走，他们绕着远路，慢慢走到哈奥冷街的房子前，像碰巧似的，他从口袋里掏出钥匙，打开大门。她迷惑了，往后一缩。梦想遽然变作现实时，我们总会那么退缩一下，有些被吓着。

回头想想，我想，那次开车外出是我在英国度过的最快乐的时光，依偎着约阿夫，他一边说话，一边开车。虽然很快到了福克斯通，车开上火车，离开英国。隧道里收不到广播，车里没有 CD 机或唱机，我们在英吉利海峡的肚皮里默默亲吻，直到法国加来才浮出地面。我们驱过伊普尔和帕尚戴尔的古战场，径直往东驱向根特。布鲁塞尔城外雾色曈曈沉沉，我们沿着运河疾驰，乌鸦四下飞掠，尔后趋近破蔽的城郊，运河和乌鸦都消失了。在没有标识或标识混乱的单向道、环线、林荫道的迷宫里，我们迷了方向，只得停下来，向非洲来的出租车司机探路。我们发动车子的时候，他朝我们大笑，似乎对于我们的目的地，他知道一些我们无从得知的秘密。我们向南行驶，驱过于克勒高尚的街区，不多时，又到了城郊公路，道旁植着树，这些奇妙的公路，树是用直尺和鞭子栽下的，也只有在欧洲，讲究美讲得屁颠颠的地方才能看到。我们一路说着未来，平常极少说的话题，虽不是直接地说，因为跟约阿夫根本不可能直接说任何关于我们之间关系的话题，但是，拐弯抹角地，他能够谈论最粗野、最亲密、最危险、最痛苦、最不可慰藉，但也最有希望的东西。关于未来，我们究竟说了什么，我只能说，像这样间接地说话，我们之间传递的只是一种感觉，甚至只是感觉的转换，就好比一连数日甚或数月，走在松软的沼泽地，这时双脚突然踏着结实的土地，这种变换，不论在当时还是此刻，尤其是此刻，这么多年后，实在叫我难以形容。

驶近生锈的铁艺大门时，已近黄昏。约阿夫摇下车窗，按下蜂音器。过了很久，没有人来应门，他正要再按，大门动了，缓缓开启。我们将车移上车道，砾石在雪铁龙的车轮下发着闷哼。谁住这里？我问道，眼望着参天老橡树后隐约映入视线的青石塔楼，尽量掩藏起惊诧的语气，因为我极怕约阿夫后悔带我来。勒克莱尔先生，他说。这个答案更叫我觉得眼前的情景匪夷所思，勒克莱尔先生，从来没有听过这个姓氏，更不知道是什么人。

我以为富贵得能够住在这地方的人，身旁无时不候着管家仆人，无时不拥着穿制服的人墙，将他和任何可能的体力劳动隔开，不论这劳动有多么细微。我们按下门铃，镶嵌着铜钉的巨门微启，站在门内的竟是勒克莱尔本人，穿着格子衬衫，毛背心，背后是一对大理石楼梯，衬得他好渺小。他头顶的天花板上悬着巨大的铅条彩色玻璃吊灯，悬在黄铜链上，门开时，风袭进去，吊灯微微一晃。除此之外，里头黑暗寂静。勒克莱尔向我们伸出手，只是一秒间，或者万分之一秒间，我怔得不知如何回应，绞尽脑汁搜索他像谁，究竟像谁，我们的东道主叫我想起一个人来，我的手被他紧钳的一瞬间，后颈起了一丝凉意：海因里希·希姆莱。当然，面容是老了，但是尖小的下巴、薄嘴唇、金框圆眼镜，眼镜上宽阔平坦的前额，延伸得极高，超过原本应当的比例，头顶覆盖着一小撮滑稽、几近萎缩的头发，所有这些特征都不会叫人认错。他朝我们露出苍白的微笑，表示欢迎，牙齿细碎泛黄。

我想捕捉约阿夫的眼神，但我觉得他完全没有看出相似处，毫不提防地跟着勒克莱尔走进屋去。他引我们走下迂长雅致的走廊。他的双脚挤在红色天鹅绒拖鞋里，鳞斑累累，臃肿，密密布着暴凸的青筋。我们走过巨大的镜子，镜面斑驳，镶着描金框，顿时一行三人变成六人，使得这悄无声息的景象更叫人发怵。勒克莱尔可能也感觉到冷意，因为他转向约阿夫，用法语叙谈起来，问我们一路的旅途——就我勉力听懂的话意来说，还有领地上庞大威严的橡树，是法国革命前栽下的。我暗暗计算，就算希姆莱在吕讷堡监狱自杀是个骗局，就算那张著名的照片，躺在地板上的尸体，是戏剧性的把戏，那么这个时候，他该有九十八岁，我们跟随的这位矫健老人顶多不上七十。可是，谁敢说他不是哪门亲戚？在绿叶蓁蓁的长岛郊外，希特勒的眷亲不也生机盎然地繁衍着？谁敢说这老头不是死亡集中营、特别行动队、屠杀百万人的某个头目的侄子、堂表亲？他在一扇紧闭的门前止步，从口袋里掏出一大串钥匙，寻出相配的一枚，领我们走进镶木壁的大厅堂，厅外极目皆是花园。我望着外面，又转眼看看屋内，见勒克莱尔定睛看我，颇有兴味的眼神叫我不安，不过，也可能是终于有人来作伴，因此跫然而喜。他示意我们就座，消失到某处去沏茶。显然，这么大的地方，就只有他一个人。

我问约阿夫是否觉得主人家酷似希姆莱，他笑了，但他见我是极当真的，就说没有留意，我紧追不舍，他只得承认，是的，兴许有些神似，从某个角度眯起眼睛看的话，两人确实有细微的相似。不过，他安抚我说，勒克莱尔是比利时最古老王族的后裔，先祖可以追溯到查理曼大帝；他的外祖父是子爵，为利奥波德二世效命，曾在刚果监督橡胶种植园。战时，这个家族失去了大部分财产。剩下的也缴了巨额的财产税，最后只得变卖庄园，单留下克劳登堡，这个家族深爱的家。勒克莱尔是兄弟姊妹里唯一存活的，就约阿夫所知，他从没结过婚。

听起来好像是真的，我差点说出口，可是这时，走廊另一头传来轰然的碰撞声，紧接着钵罐砰砰滚动。我们循着声响走下过道，在餐室后的大厨房里看见勒克莱尔。他趴在地板上，周围是从柜上掉落的大大小小的铜碗盘。我一时以为他在哭泣，然后发现他的眼镜掉了，两眼迷糊。我们趴下帮他找，三人在地板上爬作一堆。我在椅子下找到眼镜。一个镜片破了，勒克莱尔惨兮兮地校正金属眼镜脚。厨台的托盘里摆着一盒香草威化饼干，勒克莱尔把破眼镜滑到脸上，我心里不得不承认，他与希姆莱的酷似，先前那么清晰，这时却渐渐消淡，而我会产生这样的联想，也许是因为我对怀茨这一行知之甚少。

也许戴上破眼镜后，他看到的世界是另一番模样的，因为他的身上渗出忧伤，在身后留下痕迹，我们一路跟着他走下曲邃的长廊，穿过花园曲径，转过修剪齐整的树篱，走过黄杨木迷宫，爬过大石堡的无数台阶，大多是往上爬，这股忧伤浓浓地变作一种气味，如同被鱼叉扎死的海豹，淹没在被自己的鲜血染红的海水里。他似乎忘了我们来这里的目的，不曾提起桌子，也许是斗柜，或是大钟，或是椅子，那是我们来这里的目的，但约阿夫太有教养，不会先提起的。勒克莱尔讲起克劳登堡始于十二世纪的悠长历史，迷失在漫长的走廊里，迷失在他自己的声音的曲径里。原来的城堡被火烧了，先是厨房起火，火苗蹿上大宴厅、楼梯，烧尽了地毯、窗帘、画作、狩猎的战利品，堡主最年幼的儿子和乳母困陷在三楼，只有远处山丘上的哥特式礼拜堂没有毁损。勒克莱尔的声音时而低沉得像耳语，我几乎听不清他的话。我心里想着，要是我们悄然离去，原路退出，坐回到雪铁龙，驱下长长的车道，他可能也不会察觉，沉迷在克劳登堡漫长纷乱的往事、秘密、胜利和失落里。在那些时刻，在我眼里，怪异的破眼镜，粉干肿胀的双脚，貌似友善的高额，这些组合起来，竟叫他看起来像个尼姑，要是可以这么比喻的话。只不过，他不是把自己的身体和灵魂跟上帝结合，而是跟这座粗石砌成的克劳登堡结合。

观览（要是能称作观览的话）结束时，已是入夜。我们三人坐在厨房里刀痕累累的木桌前，厨师们曾经在这张桌上砍肩肉和腰肉，为子爵准备盛大宴席。勒克莱尔脸色苍白，疲惫，几乎空洞，仿佛勒克莱尔体内的勒克莱尔起身走了出去，在十二世纪、十三世纪、十四世纪血红的落日余晖下漫步。请原谅，他说，两位定是饿坏了。他起身打开冰箱——在这段历史里,这件东西显得颇不合时宜。他的腿突然有些瘸拐,要不然,就是我先前没有留心,但这又不太可能,我在他身后跟了一整个下午。也许是疲劳或者某种天气里才显得严重的瘸拐。让我来吧,我说。他感激地看我一眼。伊莎贝尔是了不起的厨师,约阿夫说,能凭空整出一桌酒席来。

勒克莱尔走出去,又走回来,拿来一瓶葡萄酒。我做了鸡蛋酥壳馅饼,放入烤箱,烘烤时,就摆好餐位。后来才发觉把餐刀和餐叉的位置摆反了。坐下来就餐时,勒克莱尔表情一僵,似乎面前摆着一道机智问答题,一道他根本无法解决的难题,不过他调动起高贵出身的全部雍容风度,双腕优雅地在盘子上方交叉,用正确的手指拿起相应的工具。第一叉食物入嘴,他满意地吐出清晰可闻的叹息,方才的不悦消失了。之后,他吃着馅饼,喝着葡萄酒,似乎又变回自己。

晚饭后,勒克莱尔领我们去房间。要是说过留下过夜的话,那我肯定是漏听了。但晚餐后,已是十点钟,我们来这里取东西这个话题还没有提起,更不知究竟是什么东西。我们确实也带着过夜的行李,原本打算归途留宿哪家舒适的旅馆。约阿夫到车里拿提包,留下我一人独对勒克莱尔。他忙着铺床,咕噜着解释女佣恰在这一日休假。

紧挨着我们房间的大卫生间里,浴缸大得能给马洗澡。约阿夫和我肩并肩刷牙。我们躺在床上,开始亲吻。伊,叫我拿你怎么好?他把头埋在我的发间轻语。我把身体拢进他的身体。但我们没有像几乎每一晚那样做爱，约阿夫开始低语述说，脸偎着我的耳畔。他讲了更多故事，耶路撒冷的童年，以前没有讲过的事，似乎远离贝尔赛兹公园的房子，他能够自在地说话。他讲他的母亲，原是演员，怀了他后就不再演出。生下他后，也没有再回去，只是有时候，她看着过去的相片，他在她的神情里看出她可能会讲述的往事。母亲在世时，他解释说，总能缓解父亲和他们之间的关系。经由她转达，他的律令就柔和起来，她总能寻着法子，将他要求他们做的事情变得容易些。

几个小时后，我睡醒来，渗出一身热汗。我起身到水龙头下喝水，觉着头脑好清醒，这是常有的事，夜半醒来，我就再也睡不着。不想开灯看书搅扰约阿夫睡觉，我摸到书（托马斯·伯恩哈德的，记不得是哪一本了），蹑足走出房间。我摸索着走下过道，墙上悬着六七个鹿头，呆脸瞪着我。楼梯口挂着一幅小画，勒克莱尔先前给我们指过，说是勃鲁盖尔的。看似冬日风景，灰暗的冰，白茫茫的雪，枯黑的树，却都掩没在喧嚷的人迹下，如此精巧的小画，却不曾忽视一个生命，每一个都仔细地量了尺寸，细致地作了虑想：从大师的高远的双眼瞻望出去，嬉乐和绝望的小小场景，显得又不祥又滑稽。我趋近细看。角落里，男子往墙上撒尿，楼上的窗洞，面容惨白的粗作妇人正要往他头上倾一罐子水。不远处，戴帽的男子掉进冰窟，四周溜冰的人丝毫没有察觉，自顾自快活地滑着，只有一个小男孩看见这意外，向沉溺的男子伸出他的棍子。景象在此定格：小男孩往前倾，棍子伸出去，还没有接上手，整幅画面都往这个黑暗的冰窟倾斜，等着吞下它。

我来到厨房，摸索着开灯。终于开了灯，我差点吓死过去。布满肉刀剁痕的木桌前，一个白发小男孩跪在椅上啃鸡腿。你是谁？我问道，也许是喊道。这个问题多半算作修辞，因为受惊的瞬间，我肯定他就是勃鲁盖尔画上的精灵男孩，到厨房里来吃晚饭。男孩决计不过八九岁，从容地拿手背往油腻的脸上一抹。他穿着蝙蝠侠睡衣，脚上套着破拖鞋。吉吉，他说。给男孩子起这名字，好奇怪。看来也不会再有解释，因为吉吉跳下椅子，把鸡骨头扔进垃圾桶，进了食料间。过一会儿，他出来，手里抱着一盒曲奇饼。他抓出一块递给我。我摇摇头，吉吉耸耸肩，塞进自己嘴里，若有所思地嚼着。他脑后的头发蓬乱，打了结，似乎好几个星期不曾有人给他梳理。Tu as soif？① 他问。什么？我问。他做着手势，模仿从玻璃杯里喝水。哦，我说，不。然后愚蠢地问，勒克莱尔先生知道你在这里吗？他双眉一蹙。Eh？他说。勒克莱尔先生，他知道你在这里吗？Tonton Claude？他问。我竭力理解。Mon oncle？② 他说。他是你的伯伯？实在不可思议。吉吉又咬了一口曲奇饼，撸开遮着眼前的灰发。

吉吉领我上楼梯，一路啃着曲奇饼，这么轻灵，也许只是因为映衬着黑暗威迫的克劳登堡吧。走到楼梯口，我瞟一眼勃鲁盖尔，想看看那个孩子是否还在，男子是否已沉溺。但站得太远，看不清画里的人像，况且吉吉急急地往前走，已经转过了拐角。

---

① 法语：你渴吗？
② 这两句都是法语，分别指：克劳登伯伯？我的伯伯？

吃完曲奇饼,他掸一掸碎屑,落在起毛的睡裤上。他从兜里掏出火柴盒小汽车,在墙上一路滑行。然后他又把小汽车收回兜里,牵起我的手。我们走过一条又一条过道,一重又一重门,又上了楼梯。我们一同走着,吉吉时而蹦跳、漫步,时而往前奔跃,时而奔回来,牵起我的手,我觉得迷了方向,但并不是全然不好的感觉。周围的装饰越来越少,最后,我们爬上一段狭窄的木梯,盘旋得更陡了,我才明白这是上了塔楼。塔顶有个小房间,四扇小窗朝着四个方向。有一面玻璃破了,风刮进来。吉吉扭亮台灯,灯罩上满是动物和彩虹贴纸,有些贴纸破损,想来是无聊时手指刮着揭着。地板上散着毯子、套着印花褪色枕套的枕头、几只旧毛绒动物,这些东西攒拢起来,搭成零乱的窝。还有半块陈面包,一罐没有盖子的果酱。我觉得我们来到儿童书里的兽穴,塞满舒适的家具,人类生活的所有装饰的迷你场景,只是我们没有钻进土里,而是攀上云端,但是这个男孩的野生洞穴里只有孤绝,没有温暖和舒适。吉吉走向窗前,望着云彩,打了个寒噤。我看着他,脑子里浮现一幅景象,要是从塔楼外望进来,这就是一只闪亮的玻璃舱,装着两个人类实验对象,漂浮在黑暗的海洋。窗台上摆着三四个金属兵,油漆剥落。我想伸出双手搂抱这孩子,跟他说一切终究会好的,不会完美,也许也不会幸福,但是会够好的。可是我没有动,没有安慰他,没有开口。我怕吓着他,也不懂适当的法语词。墙上贴着一张女人的照片,头发狂乱,颈间的围巾飞舞。吉吉转过头,见我看着照片。他走向前,拿下照片,掖到枕头底下。他钻进毯子堆,蜷作一团,睡着了。

我也睡着了。再醒来时,发觉在长夜里,吉吉像猫咪一般偎依着我,天空泛出鱼肚白。我不愿留下他一人,就将他抱起,背在背上,动作尽量轻柔。我没有兄弟姊妹,在我的记忆里,他是我抱过背过的第一个孩子,他那么轻,我很吃惊。几年后,我抱着自己的儿子,我和约阿夫的儿子,有时会想起吉吉。他挪了挪身子,呢喃着无法辨认的词语,叹息一声,又在我背上睡着。我和他走下楼梯,他的身子绵软无力,双腿晃荡着。我们又穿过重重的门,走过长廊,因为魔法或是意外,我走了捷径,钻过一堵矮门,来到一条短廊前。这条短廊引向另一条长廊,最后来到勒克莱尔迎接我们的前厅,硕大的吊灯在他头顶极轻微地晃荡,宛如达摩克利兹的剑,也许我当时是那么想的。夜里的城堡叫我心里发怵,倘若不是因为吉吉温暖柔和的气息掠过我的耳鬓,我实在没有勇气走下去。我又爬上台阶,白天和约阿夫、勒克莱尔一道走过的阶梯。又走过大镜子,我以为这男孩是幽灵,镜子映不出他的影子,可他不是。光线虽暗,我仍能辨出两个人的轮廓。我来到一道门前,或者我以为就是那道门,勒克莱尔拿出钥匙打开,给我们看花园风景的房间。我一手托着吉吉,腾出另一只手转门把。门轻易地开了。勒克莱尔定然忘记锁上,我思忖着,走进房间,想看一眼微茫晨光里的花园,我深喜这样的光,因着它拂出万物空疏的脆弱。可是我走进的房间只有漆黑,没有风景,也许是厚重的窗帘隔绝了风景,虽说大概是勒克莱尔入睡前回到这里拉上窗帘,但这不太可能。片刻后,我觉察这房间比先前的大,不像房间,更像厅堂,我也察觉暗影里立着哑然的东西,半响后,我分辨出来,这些黑影摆成一排排队列,大大小小的,庞大、哀伤的群体,似乎向着四面八方伸展,消失在拱顶大厅的遥远角落。我虽看不真切,但能觉察出一些形状。我猛地记起数年前见过的一张照片,大学里修历史课时,阅读伊曼纽尔·林格尔布卢姆的著作时看见的,照片上是华沙犹太城附近的中转站的犹太人,他们或蹲或坐在不成形的袋子、地上,等着被逐赶到特雷布林卡的灭绝营。我当时被那张照片震惊,不只是因为所有的眼睛都转来看着照相机,这意味着当时的人竟受到如此的抑制,竟能叫众人听得见摄影师的声音;也是因为这个深思熟虑的构图,显然摄影师苦苦思索,考虑死灰的面容映衬黑帽,围巾呼应他们身后颜色深浅不一的砖墙——无尽的砖墙将他们困陷。墙后是一幢长方形的建筑,安着一排正方形的窗户。整幅景象透露着几何次序感,如此凛肃,叫人觉得这是必然的。在这个场景里,每一种普通的素材——犹太人、砖头、窗户——都有适当且不可撤退的位置。我的眼睛习惯了黑暗,渐渐看得清楚,不再只凭不可名状的感觉模糊地感知,我看到桌子、椅子、办公桌、大箱、台灯、书桌,恭立在大厅里,好似等着被传唤,我明白为什么适在此时想起中转站的犹太人照片,我记起来了,也就是说,作研究时,我也看到无数犹太人会堂和仓库的照片,这些地方暂用作栈房,存放盖世太保从被驱逐、被谋害的犹太人家掳掠的家具、家居用品,照片里成堆倒立的椅子,就像夜里的餐馆,堆成山的床单、桌布,成架的大大小小的银汤匙、银餐刀、银餐叉。

我站在闲置家具的旷野地埂上,不晓得过了多久。我的臂弯托着吉吉，这时觉得沉甸起来。我关上门，寻回房间。约阿夫睡着。我把吉吉放在他身旁，望着他们俩，两个没有母亲的孩子，并排睡着。我觉得胃底一紧。我意识到照看他们是我的责任。天色渐亮，我照看着他们。回想起来，我不禁想着我和约阿夫的孩子的灵魂，小大卫的灵魂，就是在那个时刻，悄然潜进房间来。我的眼皮沉重起来，然后就合上了。醒来时，床上是空的，卫生间里响着淋浴声。约阿夫从迷濛的水汽里走出来，下巴刮得青青的。不见吉吉，约阿夫没有说起他，我也没有说。

早餐在小一些的餐室里吃。这是较小的餐室，但餐桌仍坐得下十六或二十人。夜里或清晨某个时候，女佣凯特琳回来了。勒克莱尔在餐桌前坐下，仍旧穿着昨日的毛背心，不过外面套着灰色家常外套。我在他脸上搜寻阴忍的痕迹，却只见到老年人衰残的面容。在日光下，我在家具厅的想象显得好荒诞。最显然的结论是，因为勒克莱尔家族破产，无奈变卖众多的庄园，或是这座城堡的很多房间无人使用，才将这些家具搬到一处。

没有见到吉吉。早餐时，女佣不时出现，但随即退回厨房去。我觉得她看我的眼神露着些许不悦，但不能肯定。早餐快要结束时，主人转头看我。我想你见到我侄孙了，他说。约阿夫一脸惘然。勒克莱尔接着说，希望他没有打搅你。他夜里经常肚子饿，凯特琳通常在他床头留些零食。我一定是忘了。您说谁？约阿夫问，看看我，又看看勒克莱尔，又看看我。我侄女的儿子，勒克莱尔说道，往吐司片上抹黄油。他来拜访？约阿夫问。自去年起，他就和我们一起住，勒克莱尔说道，我很喜欢他，有个小孩在这地方跑来跑去,确实改变了不少。他母亲呢?我插口问道。极不自在地沉默。勒克莱尔捏起银匙搅咖啡,面庞上的肌肉一紧。对我们来说,她不存在,他说。

这摆明话题就此打住,片刻尴尬的沉默后,勒克莱尔道歉说急着上路,解释道他要随后进城修眼镜。他猛地起身,邀约阿夫跟随他,终于去商谈我们来这里的目的。留下我独个人。我站起身,往厨房张看,希望能见着吉吉。想着再也见不到他,叫我心里难过。我看到一只托盘,里面摆着小孩的杯子和碗,但厨房里没人。

我们把提包搁进雪铁龙后备箱。后车座上躺着一只大纸箱。勒克莱尔来送行。无云的冬日,高亮的天空衬得万物尖锐明快。我望向城堡塔楼,希望能看见移动的人影,甚至男孩的脸,但阳光照得窗玻璃发白,看不见里头。有空再来,勒克莱尔说道。尽管我们永远不会再来。他为我打开车门。他用不必要的力量关上车门,老爷车的窗玻璃咣当作响。我们驱车前行,我转身朝主人家挥手。他耸身卓立,碎镜片使他看起来痴呆、忧伤,克劳登堡的大躯壳在他的身后升腾,由于透视的魔法,越升越高,如同一艘沉没的大船,却缓缓从海底深处浮起。车道拐弯,树木丛中,再也看不见他的人影。

归途,约阿夫和我都很安静,蜷进各自的沉思里。直待驶出布鲁塞尔萧疏的郊野,奔上宽阔的高速公路,我才开口询问他的父亲派他来取的是什么。他瞄一眼后视镜,给一辆车让道。棋桌,他说。我们肯定还说了别的话,可我不记得说了什么。

自那以后的几个月里,约阿夫、利娅、我,还有鲍葛娜,那时她还没有辞工,进入熟悉的轨道。利娅浸淫在博尔科姆和德彪西的作品里,为她在普赛尔音乐厅的首次独奏会作准备,我在图书馆消磨时光,约阿夫用功地准备期末考试,鲍葛娜来来去去,把每一件东西摆回原处。周末,我们租一堆片子。想吃的时候吃,想睡的时候睡。我在那里好快活。有时候,早上独自醒来,裹着毯子在屋里走,或是在空厨房里喝茶,我竟生出一种稀罕的感觉,感觉这世界,一贯威迫着人,叫人不能理解,其实却赋有一种看似迂曲的秩序,并且其中竟也有我的位置。

三月初,一个落雨的黄昏,电话响起。有时候,拿起话筒前,约阿夫和利娅便知道是他们的父亲:他们迅捷地对看一眼。怀茨从巴黎火车站打来的,当晚就到。紧张的情绪瞬间在房子里蔓延开来,约阿夫和利娅变得浮躁、焦灼,在房间里进进出出,在楼梯间上上下下。我们这就出发去大理石拱门地铁站,九点半你就能回到牛津,他说。我好气恼。我们争辩起来。我怨他觉得我上不了台面,藏掖着不叫他父亲知道。我在私心里又变作我的父母养育的女儿。这样的父母平常拿塑料套罩着昂贵的沙发,来客人时才用。这样的父母总期望更高的生活,却从来不相信自己配得上那种生活,随时向着任何高于他们,探手不可企及的思想屈膝弯腰——不单是物质上,还有精神上,那种倾向满足(倘若不是幸福)的精神——同时辛勤地照料自己的失落。我变作心里的那些东西,约阿夫也变作他原本不是的那个人:一个生于矜贵的人，虽爱极了我，却永远只能是这幢房子里招待我的主人。回头想来，我的误会多么深重，我竟那样无视约阿夫的苦楚，如今想起叫我心痛。

我们争吵，究竟吵了些什么，我现在也说不上来。因为争吵时，原本很直接的话，从约阿夫的嘴里说出来，就成了远引曲喻。我也是事后才明白的。他确实为自己说了些什么，辩白了些什么，维护了些什么，却没有真正说出那究竟是什么。我决意执拗到底。最后，吵累了或是词穷了，他抓起我的手腕，把我推倒在沙发上，狠狠地吻我，叫我不能开口。过了些时候，我们听得大门开启，然后听见利娅跑下楼梯。我拉起牛仔裤，扣上衣衫。约阿夫默不作声，但他痛苦的表情叫我的心里充满了罪恶感。

怀茨站在铺地砖的玄关，皮鞋锃亮，拿着银头手杖，呢外套的肩头闪着晶亮的水珠。他长得矮小，比我想象的小些、老些，维度缩小，就好似占据空间这一事实，是他勉强接受但绝不欣纳的妥协。简直叫人不可相信，这样一个人，竟能这般君临约阿夫和利娅。他转头望着我，他的双眼灵敏、冷漠、锐利。他叫着儿子的名字，目光却停在我的脸上。约阿夫抢前几步走到我前面，好似要拦截他父亲可能得出的任何结论，或者用隐秘的语言数笔写下预告。怀茨捧起约阿夫的脸，亲吻他的面颊。这样的感情叫我惊讶。我从没见过我的父亲吻哪个男人，甚或他的兄弟。怀茨用希伯来语跟约阿夫细声说话，转头瞟我一眼。我觉得，他好像认为我干涉了他的秘密，因为约阿夫急切地否认，摇着头。他好似要偿赎这个沉痛的误会，替他的父亲脱下外套，轻扶着他的胳膊，引他走进屋里。这个场景发生之际，利娅远远站在一旁，似乎要撇清干系，表明这个不幸的小意外，这个笨拙地站在楼梯口，衣衫不整、穿着帆布鞋的错误，跟她毫不搭界。

这是伊莎贝尔，牛津的朋友，他们走到楼梯脚时，约阿夫说道，我一时以为他会继续引着父亲走向厅堂，好似有一屋子的客人，要介绍给他，而我碰巧是头一个露面的。但怀茨松开约阿夫的胳膊，在我面前停步。我不知如何是好，只得走下楼梯，就像初次进入社交界的愚笨女孩。

真高兴终于见到您了，我说，约阿夫经常跟我说起您。怀茨往后一缩，细细打量着我。在沉默里，我的胃猛一抽搐。他却从没有说起过你，他说道，然后咧嘴一笑，确切地说，是嘴角略微往上一扯。这个表情可以看作慈祥，也可看作讪诮。我的儿女很少跟我说起他们的朋友，他说道。我瞟一眼约阿夫，可是这个几分钟前还那样狠劲要我的男人，这时候变得柔顺、驯服，几乎孩子气。他缩着肩，俯首呆脸瞪着他父亲的外衣。

我正要走，去赶回牛津的公交车，我说。这个时候？怀茨双眉一挑。雨落大了。我敢肯定我儿子会好心地为你铺张床的，是吗，约阿夫？他说着，眼光紧盯着我不放。谢谢您，可我真的该走了，我说道。此时此刻，我再也不想硬留在这里，砣砣然要表明什么态度。实际上，我得竭力抑制本能的冲动，才不至于冲过怀茨，跑出门去，走在路灯、汽车、伦敦人行道的雨中世界。明天一大早有个约会，我撒谎说。那就明天一大早再走，怀茨说道。我朝约阿夫投去求援的目光，或者至少给我一些引导，教我脱离这个陷阱，又不至于冒犯他。可他避开我的目光。利娅也在研究她的袖口。今晚回去也一点都不麻烦，我说道。可是很无力，也许因为这时我担心，若再峻辞，会显得很无礼，我这才开始明白拒绝他们的父亲有多难。

我们坐在客厅，约阿夫和我坐在高背椅上，怀茨坐在浅色绸沙发上。银头手杖搁在靠垫上，犄角蜷曲的山羊头。约阿夫的目光定在他父亲身上，在他面前，他好像得付出全部的焦点和注意力。怀茨递给利娅一只盒子，盒子上结着丝带。她打开盒子，一条砑罗裙子滑出来。穿上看看，怀茨坚持道。她胳膊上搭着裙子走出去。回来时，她变作轻盈的生灵，摇曳着熠熠光芒，她托着托盘，给父亲端来一杯橙汁、一碗汤。喜欢吗？怀茨追问，约阿夫呢？她看起来漂亮吗？利娅淡淡一笑，亲亲她父亲的面颊，可我知道她永远不会穿的，跟她父亲送的所有裙子一样，它也会流落在她的衣柜里。叫我好生奇怪的是，尽管怀茨对女儿的人生了如指掌，却不懂她对他赠送的奢华衣饰没有丝毫兴致，这些衣饰是给另一种她不过的人生。

怀茨边吃边询问儿女，他们十分积极地回答。他知道利娅要开独奏会，知道她在练习李斯特改编的巴赫康塔塔。他也知道她的俄罗斯音乐教师叶普盖尼·基辛在休假，另找了顶替。他探问这位新教师的出身、教授能力、她是否喜欢。他聆听着，面色肃重得叫我诧异。那副聆听的样子，就好像若是女儿的答言透出丝毫不悦，那些令她不悦的人就得负起责任来，只要一通电话、一声叫人悬心的威胁，这个可怜的新教师就得滚蛋，因神经衰弱而去法国南部疗养的俄罗斯人就得立即飞回来授业。利娅娓娓道说这位新教师的好处,叫她的父亲放心。他询问她这个周末有无安排,她说要参加好友艾玛丽亚的生日会。我从没听她说起艾玛丽亚,我在这房子里住了这么久,也从没见利娅参加过任何聚会。

他的脸庞瘦削松垂,他儿女的长相与他毫不相像,要么曾经有相像的地方,但他的岁月扭曲了他的相貌,叫人再也分辨不出来。他的嘴唇单薄,湿漉漉的眼角耷拉着,太阳穴的青筋暴跳。他们的鼻子略有些神似,都是修长的,弧形的鼻翼鼓翘。要是约阿夫和利娅的褐发得自他的基因,那么证迹再也找不着了。他的头发稀疏,天生的颜色已褪尽,自高耸平坦的前额往后掠。哦,在他儿女的脸上,极难找到他的遗传负荷。

怀茨很满意利娅的回答,便转向约阿夫,询问他的期末备考。约阿夫的答案流畅洗练,好像在背诵为面试预备的台词。跟利娅一样,他也竭力叫父亲相信每一件事都很好,用不着忧虑或担心。听着他的话,我好吃惊。我知道约阿夫认为他的导师是狂妄自大的骗子,而他的导师也威胁约阿夫,倘若再不提交他声称在研究的课题,就要将他留校察看。他优雅地撒谎,没有丝毫歉疚,我思忖着,如有必要,他也会这样跟我撒谎。更糟糕的是,望着怀茨饥饿地将汤勺送进嘴里,瘦长弯曲的手指握着汤碗,我想起自己对父母撒的谎,心里万分内疚。我不单骗他们说我在牛津做的那些了不起的事,并且我根本就不去学校了。我利用父亲节俭的天性,不肯错过任何省钱的机会,编了个故事,说有种电话卡往美国打国际长途更便宜。于是我把打电话这事安排得很妥当,不再是他们每星期天打给我,而是我打给他们。他们是习惯的动物,我知道除非有急事,他们是不会打破常规的。为了确保万无一失,我每晚往小克拉伦登街的房间里的答录机打电话。坐在怀茨面前,我想着自己的父母,想象他们每个星期天多么焦虑地坐在电话前,我的母亲坐在厨房料理台前,父亲在卧室。悔恨腐蚀着我的心。

最后,怀茨揩揩嘴,转向我。一颗汗珠顺着我塌陷的面颊流下。你呢,伊莎贝尔?你学什么?文学,我说。他没有血色的嘴唇裂出古怪的微笑。文学,怀茨重复道,好像在将一副熟识的面孔跟名字联系起来。

接下来一刻钟里,怀茨审问我的学习、出身,我父母的出身、职业,我为何来英国。至少问题是这样问,但真相是——或者我以为是——怀茨的言辞只是他揭露其他东西的代码。我觉得我想要通过某场考试,却不晓得应试的要求,竭尽全力寻找正确的答案,心里觉得每一次花哨地说出真相,就是糟践我父母的爱和奉献。我欺瞒父母,眼下又用他们来欺瞒别人。怀茨听取他们的代言人、辩护律师的话。这些穷人、贱人,叫人以为他们没有能力为自己辩护。我们说话时,房间里所有哀伤、高贵的家具消失了,巴伐利亚落地大钟、大理石桌,甚至连约阿夫和利娅,都消失了。在这个恻恻幽深的空间,只有怀茨和我,还有半空飘浮着我受伤害的父母。他做鞋子?怀茨问道。怎么样的鞋子?我将父亲的事业描述一番,你再也不会以为我那做鞋子的父亲是低贱的。想想看,马诺洛·伯拉尼克要为他最奢华、最繁复的设计做鞋子，就来找我的父亲，曲下膝头量脚板。事实上，他给哈林区的修女和天主教会学校的女生做制服鞋。我夸饰父亲的行当，添染些光彩和声望，心里忆起儿时去祖父的作坊玩耍的午后，我的父亲继承监管这个作坊，经营得一塌糊涂，唯一的出路是做哈林区和蓬勃的中国工厂之间的掮客。我记得父亲举起我，放到巨大的赫曼·米勒书桌上；在他的指令下，房间对面的机器战战兢兢地咔嗒作响。

是夜，我睡在小房间的儿童床上，在利娅睡房的走道尽头。我清醒地躺在床上，独自细想，先觉得羞辱，然后是愤怒。怀茨以为自己是什么，来审讯我，叫我觉得非得证明自己的价值？我的家人是怎样的人，我父亲做什么谋生，关他什么事？他威迫自己的儿女到这样可怜的境地，将他们弄得不敢独立自主，已经够坏的，够叫人愤怒的。他凭着自己的意愿把他们捏在手心，将他们囚禁在他的意志里，他们不能反抗，因为对他们来说，拒绝父亲这一行为本身，就已超越寻常的可能性领域，这已经够坏的了。他支配他们，不是靠着铁腕或者脾气，而是更令人胆憷的无言威胁，甚至是最芥细的过失，也会引发严重的后果。这下子，我的出现挑战了怀茨的秩序，打破了怀茨家精巧的三角。他刻不容缓地叫我明白，若不得他知情或许可，要想继续约阿夫和我这段关系，门也没有。他凭什么？我怒气冲冲地想着，在小床上翻转。他也许能支配他的儿女，我可不容他欺凌。尽管放马过来，我可不是这么容易给唬住的。

好似彩排过的，门猝然一开，约阿夫扑到我身上，如同狼群从四面袭来。吻够之后，他将我扳转身来，狠狠进入我的体内。我们第一次这样子。我咬着枕头，才没有在他进来时喊出声来。之后，我翻转身，靠着他身体散发的炽热睡去，睡得很沉，醒来时只有我一人。如果做过梦的话，我也忘记了，只记得看见怀茨像蝙蝠一样，头朝下吊在食料间里。

清晨七点不到。我穿上衣服，在利娅的卫生间洗脸，维多利亚式的小盥洗池，装饰着粉色花卉。我蹑足走下过道，在利娅的睡房前立住。她的房门微启，透过门缝，我看见巨大的乳白色天篷床，航船一般的庞大雄伟。于是，我想象着她坐在床上，好似坐在滔滔的水面。站在那里，我豁然明白，这张床肯定也是她父亲送的，同样传递着那个微妙的信息：他期望她过的人生。她在学院里肯定也有朋友，但从不带到家里来。我也没听她说起过男友，过去抑或现在。父亲和哥哥占据她所有的忠诚和爱，她几乎不可能再跟另一个男人展开外在的关系。我想起夜里利娅虚构的生日会。我当时不能理解她为何无端撒谎，现在想着，这会不会是她抵抗父亲的唯一方式。

约阿夫在楼下的睡房里沉睡着。昨夜的怒气已渐平息，我的自信也随着削弱。我又思索我们的恋情究竟能够维持多久。也许怀茨的胜利只是时间问题。我逼迫约阿夫跟他的父亲打了第一场战役，战斗甫一开始，他就缴械，驯服得像个小男孩，然后呢，夜里摸黑张牙舞爪地来要我。我的脑子里又浮现怀茨倒挂着的形象。有这样的父亲，孩子最终能得自由吗？

我给约阿夫留了短笺，搁在书桌上，急切地想在遇见怀茨前离开这幢房子。雨还落着,浓雾冥蒙,走到车站时,母亲给我买的外套已经湿透。我乘地铁到大理石拱门,再转公交车到牛津。一打开房门,顿时,悲怆结实地将我卷裹起来。远离约阿夫,回头看我在贝尔赛兹公园的生活,宛如一出变幻不定的戏,舞台随时可能被拆卸,戏子随时可能被遣散,在黯淡的舞台上,穿着家常服的女主角伶仃地立着。我钻进毯子里,睡了几个小时。当天,第二天,约阿夫都没有打电话来。我不晓得做些什么好,强打起精神到凤凰影院看《欲望之翼》,连着看了两遍。我沿着沃尔顿街往回走时,天色暗将下来。我等着电话响,等得睡着了。一整天没有吃东西,凌晨三点钟,我被胃里翻搅的饥饿惊醒。只有一块巧克力,却越吃越饿。

一连三日,电话没有响,我要么睡觉,要么坐在屋里不动弹,要么强迫自己走到凤凰影院,接连几个小时瞪着闪光的银幕。我竭力不想,从影院的零食摊买爆米花和糖果维生,摊主是冷漠的无政府主义朋克,我对他满怀感激,他的小摊拥有足够叫人们活在影院的基本口粮。他常送我糖果,或者付小瓶苏打水的钱,却给我大瓶。要是我真心相信和约阿夫的恋情就此了结,境况会比眼下更糟糕。不是的,我只是在经受等待的折磨,一个句子结束,等着另一个句子开始,而那个句子带来的可能是又可能不是冰雹、飞机坠毁、诗意的公正,或者奇迹般的转机。

电话终于响了。一个句子结束,另一个句子总会开始的,只是并不总是接着前一个句子,也不总是原先的条件从句。回来,约阿夫近乎耳语。请回我身边来。我开锁走进贝尔赛兹公园的房子，屋里漆黑。我看见电视荧光照着他的侧影。他在看基斯洛夫斯基的电影，我俩看过不下二十遍。正播着伊莲娜·雅各布抱着被她的车撞死的狗，送到让-路易·特兰蒂尼昂家去，见到这个老男人在窃听邻居打电话。你是什么人，她厌恶地问道，警察？更糟，他说，法官。我滑进沙发，坐到约阿夫身旁，他一声不吭地抱着我。他独自在屋里。后来我得知他们的父亲遣利娅去纽约，取他找了四十年的书桌。利娅外出这一周里，约阿夫和我在屋里各处做爱，在每一件家具上做爱。他没有再说起他的父亲，可他想要我的方式里，有一种暴力，我知道他们之间定然发生了痛苦的事。一天夜里，我猝然惊醒，因为我从来睡得很浅，觉得在寂静里，有一道阴影从我们身上掠过。我潜下楼梯，打开大厅的灯光，只见利娅站在那里，神情极为古怪，我从没见过她露出这样的神情，似乎割断了锚定我们的紧绷的缆索。我们低估了她，她的父亲更是如此。

II

真 善

　　你在哪里，多弗？天亮了。天晓得你究竟在荒草荨麻丛里做些什么。你随时会在前院出现，身上扎满草钉。我们在这个屋檐下同住了十天，二十五年没有住一起了，可你几乎没说过话。不，那倒也不是。你独白了一大段，说的是街上在修路，还有排水管和出水口。我开始猜测这一段独白是密码，隐含着你想叫我理解的别的事情。你的健康，也许？要么是我们共同的健康，我们父子俩的？我竭力要理解你，可还是跟不上。我从马背上摔落，儿子。摔进阴沟里。跟你说那么些话，是我的错，你脸上乍地掠过痛苦的神情，又立即恢复沉默的常态。后来，我又猜测这是你的实验，用来测试我，这个实验的唯一结果只能是我的失败，然后留下你独自一人，蜗牛一般地，自由地蜷回自己，继续埋怨我，瞧不起我。

　　我们画地为界，在这房子里一起过了十天，做的只是圈定领地，创立仪式，占好据点，标明方向，如同遇险飞机的甬道上闪烁的光条。夜里,我总是先你睡去,可是早上呢,不论我起得多早,你总是先我醒来。我看着你瘦长的灰色身躯弯向报纸。走进厨房前,我先咳上两声,免得你受惊。你烧了水,摆出两只茶杯。我们看报纸,清喉咙,打嗝。我问你吃不吃吐司。你拒绝了。如今你连我的食物也不要了。还是因为面包皮烤焦了?吐司一向是你母亲烤的。我嘴里塞满食物,说着新闻。你不作声,掸去面包屑,接着看报。对你来说,我的话顶多算是大气:模糊地传送给你,就像鸟的鸣唱、枯树的吱嘎,在我看来,我的话就像这些声音,不要求你作回应。早饭后,你回房睡觉,夜里的游荡,叫你累坏了。午间,你到花园里,占据唯一完好的凉椅看书。我盘踞着电视机前的摇椅。昨天,新闻报道斯法特镇上一个胖女人的死。她十年没有离开沙发,死后,他们发现她的皮肤嫁接进沙发。怎么可能这样。他们没有报道。新闻只报道事实,他们只得把她跟沙发切割开来,用起重机从窗户吊出去。记者叙述着,庞大的尸身裹着黑塑料布缓缓降落,作为她最后的羞辱,因为全以色列找不出装得下她的裹尸袋。两点整,你进屋来,吃你的隐修士午餐:一根香蕉、一小盒酸奶、一小撮沙拉。明天,你兴许要穿上苦行僧的粗毛衫。两点一刻,我坐在摇椅里打盹。四点钟,我惊醒来,听见你在干当天选择的零碎活:清理仓棚,耙落叶,修檐槽。你不想欠我的,用干活来付报酬,是吧。五点钟,我们喝下午茶,我给你概述最新的新闻。我等着突破口,等着你沉默的硬釉裂出豁口。你等我说完,洗了茶杯,擦干,搁回橱柜。你折好擦碗布。你叫我想起倒退走路的人,边走边抹去自己的脚印。你回房去,关上门。昨天,我站着听。我以为能听见什么。钢笔刷刷的声音?可是没有声音。七点钟,你出来看新闻。八点钟,我吃晚饭。九点半,我上床睡觉。夜深后,约摸凌晨两三点钟,你外出游荡。在黑暗里,山丘上,树林里。如今,我夜里醒来,不再因为饿得要站在敞开的冰箱前吞食。你母亲戏称为《圣经》般的食欲,早已将我抛弃。如今我醒来是别的缘故。膀胱不好。无由来的疼痛。可能要发心脏病。血栓。我总发现你的床空着,平整地铺着。我回到床上,早上起床,不论多早,总能看见你的鞋子摆在门旁,你瘦长的身躯伏在桌前。我就咳上一声,我们又能开始这一天。

听我说,多弗。因为这一回我只说一次,我们没有时间了,你和我。不论你的人生有多凄惨,你的时间还多着。你可以做你愿意做的事。你可以去森林里游荡,去追寻穴居野兽的踪迹,去耗费时间。可我没有。我疾疾地趋向终点。我不会再以候鸟、花粉,或者任何符合我的罪孽的丑陋、卑下的生物回来。我所有的一切,过去、现在,都要石化为古老的地质。你就被撇下了,孤身一人。孤身一人面对我的过去,孤身一人面对我们的过去,孤身一人面对再也没有机会发泄的痛苦。所以,仔细想想。慢慢想想,好好想想。如果你回来是想证实对我的成见,那么你一定会成功的。我反倒会帮你,儿子。我会努力做你眼里那个尖酸刻薄的人。这在我很容易,的确是这样。谁知道呢,兴许还能叫你有借口不悔恨呢。可是不要弄错了:我被埋在地洞里,不再有任何感觉,你还得过痛苦的余生。

不过，你很清楚这一切，不是吗？我觉得这是你回来的原因。在我死掉前，你有些话想告诉我。那么说吧。不要藏着掖着了。究竟是什么让你迟疑？怜悯？我在你眼里看到的：我坐在机械椅里飞上楼梯时，看见你错愕地望着我变小。你儿时的怪物被楼梯这种世俗的东西打败。但我只需一开口，就能把你的怜悯一股脑儿打回原先藏身的岩底。只需要几个精选的词语，就能叫你想起我的外表虽变了，却还是那个愚蠢自大的混蛋。

听我说。我有个提议。听我说完，你再决定同意还是反对。你看我们暂时休战怎么样，你说出你要说的，我说出我要说的。我们听一听彼此的话，我们从来没有听过，听对方说话，而不是争辩、发火，我们暂时撂下尖刻、怨怒，就一刻，好吗？看看站在另一个人的位置是怎样的？也许你要说太迟了，同情的时刻很久以前就过去了。也许你是对的，可我们什么也不会失去。死亡在拐角等着我。要是听任事情这样下去，偿付代价的人不是我。我会消失。我再也不听、不看、不想、不感觉。你也许以为我唠叨的都是显而易见的事，可我敢打赌，你不太思考非存在的状态。也许曾经思考过，倘若存在着一种心灵不能持有的思想，那就是心灵自废。也许佛教徒、印度教坦陀罗僧能够做到，犹太人却不行。犹太人对于人生懂得极多，却从不知道怎样对待死亡。问一个天主教徒死后会怎样，他会给你描述层层地狱、炼狱、天堂之门。基督教徒将死亡研究得如此透彻，他就有借口撒手不管人生的终点。问一个犹太人死后会怎么样，你就会看到他伶仃作战的悲惨境况。一个迷失又迷惑的人，盲目地游荡。尽管犹太人谈论一切，审查、坚持、发表意见，争辩、滔滔不绝、无休无止，将每一个问题颠来倒去、反反复复嚼得稀烂，对于死后的事，却默然不置一词。他只是简单地同意搁置不谈。他绝不姑息其他问题，却任由至关重要的问题陷在混沌的惨淡境地。你懂这其中的反讽，荒谬？倘若一种宗教漠视人生终结时会发生什么，这种宗教有什么用？答案是否定的。与此同时，泱泱两千年，这个民族却煽起其他民族的残忍妒恨，犹太人再无旁路可走，只有尽日与死亡共存。与死同在，在死的阴影里筑起房屋，却永不讨论条件。

我说到哪里了？我说得太激动，没了头绪，你见我嘴角泛起的白沫？等等，是的。提议。你看怎么样，多弗？不然，什么也用不着说。我把你的沉默当作同意。

这样，我先说。你看，儿子，每过去一天，我发觉自己跟死亡就斗得更激烈。细细察看，伸脚试探。与其说是练习，倒不如说在我还有力量作审讯，还能够测探遗忘的时候，审讯死亡的境域。在未知境域探索的时候，我发现一些关于你的事情，一些几乎忘记的事情。在你生命的头三年里，你根本不懂死亡。你以为人生会继续着，没有尽头。你从摇篮搬到床上的头一夜，我来跟你说晚安。从现在起，我永远睡大男孩的床吗？你问道。是的，我说，我们坐在一起，我想象你抓紧毛巾毯，在永恒的大厅翱翔，你想象孩子虚构永恒时想象的图景。几天后，你坐在餐桌前，拨弄着食物不肯吃。那就别吃，我说道，你不吃的话，也别下餐桌，就这么简单。你瘪起嘴。随你，你就趴在桌上睡好了，懒得管你，我说道。妈妈不会这样的，你呜咽着。我不管她怎么样，我啐了一口，我就是这样的，不吃，就不许动！你号啕起来，反抗，闹得没个收场。我不睬你。没过多久，屋里静了，只有断续的抽噎声。然后你扬声说道，尤拉死后，我们要养条狗。我吃了一惊。因为你的声明这么直接，也因为我不晓得你竟然知道死亡。她死了，你就不难过？我问道，一时忘了我们的食物战争。你呢，很实际地答道，难过的，因为那样的话，我们就没有猫宠物了。半晌后，你问，人死后是怎么样的？就像睡着了一样，我说，只是不呼吸。你想了想。孩子会死吗？你问道。我的心口闷痛。有时候，我答道。兴许我该说别的话。永远不，要么只是说，不。可我没有骗你。至少你能够这么评价我。你转过小脸，毫不畏怯地看着我，我会死吗？你说这些话的时候，我的心里害怕极了，从没有过的恐惧，泪水涌上眼眶，但我还是没有说出原该说的话，很久很久以后，要么说，不，你不会，儿子，只有你会永远活着。可是我说，是的。可我不想死，你说道。不论遭受怎样的苦难，在内心深处，你仍然是一只动物，跟任何人一样，想要活下去，感受阳光，自由自在。你的心灵充满死亡可怕的不公正。你看着我，好像全是我的错。

我在死亡的小巷徘徊，频频遇见从前的你，频繁得会叫你吃惊。起初，我也诧异，不久以后，我期待起这些遭遇来。我想弄明白，你怎么会在这里出现，因为这根本不关你的事。后来我明白了，这是因为我的感觉，你还小的时候，我就有的一些感觉。我不晓得为什么，乌里不会叫我产生同样的感觉。大概因为他是婴儿的时候，我忙着别的事，要么因为当时我还太年轻。你俩只差三岁，但这三年里，我成熟起来，我的青春正式收场，我走进做父亲和男人的人生新阶段。你出世时，我已懂得孩子的出世意味着什么，乌里出世的时候，我还不懂。他怎样长大，他的天真怎样渐渐销铄，他的脸庞怎样永远地改变，他何时第一次感到羞耻，他怎样开始尝到失望或厌恶的滋味。他眼里看到的世界，我探手可及，却没有去触摸。这些事情叫我很无助。当然，你跟乌里完全不同。打一开始，你似乎就通达事理，懂得很多，敌视我。你似乎知道教养孩子，就是对他施加不可避免的暴力。我低头看着摇篮里的你，小脸因着悲痛的嘶哭而扭曲。只能这样形容你，我从没见过别的娃娃哭成这样。我什么都还没有做，就犯了罪。我知道这听起来不对，毕竟你只是个婴儿。可你身上有某种东西，攻击我最脆弱的地方，我只得退开。

是的，是你，小时候的你，柔软的黄头发，还没变得粗黑。我听人说，孩子出世，就是第一次品尝自己的死亡。对我来说，却不是这样。这不是我在死亡浅滩遇见你的原因。我自己也在人生的战役里打得手忙脚乱，哪能分神留意长翅膀的信使从我手里取走火炬，悄悄递给你和乌里。要是我留心了，从那个时刻起，我就不能再做所有一切的中心，生命的火焰烧得最旺的坩埚。我的人生火焰渐渐冷却，可我没有留心。我照旧生活，就好似人生需要我，而不是我需要人生。

可你教会我死亡。你偷偷把这知识传给我，几乎不叫我察觉。你问我你会不会死之后不久，我听见你在另一个房间大声

177

说，我们死后会挨饿。这么简单的话。说完后，你走调地哼着曲子，在地板上推小汽车。可是这句话烙进我的心里。我想还没有人这样总结过死亡：无穷的渴望，却无望得到。面对这样浩渺的事，你竟能这么泰然，真叫我害怕。你怎么看待它，尽你所能在心里反复思量，找到清晰的形式，叫自己能够接受。也许我把三岁小孩的话太当真。但无论是怎样随意地说出口，这句话自有美感：活着时，我们坐在餐桌前不愿吃；死后，我们永远挨饿。

叫我怎么解释呢？我有些被你吓着。你似乎比我们这些人更接近事物的情理。我走进某个房间，见你盯着角落看。什么东西这样有趣？我想知道。可你不再看，转头看着我，眉头一蹙，因为受了搅扰而微微一惊。然后，你走出房间，我便走到你的位置去看个究竟。蜘蛛网？蚂蚁？尤拉呕的毛粪石？可我从没看见任何东西。他是不是有毛病？我问你母亲。他没有朋友？那个时候，乌里在整个社区交满了朋友。无时不有小孩在屋里进出找他玩耍。唯一看见乌里待在角落的时候，他双手合抱，扭着身子，像是练习法式接吻。他的双手上上下下摸着后背，拧一拧屁股，呻吟一声，脑袋前后狂耍，人人看得笑翻了天。在笑声里，却看不见你的身影。后来，我给番茄剪枝，见你在花园里堆起神秘的土丘，拿木棍在地上交错刨出长方形和正方形。见鬼的这是什么？我问你母亲。她歪头研究一番。一座城，她毫不迟疑地宣称。这是城门，她指点着，这是城墙，这里有个蓄水池。她走开了，留下我一个人，溃败。她看到一座城市，我却只看到几堆可怜的土包。从一开始，你就给了她钥匙，却不给我。从不给我，儿子。我瞧见你趴在浇水管旁。过来，我喊道。你挪着小短腿慢慢挨近，脸蛋被冰棍污得乱七八糟的。这是什么意思？我严肃地问，拿剪枝刀指着。你低头看看，吸吸鼻子。你蹲下，动手布置照明设施，急急地掸土、拍土、重塑土堆。你站起身来，高高地审查，歪着头，跟你母亲歪的角度都一样。原来秘密就在这里，我想着。你得把头歪到一定的角度，才能看明白。我才消化掉这条线索，你就抬起脚，砰砰地飞快跺了几脚，踩平整座城市，回屋去了。

是谁先开始的？退开的人是我还是你？古怪的孩子，心里装着玄秘的知识，叫我恨得哪，长成年轻的男人后，就彻底把我关在他的世界外。你想知道真相吗，多弗？你跟我说你打算写书，我着实惊讶。我不明白你为什么跟我说，在这些人里，你为什么单挑中我。你极少跟我分享想法，万不得已才会跟我说话。我虽想做得好，可我还是回不过神来。我不能这么迅捷地应变。我就端出老法子。某种语调，某种粗暴，我不懂你的时候，就端出这些武器自卫。在你拒斥我之前，我先拒斥你。事后，我懊恼不迭。你走出房间的那一刻，我明白再也没有机会。我知道你给我判了缓刑，我却硬生生错失了机会。我知道，再也没有机会了。

一头鲨鱼，蓄贮着人类的悲伤。容纳梦中人不能承受的梦魇，担当起梦中人累积的情感的暴戾。我又不时想起那头大兽来，想起你给我的机会，我却没有抓住。有时候，我还觉得，我快要理解这条大鱼的意味。有一天，我到你房里去找你借走的螺丝刀，在你的书桌上看到这些摊开的稿纸。我先是松了一口气，幸好没有劝阻你。家里没人，但我还是关上门，坐下来读这头龇着牙的可怕的动物，悬浮在透亮的鱼箱里。室内漆黑，只有鱼箱亮着。大鱼的绿莹莹的躯体扎满电极和电线。机器日夜低鸣。还有不知从哪里传来水泵不休地运转的声音，维持着鲨鱼的性命。这头大兽抽搐、扭动，神情瞬息即变。鲨鱼有神情吗，我自问。在无窗的小室里，病人在沉睡，做着梦。

我也用不着跟你说，我从来不喜欢看书。爱看书的是你母亲。你这个故事，我看了很久，我得慢慢地看，才能看懂。有时候，有些词语像谜语，我得读上两三遍，才能猜出意思。上法学院的时候，我总觉得自己比别人慢，但我的头脑好使，说话伶俐，能跟最优秀的同学辩得不相上下，但我得花更多时间看书。你那么轻易地学会阅读，几乎是自己学会，我诧异极了。你这样的孩子，竟然是我的儿子，真叫人难以置信。这是你和你母亲共有的，那么容易相互理解，你们之间的相知就更加笃厚。我又站在外面，找不到入口。可我不得你知情或同意，就看了你的故事。我从没像这样看过书，以后也没有这样看过。这是我第一次摸到理解的路径。多维克，我敬畏了。我站在道路的另一端，惶骇、震惊。你入伍，离家去新兵训练营，我挺担心的，想着我的秘密阅读就要终止，想着通往你的世界的门又要向我关闭。可是，嗬，瞧，每隔二三周，你就往家里寄包裹，密密地贴着棕色胶带，装饰着**隐私！！！勿拆**！附带给你母亲的明确指示，搁在你书桌的抽屉里。我高兴极了。我相信你是知道的，你一向知道的，并且你夸张滑稽的伪装只是为了避免尴尬。我们俩的尴尬。

起初，我坐在你房里读你的手稿。等着你母亲外出购物，去WIZO①做义工，或者去看伊丽特。后来我的胆子渐渐大起来，就坐在厨房里看，要么舒适地躺在合欢树下的凉椅里看。有一回，她意外早回，吓了我一跳。我不想引她疑心，就接着看，佯作是看案情提要。有个房东想逐房客，我咕噜道，从眼镜上方瞟她一眼。但她只是点点头，露出心不在焉的微笑。有心事的时候，她总会露出这样的神情，大概是在想伊丽特。伊丽特一有病态的要求，或者什么聒噪的要紧事，你母亲就像急救车似的赶去。就这么简单，我想着，不过也不敢试探运气，我溜回你的房间，把手稿塞回书桌。

我不是总能理解你写的。我承认，你一开始不把事情说明白，叫我很气馁。它吃什么，这头鲨鱼？这地方在哪里，有个大鱼箱的研究所？医院？我找不到合适的词。这些人为什么睡那么久？什么也不吃？在你的故事里，没人吃东西？我努力忍着，才没写下批注。很多时候，你叫我摸不着头绪。我刚弄明白清洁工伯灵格住在只有一扇高悬小窗的房间（为什么外面总下着雨），鞋子整齐地排在硬板床下，像当兵的，我刚感觉到这个房间的气氛，嗅到单身男人睡在小房间里所散发的独特气味，你就猛地将我抛掷出去，把我扯进森林，哈娜小时候常跑到那里躲藏，不见任何人。可我竭力遏制不满。我放弃疑问，把编评搁在一旁。我任由你挈带。一页一页地读下去，我的异议越来越少，我向你的

---

① 国际锡安主义妇女组织（Women's International Zionist Organization）。

故事屈服。你的故事拎起我，提溜着，跟着可怜的伯灵格抚摸鱼箱上的裂缝，电线连接这间大厅的鱼箱和邻近的小房间。小房间里躺着做梦的人：小男孩本尼、总梦见父亲的利百加。（跟我说，多维克，我是这位父亲的原型吗？你真的把我看成这样？那么没心没肺、自以为是、残忍？要么我也跟他一样自我中心，竟以为你会把我写进故事？）狂热的小本尼和他对魔法的坚定信念，叫我心软；最叫我感兴趣的是挪亚的梦，在这些人当中，我觉得这个年轻作家最像你。我甚至对遭罪的大鲨鱼产生奇怪的同情，上帝晓得究竟是为什么。这摞手稿读完后，我的心头总隐隐泛起忧伤。接下来会发生什么？伯灵格无助地看着可怕的裂缝会变成什么样？水滴漏的声音，嗒、嗒、嗒。深夜里，这个声响渗进每一个人的梦境，侵扰他们，变作千百种最凄怆的回音。有时我得等上好几个星期，你在部队里格外忙碌的时候，得等上好几个月，才能等到接下来的故事。我沉没在黑暗里，无从得知接下来会发生什么。只晓得鲨鱼病得越来越重。只晓得伯灵格是知道的，但他瞒着那些睡在无窗房间里做梦的人：鲨鱼不会永远活着。后来呢，后来怎样了，多维克？他们会去哪里，这些人？他们怎样活下去？或者，他们已经死了？

我没有得到答案。你被派往西奈山的三周前，寄来最后一部分。后来，再也没有寄来。

10月的那个星期六，你母亲和我待在家里，听见了空袭警报。我们打开收音机，但这一天是赎罪日，广播里只有死寂。收音机在角落里噼里啪啦地响了半个小时,最后传出声音,宣告空袭警报并不是虚响,要是再响起来,我们就得跑到防空洞里去。然后他们播放贝多芬的《月光奏鸣曲》。这是干什么?安抚我们?过了些时候,播音员又回来,说我们遭到袭击。我们震惊极了。我们以为战争早已结束。然后又播起贝多芬,不时插播动员令,号召后备兵。乌里从特拉维夫打来电话,扬着嗓门嘶喊,像是跟耳背的人说话,尽管我在房间另一头,也听得见他在电话里跟你母亲吼的话。他在跟她开玩笑,他大概要给埃及人演戏法呢。乌里就是这样的。后来,部队打电话找你。我们原以为你跟小分队驻在赫蒙山上,可他们说你休了周末假。我随即记下你该报到的时间和地点。

我们给你认识的每一个人打电话,但无人晓得你在哪里,连你念大学的女朋友也不知晓。你母亲愁得失魂落魄。别瞎想,我跟她说。我知道你这些年里的午夜游荡,熟悉你逃避我们的方式,在人世间找着一块还没有被人污染的空地。知道你母亲不知道的事,叫我有些窃喜。

我们听见钥匙在门锁里转动,你冲进门来,又焦躁又兴奋。我们没有问你去了哪里,你也没有告诉我们。我很久没有见你了,看着你长得这么壮实,身量有些魁梧起来,着实叫我吃惊。阳光把你晒得黢黑,也叫你看起来很健壮,兴许是别的什么缘故,你身上散发着一种从前没有的魄力。看着你,我有些心酸,为着我自己失落的青春。你母亲呢,焦灼万分,急急去厨房准备食物。快吃,她催促你,谁知道下顿饭什么时候能吃上。可你不想吃。你不时走到窗前望天空,寻找飞机。

我开车载你到报到地点。你记得我开车送你那一次吗,多弗?后来,有一些事情,你不敢记得,所以我不知道你是否还记得这件事。你母亲没有来。她鼓不起勇气送行,或者不想让她的焦虑感染你。你的腿上搁着枪,她准备的一袋食物。我们都知道你会扔掉或者给别人,她也知道。我们一掉头上路,你就扭转脑袋望着窗外,摆明不想说话。那好吧,我们就不说话,我寻思着,有什么新鲜的?可我还是觉得失望。我原以为眼下的处境,我们周围酝酿的危急处境,我送你上战场——我以为这份压力会弹开瓶塞,叫你渗出些什么来。事情却不是这样的。你摆明了态度,僵硬地转头瞪着窗外。虽然心里很失望,不过我承认,我也有些松释。因为我——我这个人,总是有话可说,总是抢先说话,喋喋不休,说个没完——因为我也不知道说什么好。面临窘危,茫然不知怎样好。我眼看着你的身体如何适应了这杆枪。你随意地托着枪。你的手里托着枪,那么自在。你似乎吸收了它的构造,你的血肉吸收了它所有的要求、力量和吊诡。那个四肢似乎不属于他的身体的男孩已经消失,替代他的,坐在我身旁的,是一个大男人,戴着墨镜,高高地撸起衣袖,露出铜色的胳膊。一个大兵,多维克。儿子长大当了兵,我送他去上阵。

是的,我有话要说,可在那个时候,又不想说,于是我默默开车。报到地点聚集了庞大的卡车队,士兵们又是急吼吼,又是焦躁。我们道别——匆匆地往彼此后背捶上一拳,就那么简单——我望着你消失进制服的海洋。在那个时刻,你不再是我的儿子。我的儿子藏在某一处，躲上一些时候。就在你回家前去的那个地方，在山野独走。你似乎知道有事要发生，你先去把自己埋在洞里。在那里，躲进寒冷的土壤之下，待危险过后再出来。你从等式里减去自己，只剩下一个大兵，吃着以色列的果子长大，指甲缝里嵌着祖宗的泥巴，为了保卫祖国上战场。

那些日子里，你母亲没合过眼。她不肯在电话里多讲，怕占了电话线。最叫我们心惊肉跳的是门铃。他们来到对街的比勒兹基斯家，说伊兹扎克在高兰战死。小时候常跟你和乌里玩耍的小伊兹。他在坦克里被活活烧死。自那以后，比勒兹基斯夫妇再没有迈出屋子。他家的屋子四周野草黜黼，窗帘总是严严紧闭。有时候，深夜里，屋里亮起一盏灯，有人在钢琴上反复敲着两个音符，呼嘣呼嘣呼嘣。有一天，我把误投到我们家的信送过去，门框上原先钉经文盒的地方，我见到一块灰迹。原本可能是我们，是他们的儿子，而不是我们的儿子，反复敲打两个音符的人是比勒兹基斯，而不是我，这中间根本没有理由。每一天，儿子们在牺牲。社区里又有一个儿子被炮弹炸死。有一夜，我们上床睡觉，熄了灯。要是失去他们中的一个，你母亲说道，声音微微发颤，我也活不下去。我原本可以说，你会活下去的，或者我可以说，我们不会失去他们。我们不会失去他们，我说着，紧紧捏着她纤瘦的手腕。她没有说，我不会原谅你的，可她也不必说。乌里驻守在一座山上，俯瞰约旦谷。他设法往家里打过一次电话，所以我们知道他还在那里。很久以后，他跟我说，无线电发射机传来以色列坦克兵团在高兰绝望的战斗。一辆又一辆坦克从无线电网消失,沉入寂静,他不能不听,心里知道这是聆听那些战士的最后的声音。他告诉我们,你们旅被派往西奈山。我们逐日等待门铃响起,可是没有。每一次夜幕落下,门铃没有响,就意味着你多活了一夜。在那些日子里,很多事情,你母亲和我都不说。恐惧把我们推入越来越深的沉默。我心里清楚,要是你或乌里出事,她不会容许我像她那么坦然地痛苦,而我心里也因此怨她。

那天夜里,开战两周后,大概十一点钟,电话响起。来了,我想着,心底的深渊被揭开了。你母亲在另一个房间,歪在沙发上睡着。她双眼惺忪,头发蓬乱,站在门旁。我站起来,去接电话,如同穿透水泥一般。我的双眼和肺滚滚汹涌。一阵停顿,长久得叫我有足够的时间想象最糟糕的情况。然后,你的声音传来。是我,你说道。就这么多:是我。单是这两个字,我就听出你的声音略有些异样,犹如灯泡的灯丝断了一根,你声音里那一根芥细而致命的灯丝断了。可是在那个时刻,这不重要。我还好,你说道。我说不出话来。我想你从没听过我哭。你母亲尖叫起来。是他,我说,是多弗,我哽咽着。她奔到我身旁,我俩一道将耳朵贴着听筒。我们的脑袋贴在一起,倾听你的声音。我要听你说话,永远听,无论说什么,这不重要。一如从前那些早晨,你醒来,还没有呼唤我们,我们竖起耳朵聆听你在摇篮里呜呜作响。可你不想再说。你说你在荷霍沃特附近的医院。你的坦克被炸,你的胸膛被榴霰弹伤着。不严重,你说。你问起乌里。我不能多说话,你说。我们来看你,你母亲说。别来,你说。我们当然要来,她说道。跟你说了别来,你厉声回道,几乎怒气冲冲的。然后,口气又软了:明后天他们就送我回家。

那一夜,你母亲和我在床上紧紧相拥。在我们的缓刑里,我们相互依靠,彼此原谅了一切。

你终于回家来,却不是那个我眼望着消失在人群中的战士,也不是我以前认识的那个男孩。你只是一个躯壳,那个战士和男孩丢下的躯壳。你默默坐在客厅角落的椅子上,角桌上的茶没有动过。我伸手想碰触你,你退缩了。因为你的伤口,可我觉得,也是因为你不能承受这样的碰触。给他点时间,你母亲悄声说,在厨房里准备药丸、茶、药棉。我和你一起坐在客厅。我们看新闻,极少说话。没有新闻,我们就看动画片,猫捉老鼠,你要几个肿包?锤子砰砰砰敲到脑袋上。过了一些时候,你说了。当然不是对我说,只对她说。坦克里另两个战士都死了。射击手才二十岁,队长也不过稍大几岁。射击手当场死了,可是队长断了一条腿,自己摔出坦克。你也随后爬出坦克。信号系统完了,四周全是烟、混乱,开坦克的战士,可能还不知道其他人已经撤出,又发动坦克,倒退回去,在沙漠里开走了。也许他吓坏了,谁知道呢。你再也没有见到他。

你和受伤的长官留在沙丘上。我无数次想象,要是换作我,我会怎么样。只有无尽的沙丘,满地是埃及人的导弹残留的电线。轰炸声。你想把受伤的队长扛在背上,可是在沙漠里,背着一个人,根本没法往前走。队长惊骇极了,求你不要扔下他。如果你留在那里,你们两人都得死。如果你单独走出去求援,他会

187

死。你接受的训练告诉你,永不抛弃战场上的伤兵。这是深深植入你身体的军队大原则。你肯定跟自己作了极大的挣扎。只是那个时候,没有自我作为挣扎的对象。他明白你真的要独走的时候,脸上是怎样僵呆的表情。他又是怎样艰难地摘下手表递给你:这是我父亲的。我想象这些情景,我试图,我真的试图把自己放在你的位置上想象,这叫你诧异吗?你的身体里已经没有人,这个你,行走的躯壳,抛下你的队长。你轻轻地把他放在沙丘上,走开,成为他人生里最后看见的东西,除了无尽的沙。你走,走。在沙漠里,烈日下,远处传来轰炸声,导弹从头顶飞过。昏眩,越来越昏眩,没了知觉,但愿方向是对的。终于,海市蜃楼般出现了援救队,你和死去的、垂死的战士一道被抬起。卡车载满伤兵与垂死的战士,他们当时不能去找他,他们告诉你,他们过后再去找他。他们要么回去找了,却没有找到,要么没有去找。再也没有听说他,他的名字列在失踪人员名单上。战争结束后,他们也没有发现他的尸体。

　　那块手表在你的书桌上摆了很久。终于得到他在海法的家属地址,你借了我的车,自己开车送去。我不知道在那里发生了什么。那天晚上,你回来,一声不吭,进了自己房里,关上门。你母亲在刷盘子,咬着嘴唇,忍着眼泪。我只知道这个队长是独子,你把手表送去给他的父母。我们以为事情就这样结束。接下来几周里,你略有些好转。乌里不时来看你,你俩一起散步。可是,大约三个星期后,队长的父亲寄来一封信。我在一堆信件里看到,就搁在一边给你。我没有留意寄信人的地址,丝毫没有预料信里会有什么内容。可是，把信送去给你的是我，结果，受怨责的也是我。父亲写给儿子的信，只是他不是你的父亲，你也不是他的儿子，但这没有区别，通过这些关联，我又无辜地被卷进去。

他的措辞糟糕，正是这粗鲁叫人更加不堪。他把儿子的死怪罪到你身上。你拿了他的手表，他的字迹尖细，任由他死去。你怎么面对你自己？他是比克瑙集中营的幸存者，就把这件事也牵扯进来。他召唤起纳粹亲卫队手里的犹太人的勇气，指责你是懦夫。信末一句，钢笔划得那么重，划破了纸：死的人该是你。

这封信把你毁了。看了信后，你设法保留下来的脆弱整体碎裂。你躺在床上，面朝墙壁，不起床，不吃饭。不见任何人，用沉默的鸦片麻痹自己。也许你想把残剩的那一点点自己饿死。你母亲以新的方式担心起你的人生来。（究竟有多少种为孩子担心的方式？熬过去呗。）起初你的女朋友来看你，可你不见她，她抹着眼泪离开。她留着棕色长发，牙齿参差不齐，穿着男人衬衫，所有这些倒令她更加活泼动人。你会以为我太注意你年轻女友的美貌，可我有我的原因，那就是尽管你一直遭罪，对于美貌，你却不盲目，还可以说，你在美貌里找到某种庇护。可是也不再了。如今你赶走这个关心你的美丽女孩。你甚至不跟你母亲说话。说实话，我承认，见她遭受跟我一样的待遇，我是有一点窃喜。这下子，她能感受我整整一辈子所遭受的待遇了。她也能站到我这边来感受，体会一下被掷出那道无法穿透的障碍是怎样的感觉。她似乎感觉到我的窃喜，得知你还活着时，我们之间产生的无论什么温情,心里默然同意给予彼此的无论什么体谅,这时都已枯竭。一提到你——在厨房压低嗓门,或者夜里躺在床上——我们的谈话就紧张起来。你母亲要给海法那位父亲打电话,冲他吼叫,卫护你。可我不容许。我抓着她的手,拔掉电话线。够了,夏娃,我说道。他儿子死了。他的父母被谋杀,如今他失去了独子。你想要他公平?讲理?她的眼神冷酷起来。你倒更同情他,自己的儿子倒不管了,她啐了一口,走开。

那时候,我们相互挫败。她和我本该相互支撑的,相反地,我们各自退进自己的痛苦,自己独特唯一的地狱,眼睁睁看着儿子受苦,无力为他做些什么。在某种意义上,也许她是对的。不是指我缺乏同情心。你是我的儿子,上帝哪,就算是现在,你还是我的儿子。不过,她是对的,也许我没有宽容看待你应对落在你身上的悲剧的方式。你停止存活。你母亲相信你体内的某种东西被没收。可是,在我看来,是你自己上缴的。如同你的整个人生,你就是等着人生背叛你,证明你一直就不信任它。人生,除了失望和苦难,什么也没有给你。如今,你更有无可指责的理由,终于可以转身背对它,跟它断绝,正如你跟什洛莫断绝,跟很多朋友、女友断绝,还有更久以前,跟我断绝。

人随时遭遇困厄,但不是所有人都被毁灭。同样一件事,为什么一个人被摧毁,另一个人却能活下来。这是意愿的问题,一种不可让渡的权利——诠释权。倘若换作别人,也许会说:我不是敌人,你儿子死在他们手里,不是我手里。我是战士,为我的祖国上战场,就这样,一分不多,一分不少。换作别人,可能会关紧自抑的烦恼之门。可你任由它敞开。我承认我不能理解。两三个月后，你还没有好转的迹象，眼看着你遭受折磨，我的痛苦变作气馁。要是人不自助，你又怎么帮得了他。过了一些时日，我再也受不了你把受苦当作自怜。你放弃所有心志。有时候，我走过你紧闭的房门，在走道上立住。鲨鱼怎样了，儿子？伯灵格和他的拖把，鱼箱里不断滴漏的水？那个医生、挪亚、小本尼呢？没有了你，他们会怎样？相反地，我看着你佝偻着背坐着，碰也不碰眼前的食物，就要责问你，谁惩罚你了？你真以为要是你拒绝人生，就能打击它？

你不论走到哪里，伤痛都在你的体内嘎嘎作响，旧伤交织着新痛。在你的苦难历程里，我总深受牵连。无论从哪一个角度，我都只能看到你的后背。你和你母亲筑起专用的营地，不许我这个野蛮人走进，以惩罚我滔天的误解和众多罪孽，这叫我愤懑。有一回，我们无端争辩起来，她说，你叫他觉得受了伤害。我指责她怂恿你的沉默，你单摆给我看的玻璃一般的沉默。你以为他这些感受就很有理由？我问道，你觉得他倒是对的？什么？我对他不公平？我爱他的方式不对？亚伦，她厉声说道，倒抽一口凉气。我知道该怎么爱他！我吼道。我的嘴里虽吼着，心里却明白，这吼叫也只是往她如山的铁证上再加上一条。你和她的铁证。兴许我还摔了一只碗——装着草莓的碗，摔到房间对面，玻璃碎了。大概是摔了，要是我的记忆没错的话。我的脾气确实经常失控。玻璃四迸，在砰然的响声里，屋里弥漫着她义愤的沉默。我真想再摔几只。

我只需张张嘴，就能叫你愤怒痛苦。如今他是一切的牺牲者，我对你母亲说道。他苦苦劳作，培育受苦的权利。可是，她一如往常，站到你那边，反对我。有一晚，我受够了，冲她嘶吼，好啊，如今我倒成了队长死亡的罪魁祸首？是的，这不公平，话才出口，我就后悔极了。不多时，我听见前门狠狠地摔上，知道你听见了我的话。我追出来，想拉你回来。你在街上痛哭，疯狂地甩开我。我紧紧抓着你，抱着你的头，贴在我的胸前，直到你不再挣扎。我抱着你，你在我怀里哀咽。要是我能开口说些什么，我会说，我不是仇人。我不是写信来的那个人。我宁愿一千个人死去，也要你活着。

几个月过去，你丝毫没有起色。一天，你到我的办公室来。我见客户回来，见你坐在办公桌前，神情忧戚，在我的便签本上涂画。我吃了一惊。这些漫长的日子里，你几乎从没走出房子，这下你像一具活僵尸坐在我眼前。我不记得你上一次来事务所看我是什么时候。我不知道说什么好。我说，我不知道你要来。我是来告诉你，我做了个决定。你的表情严肃。好，我说道，仍旧站着，好得很。虽然我根本不知道那是个怎样的决定，只是想着你竟开始想象未来，这就足够了。你默默坐着。那是？我说。我要离开以色列，你说道。去哪里？我问道，忍着爆燃的怒火。伦敦。去做什么？你一直不看我的眼睛，这时你抬起头，直直地看着我。我要学法律，你说道。

我说不出话来。不光是因为你对法律从来没有兴趣，也是因为你从小就打定主意，不学我的样子。不，不光是这样。你打定主意要跟我走相反的路。要是我高声说话,你就轻声说话;要是我喜欢番茄,你就讨厌番茄。这个突然的转变,叫我瞠目结舌,我想弄明白这究竟是什么意思。倘若你不是这么实诚的人,我会以为你是嘲弄我。我承认,我想象不出你做律师会是怎样的,不过,在那些日子里,想象你做任何事情,都绝不容易。

我等着你说下去,可你已经说完。你猛地起身,说要去看一个朋友。你几个月来拒不见人,这下却要去看朋友。你走后,我打电话给你母亲。究竟是怎么回事?我问。什么怎么回事?她问道。前一天他还窝在房里,得了紧张性精神分裂,我说道,过一天他就要去伦敦学法律。这个事,他说一阵子了,她说道,我以为你知道的。知道?我怎么会知道?在我自己家里,没人跟我说话。别这样,亚伦,她说道,你太荒唐了。好哇,现在我不但是野蛮人,而且还荒唐。没人跟他说话的傻帽儿,就像人们把讨厌累赘的猫扔到屋外,不给吃食,指望这猫走开,去找别的人家。

你走了。我不能强打起精神送你去机场。我载你上战场,可我不能载你上飞机,载你离开你的家国的飞机。我要出庭。也许我可以取消的,可我没有。你出发前一夜,你母亲整夜没睡,把一直以来织着的毛衣织好。你穿过吗?连我都觉得臃肿难看。她担心你会冻死。我们想在早上道别。可我要去上班的时候,你还睡着。

自一开始,你的学业就很优异。你毫不费劲地出类拔萃。你的苦难并没有消失,只是隐退罢了。你将它埋在沉重、无休止的学习里。你毕业后，我们以为你会回来。可你没有。你成了出庭律师，被一家出名的律师事务所接纳。你工作很卖力，没有空暇做任何别的事情，很快在刑事诉讼领域崭露头角。你起诉、辩护，平衡正义的天平。一年又一年，你结婚，离婚，被任命为法官。很久以后，我才明白，很久以前的那一天，你想告诉我的是：你不会再回到我们身边。

这都是很久以前的事。但我总是想起这些事，并不是出于我的意愿。就好似最后一次仪式般地抚摸苦痛的口袋。不，青春里暴烈的情感，经岁也不会驯服。你得一把揪着它们，啪的一鞭，威迫它们屈服。你得垒起防御。你坚持你的命令。情感的力量不会衰微，只是收敛起来。可是，如今墙壁要塌了。我发觉自己经常想起父母，多弗。我想起我母亲的一些形象，黯然的黄昏，在厨房里，我看到她的表情，有着完全不同的意味，跟我平常看到的意味不同。她会锁上卫生间的门，只传出细微的声响。压低的声响，我把耳朵贴在门上。我的母亲，对我来说，顶重要的是气息。我形容不好。熬过去呗。然后是感觉，她的手放在我的背上，她大衣的柔软羊毛拂着我的面颊。然后是她的声音。最后，最遥远的第四个，才是她的模样。在我眼里，她的样子，从来只是一部分，从来不是全部。她那么高大，我又那么小，不论什么时候，我都只能看到一段曲线，腰带上浮出的皮肤，胸膛上的雀斑，箍着丝袜的大腿。我要是想多看到一些，就不可能了。那就太多了。她过世后，我父亲又活了近十年。他一只手紧握另一只发颤的手。我常见他穿着内衣裤,没有刮脸,百叶窗拉着。这个讲究得几近奢华虚荣的男人,竟穿着肮脏的汗衫。整整一年后,他才开始穿衣打扮。别的事情却再也没有恢复或者修复。体内有些东西塌陷。他说话的时候,经常不自主地回不过神来。有一回,我见他趴在木地板上,查看一道划痕。他嘴里喃喃念叨,把儿时背诵的《塔木德》知识应用到上面来,它们一向派不上用场,都快要忘光了。我不知道,根本不知道他怎样看待来世。我们不谈私人话题。我们相隔遥远,从一个山巅向另一个山巅致敬。茶匙叮当一声敲着茶杯,或者清清嗓子。如果非得说些什么,我们就说最好的羊毛从哪里来,哪一种羊,怎样生产出来。他安详地死在床上,水槽里没有一个脏盘子。他在水龙头下接了一杯水后,会抹干水槽,保持不锈钢名副其实地不锈。头几年里,我为他俩的忌日点亚赫宰特蜡烛,后来就不点了。我给他们上坟的次数,一只手掌就数得尽。人死了就死了,要是我想看他们,我有记忆,我就是这样想的,要是我真想他们的话。就算是记忆,我也把它们逼进角落。人死后,不都给挚爱的人留下一些谴责,不起眼却不可置疑的谴责?多弗,你会这样看待我的死亡吧?最后归置这个漫长的谴责,你一向就这样看我吧?

我快死了,你却回家来。你站在玄关,抓着提箱,我以为这是——似乎是——开端。我起得迟了?你在哪里?几个小时前你就该回家的。你干什么去了?不对劲哇,我能感觉到。你母亲不在这里担心你了。如今该由我来担心。十天来,我起床来,见你在这里,坐在桌前。短短的日子,我却已经开始依赖。可是今天早晨,我走下楼梯,决定打破沉默,提出休战请求,桌前却没有人。

我的胸膛里垒着重压。我熬不过去。多弗,十天来,我们住在同一个屋子里,你几乎没有开口。我们度过这些日子,就像时钟的两枚指针:一时交叠,又分开,各自独走。每一天都是这样:早茶、烤焦的吐司片、面包屑、沉默。你坐在你的椅子里,我坐在我的椅子里。今天却不一样,我起床来,在过道里咳了一声,走进厨房,头一次,厨房里没有人。你的椅子空着。报纸还在门外,裹在袋子里。

我发过誓,我要等待,等你准备好,我不逼你。昨天我见你站在花园里,你的身影流露怪异的僵硬,就像扛着扁担挑水的荷兰老农,只是你战战兢兢的,唯恐泼出来的不是水,而是库存浩大的感觉。我尽量不打扰你。我怕说错话,索性什么也不说。可是,每过一天,我就失掉一分。只是极细微的一分,几乎量不出来,可我能感觉到人生溜走。你用不着跟我说你不想说的话。我也不打听究竟发生了什么事,你为什么辞职,为什么突然放弃这些年来唯一将你和人生捆在一起的东西。不知道这一些,我也能活着。可是我要知道,你为什么回到我身边。我得问个明白。我死后,你会来看我吗?你会偶尔来和我坐坐吗?这很荒唐,我会什么也不是,只是一抔死东西,可我还是觉得,要是知道你会不时来看我,我会走得好过些。扫一扫墓碑,捡块石头叠在别的石头上。要是有别的石头的话。只要想想你会来,就算一年只来一次。我知道这听起来好笑,因为我从不怀疑死后的无知无觉。起初,在死亡山谷漫游的时候,我发觉这个欲望,也吃了一惊。我清楚地记得这是怎么开始的。一天上午,乌里来接我去看眼科医生。前一夜,我的右眼现出小小一块黑斑。只是一小块,可是这小块虚空叫我抓狂,无论看什么,都隔着这一块黑斑。我恐慌起来。要是再出现一块,可怎么办?然后再来一块?犹如被活埋,泥土一铲一铲地掷下来,然后只看得见一束光,最后什么也看不见。我心急如焚,给乌里打电话。一个小时后,他回了电话,安排好了预约,就来接我。我们去看医生,没有什么大问题,我们开车回家。我们开着车,一块岩石像从天外飞来,砸在挡风玻璃上。砰的一声,响得出奇。我俩顿时吓得失了魂魄。乌里猛踩刹车。我们默默坐着,惊得不敢喘息。路上空荡荡的,没有人。半晌,我们才回过神来,意识到玻璃没有碎,真是奇迹。唯一的痕迹是指印大小的草皮,几乎正落在我的两眼视线当中。片刻后,我看到雨刷的凹壁上落着一块岩石。要是玻璃被砸碎,非砸死我不可。我下车去,双腿直颤,拿起石头。跟我的手掌一般大小。我合拢手指,恰好一握。这是第一块,我想着。叠在我坟上的第一块石头。这第一块石头,犹如我的人生终点的句号。不久,哀悼者会捡来一块又一块石头,标点我的人生长句里最后哽咽的音节……

然后,儿子,我想起你。我意识到我不在乎别人会不会来。多弗,我只想要你的石头。这样一块石头,对一个犹太人可以有很多意味,可是在你的手里,只有一种意味。

197

儿子，我的挚爱，我的悔恨。一如我第一眼看见你，你就像小老头，没来得及拂去早衰的面容，躺在护士的怀里，赤条条、残缺。我的老友巴托夫破例让我进产房，转身问我想不想剪断脐带。圆鼓鼓的灰蓝色脐带，扭曲着，比我想象中的粗，倒像一根牵船索。我想也没想就答应。就这样，他说。他剪过数千次。于是我一刀剪下，脐带猛地在我手里跳将起来，血迸得满室都是，溅得墙壁像凶残的犯罪现场，你睁开双眼，我发誓，你睁开润湿的小眼睛，看着我，就好像要永远将这张脸烙在你的心灵，这张脸，把你和她分离。在那一刻，我的心里充满了什么东西。我的体内好像有一股压力爆炸开来，将一切器官膨胀，由内往外推挤着内壁，我似乎从体内受到埋伏，如果这可能的话，我以为我会爆炸，因着挚爱和懊悔的爆炸，多弗。是的，挚爱和懊悔，我从不以为这些是可能的。在那一瞬间里，我在惊讶里明白，我成了你的父亲。我的惊讶不足一分钟，因为你母亲大出血，护士将你抱走，匆匆走出去，另一个护士把我推出门外，搁在等候室，还没见过他们的孩子的那些男人，看看我血淋淋的鞋子、颤抖的嘴唇，干咳起来，摇着头。

多维克，我想要你知道，我从没放弃做你的父亲。有时候，开车去上班，我发觉自己大声跟你说话。恳求、讲道理，或者跟你商讨棘手的案子。要不然，只是跟你说说蚜虫吃了我的番茄，或者说说一天早晨，你母亲还没有起床，我自己煎了蛋，在阳光灿烂的寂静的厨房里吃。你母亲生病，我坐在硬邦邦的塑料椅上，等待她从又一道手续、又一次治疗、又一个检验出来，我说话的对象,也是你。我把你当作心里的稻草人,我说话,好像你真能听见。他们第二次炸掉18路公交车的时候,我就在两个街区外。血,到处是血,多弗。到处是肢体。我望着东正教会的人拾捡四溅的尸身,拿着镊子夹起人行道上的肉片,架起梯子去够树枝上垂挂的一片耳朵,到人家阳台上捡小孩的拇指。我不能开口跟任何人说这件事,连母亲也没有说,可我跟你说。真善,他们这样称呼自己,这些人头上戴着犹太小圆帽,身穿镶亮黄条纹的背心,总是最早赶到现场,把垂死的人搂在怀里,抱起失去手脚的孩子。真善,因为死人不能报答。是的,我从噩梦里惊醒,我说话的人,是你。刮脸的时候,我看着镜中的自己,说话的人也是你。无论在哪里,我都看见你。你藏在最不可能的地方,尽管开始我也纳闷这是怎么一回事,不多时,我就明白了,因为我相信能够从你那里学些什么,把你当作榜样。你的天分那么高,放弃,撒手不管,将自己变得越来越轻,越来越小,减去一个又一个朋友,减去父亲,减去妻子,如今你连法官也不做了,几乎再也没有什么能将你绊在世间,你就像一株蒲公英,只剩下一两朵飞絮,对你来说,一记轻咳、一声叹息,就能轻易地吹走最后一朵飞絮。真善,这是一种预设亲身感受他人的苦难和欢喜的能力。

多弗,我兀地害怕。我打了个寒噤,血都凉了。我一度以为我懂的。我懂什么?莫非你又来说再见?你打定主意要作个了结——终结?

等等,多弗。别走。从前,我夜里抱你去睡,你总要求再问一个问题,记得吗?夜里太阳到哪里去了?狼吃什么?为什么只有一个我?

再问一个问题,多弗。再唱一支歌。再待五分钟。

她会做什么?

你在哪里?你的一生里,我一直询问。

我要穿上鞋子。我要屈下双膝。我再也不会提起。

我要像你母亲那样。我要给每一家医院打电话。

全体肃立

  法官大人，在黑沉沉寒凛凛的房间里，我像台风后存活的人一般睡着了。梦的边缘隐约闪烁着焦躁的忧虑、懵懂的不幸。可我累极了，无力细细察看。在漫长的睡眠里，它波谲云诡，我睁眼的一瞬间，它便迸成意识，变作恣狂的畏怕。顽固的问题强索答案，可我力不能及，究竟是什么问题？我焦渴难耐，在黑暗里摸索装凉水的玻璃瓶。我不知道是什么时间，从百叶窗的缝隙望出去，还有灯火亮着，或者天又亮了。问题越发执拗地㧓击，可是我企图弄明白的时候，它又闪避开。我摸索钥匙，想打开通往廊台的门，踢倒地板上零落的酒瓶。锁不灵，有些生锈，但是门一开，耶路撒冷酷烈的日光刺痛我的双眼。我远远望着老城墙，眼前的景致，叫我感动，可是问题还在那里，我的心念还是要摸索回去，就像舌头总去舔掉了牙的牙龈。疼痛，可我还是想知道。太阳落下去，黑暗如同一顶罩帽笼上山头，我头脑里的一桩桩事情扩张开来，宛如剧场里效果绝佳的音响，渗出凄切的湿

冷,那个急迫的问题又浮现,可究竟是什么问题?最后我觉得一阵恶心,问题终于探出头来:

要是我错了,该怎么办?

法官大人,自我记事以来,我就将自己分离。或者说,我相信自己跟别人不一样。我是被选中的。我不想浪费您的时间,唠叨儿时遭受的伤害、孤单,或者那些年里,活在双亲酸苦的婚姻的小舱里,活在父亲的咆哮下,我所感受的恐惧和忧伤,毕竟,谁不是童年海难的幸存者?我绝对不想描述自己这一场海难,只想说,为了活过那一段黑暗、可怕的人生历程,我逐渐相信我赋有一些东西。倒不是自以为赋有神力,或者相信仁慈的力量看顾着我。绝不是这般明确的想法。我从没有忘记我所处的境况是不可更改的现实。我只是相信,首先,我的人生境遇只是一个意外,绝不是从我的灵魂生长出来;其次,我拥有独特的东西,特殊的耐力和深刻的感觉,为我抵御伤害、不公,叫我不被它们摧毁。在最坏的时刻,我只需要沉下去,跳到深处,碰触体内神秘天赋的底部。只要找到它,我就知道,终有一天,我会逃脱他们的世界,在另一个世界再造一个人生。我们的公寓楼顶有个小门,通到屋顶,我会跑上四段台阶,爬上一堵墙,站在那里,看着立交桥上刺眼的闪光,火车驶过,我知道在那里,没人会发现我,快乐的秘密颤栗,凉飕飕地滑过我的血管,后颈的头发直竖起来,因为我觉得在那一瞬间的原始寂静里,世界揭开自身,单给我一个人看。不能去楼顶的时候,我就藏到父母的床下,床下虽没什么可看的，我仍能感觉同样的颤栗，感觉接近事物的柱基的特有权利，接近感觉之流——所有人类存在荏弱地立在上面，接近人生的美——叫人几乎不能承受。不是我的，也不是任何人的，而是事物本身的，不拘自它而来、回归它去的一切。我看着姊妹颠绊、坠落，一个学会撒谎、偷窃、欺骗，另一个在自我憎恨里毁灭，把自己撕碎，碎得连她自己也记不得如何再拼凑。可我循着我的轨迹，是的，法官大人，我相信我是被选中的，与其说是受着保护，不如说是被当作例外，被赋予天分，叫我能够维持整体，但只是一种潜能，直待某一天，我会知道如何使用的。随着时间流逝，在我的内心深处，这个信念变作律令，宰治着我的人生。说了这么多话，法官大人，这就是我成为作家的故事。

您看，不是说我被免除自疑。整个人生，我活在它的阴影下。我被疑惑绞痛、攫啮，还有伴随而来的憎恶，单留给我自己的憎恶。有时，自憎和被选中的感觉尴尬共处，往往复复，烦忧着我，直到我私底坚信的自我最终胜出。记得多年前，搬运工将丹尼尔·瓦尔斯基的书桌扛进门来，我是多么踌躇。书桌比我记忆里的更加庞大。两周前在他的公寓看过后，似乎又长大或繁殖。（原本就有这么多抽屉？）我想屋里会放不下，希望搬运工不要走，我害怕，法官大人，害怕单独留在房间里，跟它投出的阴影独处。我的公寓似乎猝然陷入寂静，或者说，寂静的性质突然变了，好似原本是空荡舞台的寂静，如今变成孤零零地摆着一件闪亮乐器的寂静。我吓坏了，想大哭。我怎能在这样的书桌前写作？伟大头脑的书桌，数年后，S第一次看见书桌时这么说，上帝晓得，可能真的是洛尔迦的书桌。要是倒下来，真会砸死人的。我的公寓原本就狭小，如今更逼仄了。我畏首畏尾地坐在书桌前，不知道为什么，想起以前看的一部电影。战后，德国人饥寒交迫，只得砍下所有森林当柴烧，森林里再也没有树木可砍，他们就举起斧头砍家具——床、桌子、雕花橱柜、传家宝，无一件东西在斧头下逃生。是的，这些人猛然在我眼前出现，裹着像是脏绷带的大衣，劈着桌腿、椅子扶手，脚下冒出一堆噼啪响的小火苗，我在肚子里忍着笑：试想一下，他们劈掉这张书桌。他们会像秃鹫落到狮子尸骸上似的，扑到书桌上——会燃起怎样一堆篝火，够烧好几天的——我吃吃地笑出声，啃着指甲，龇牙望着这张凄惨笨重的书桌，它险些被烧成灰烬，却幸运地进入洛尔迦或者至少是丹尼尔·瓦尔斯基的生活，如今又被遗弃到我这种人手里。我抚摸痕印稀落的桌面，伸长手臂抚摸众多抽屉的把手。它佝立在天花板下。因为我现在能用另一种眼光看它，它投出的阴影几乎是迷人的。来，它似乎说，犹如笨拙的巨人伸出大掌，小小的耗子就跳上去，然后他俩一同走去，走过山峦平川，走过森林涧谷。我从房间对面拖来椅子。（我还记得拖椅子时发出的声响，划过寂静的绵长的摩擦声。）椅子在书桌前显然那么微小，实在叫人惊异，就像金发美人童话里的婴儿椅或小小熊。我要是坐上去，肯定会坐坏的，哦，不，正合适。寂静似乎在抵抗、挤压门窗，我则将手摆上桌面，先摆一只，再摆另一只。我抬眼看，我感觉着它，法官大人，快乐的秘密颤栗。也许在当时，也许是不久后，这张书桌成了不可更易的事实，成为我每日早晨睁眼看到的第一件东西,又点燃我的古老感觉:我赋有的潜能得到认可,有一种特质将我与他人区别开来,我是因此蒙恩的。

有时候,疑惑隐去,数月或数年不会出现,但是再出现时,我就会被压得几近麻痹。有一夜,书桌搬到我公寓门前一年半后,保罗·阿尔珀斯打来电话。你在做什么?他问。读费尔南多·佩索阿,我说道。其实我在沙发上睡觉,说谎时,眼光落在一摊口水上。我这就过来,他说。十五分钟后,他站在门外,面色死灰,手里抓着一只皱巴巴的棕色纸袋。我一定是很久没有见他了,因为看见他的头发稀落成那样,我竟吃了一惊。丹尼尔·瓦尔斯基消失了,他说。什么?我说道。尽管每一字都清晰地落入耳中。然后我们同时转身看着耸立的书桌,好似那个瘦高、长着大鼻子的朋友随时会从哪只抽屉里跳出来,哈哈大笑着。然而什么也没有发生,悲伤的涓流渗进房间。破晓时分,他们来到他家,保罗悄声说道。我能进来吗?也不等我回答,他走过我的身旁,进屋来,打开橱柜,拿来两只酒杯,从纸袋里掏出一瓶苏格兰威士忌,倒在杯里。我们举起酒杯,为丹尼尔·瓦尔斯基干杯。保罗又斟上,我们又干杯,这一次为智利所有被劫持的诗人。酒喝干后,保罗穿着外套,佝背坐在我的对面,眼神又坚硬又空洞,我淹没在双重的感觉里:其一,因为人生没有始终如一的东西而感到遗憾;其二,我一直挑着的担子,急剧沉重起来。

丹尼尔·瓦尔斯基将我搅得不能安生。我的心思游荡,回到我见他的那一夜。我站在墙壁前,看着地图上他生活过的所有城市，他给我讲那些我从没听过的地方：巴塞罗那郊外的河，河水碧蓝碧蓝，你潜入水底的洞穴，再从隧道出来，身体一半淹在水里，一半露在水面，走上几英里，聆听自己的声音的回音。或是约旦丘陵的隧道，只有男人的腰一般大小，巴尔科赫巴的手下得了失心疯，想在这里困死罗马人。丹尼尔只带着一根火柴照明，滑过这些隧道——我一向有轻度幽闭恐惧，怯懦地边听边点头。后来，听他朗诵他的诗，他朗诵时，双眼不闪，也不飘离。《忘记所有我说过的话》，真的写得好，法官大人，确实是震动人心的诗，我从来不会忘记这首诗。诗里有一种天然的东西，如今看来，那便是我从来没有的东西。承认这一点叫人痛苦，可我也一向这样怀疑自己，我的诗句潜伏着谎言。我堆垒词汇，好像搞装修的，而他的诗，好似剥去一切东西，剥落、剥落，直待完全裸露，他就像一只小小的白色虫蛹那样写诗。（诗里甚至有种十分粗鄙的感觉，可正是这一点，更加令人惊叹。）我坐在早已睡着的保罗对面，头脑里回响着那首诗，我觉得体内某处疼痛，心脏正下方，像是被细薄的小刀猛地戳了一下。我多少次趴到他的沙发上，什么也不想，或者想着一些碎事，想着我的生日落在星期的哪一天，想着该买一块香皂，想得睡着了，而在智利某处的沙漠、草原或地下室，丹尼尔被折磨得生不如死。后来，每天早晨看到书桌，我就想号啕恸哭，不单是因为它是我的朋友惨死的化身，而且也因为它在这里提醒我，它从来不是真正属于我，也永远不会属于我，我不过是它碰巧找到的监护人，却愚蠢地以为自己拥有什么东西，以为自己拥有魔力，事实上从来没有。原该坐在它面前的真正的诗人,极可能已经死去。有一夜,我做了一个梦,梦见丹尼尔和我坐在东河的一座小桥上。不知何故,他戴着眼罩,像是莫夏·达扬。难道你没有感觉到,你的身体深处,有一种十分独特的东西?他问我,无忧无虑地荡着双腿。在我们的底下,游泳的人,或许是狗,正竭力逆流而上。没有,我悄声说道,努力忍着眼泪。没有,我没有感觉到,我说着,丹尼尔看着我,眼神流露着迷惑与怜悯。

我几乎一个月没有写作。那时候,我的一份零工是给办宴席的中国人——朋友的叔叔——折纸鹤。我拼了命地折各种颜色的纸鹤,直折得双手僵硬麻木,手指僵得合不拢,连杯子也拿不住,只得直接从水龙头下喝水。可我不介意,一只纸鹤要折十一下,在这些折叠里,我开始把现世的一事一物看作一支变奏曲,这里头几乎有种叫人觉得安慰的东西。我折了一千只纸鹤,装在盒子里,堆满书桌以外仅剩的空间。要想爬上床垫去睡觉,就得在盒子和书桌之间蠕动,于是,一瞬间,我的身体紧贴着书桌,呼吸木的气息。这股气息不能描摹,又令人酸苦地熟悉,我感到尖利无比的刺痛,于是便放弃床垫,睡在沙发上,直到那个中国人来取装满纸鹤的盒子。(他惊诧地低声吹了一记口哨,数出钞票。)我的公寓又空了。或者说,空得只剩下丹尼尔的书桌、沙发、大箱、椅子。之后,我竭力忽视书桌,可是越不去注意,它就越显得高大。不久我感到幽闭的恐慌,尽管天寒,睡觉时我仍将窗户洞开,寒意把梦境渲染得有些苦涩。后来,有一夜,走过书桌,我瞥见稿纸上一行句子,那是几个月前写下的。我走进卫生间，句子依旧烙在脑子里，觉得有些不对劲。我坐在马桶上，脑子里猛地跳出这些词语的合适位置。我回到书桌前，划掉旧句子，写下新句子。然后我坐下来，开始重写另一个句子，然后又一句，头颅里的思想开了窍，词语就像磁石一般噼啪相吸，不多时，我忘情地工作起来。我找回了自己。

这样的情况不时出现，这个无言的信念总会回来，打败焦灼的犹疑。尽管这些年来，一部又一部小说辜负我的期望，每一部都是新的失败方式，我依旧固执这个无言的信念，那就是终有一天，我会实现我的承诺，到那一刻，以赤裸裸的清晰感，犹如当头棒喝，我的视角就会被转换，一切都会回到原有的位置。可是这个问题将我攫住——要是我错了，该怎么办？错了这么多年，法官大人。一开始就错了。突然显得如此清晰。如此难以承受。疑问在体内撕扯。我抓着床垫，好像抓着救生筏，在夜的旋涡里翻腾，我在床上辗转，经受颠狂的惶恐，绝望地等待耶路撒冷的夜空泛出第一道天光。黎明时分，我神魂不定、疲惫不堪，在老城的街巷游荡。我会一时觉得濒临那个妙不可言的领悟，好像只要拐过弯，就会发现万物的中心，我殚尽一生心力想要说出的东西。然后，从此往后，再也用不着写作，再也用不着说话，就像走在我前面的修女，消失进墙上的一道门内，团团包裹在神的奥义里，我会在彻底的沉默里度过余生。片刻后，幻想碎裂，我从来没有离得这么邈远，我的失败范围从来没有大得这么惊人。我离群索居，深信自己贴近最本质的东西，倒不是神的奥义，这是封锁陈旧的结论，而是——还能称作什么呢，法官大人——存在的奥义。可是太阳渐沉，我在又一条小巷里摸索，脚下不时绊着坎坷的路石，可能犯错的恐惧越发高涨。我要是错了，错误的后果会是巨大的，无一事一物不受影响，柱子要断裂，屋顶要倒塌，然后会出现一道虚空，吞下所有一切。您理解吗？法官大人，我一生虔诚的信念。为了它，我放弃了每一件东西，放弃了每一个人，如今它是我的唯一。

起初不是这样子的。我曾想象我的人生可能是另一番模样。的确，我从小就习惯长久独处。我发现我不像别人那样需要有人陪伴。一日的写作之后，开口说话是极难的，好像得穿透水泥墙壁，我经常宁愿不说话，带一本书下馆子，要么独自走很长时间，穿梭在城市的街道上，拆解一天里累积的孤独。然而孤寂，真正的孤寂，我是断不能习惯的，年纪尚轻时，我以为这样的境况是暂时的，依旧没有放弃希望，没有放弃想象最终会遇见一个人，与之相爱，然后他和我分享彼此的人生，各自的人生也是自由独立，但是爱会将我们捆绑在一起。是的，曾经有一段时间，我还没有把自己隔绝起来。R离开我的那些年里，我还不懂。我又怎能懂得真正的孤寂？我那么年轻、精神抖擞、感觉丰茂、欲望满溢，我的生活更接近自我的表面。一夜，我回家来，见R蜷作一团躺在床上。我伸手碰他，他的身体一缩，蜷得更紧。让我一个人待着，他轻声说道，或者哽咽着，声音犹如从井底传上来。我爱你，我说道，抚摸他的头发。这团球却缩得更紧，如同害怕或生病的豪猪。那时候，我对他的理解多肤浅，我不懂越要隐藏就越得撤退，不久便不可能与人相处。我企图跟他争辩，倔傲地以为我的爱能够拯救他、挽留他，能够向他证明他自己的价值、他的美和善。出来，出来，无论你在哪里，我在他的耳畔轻吟，直到有一天，他起身离开，带走他所有的家具。那就是我的开端吗？真正的孤寂？我莫非也不再隐藏，而是撤退。起初我竟没有觉察，暴风雨的夜里，我拿着小板钳坐着，跳起来去拧窗栓，抵抗呼啸的狂风，把自己密封在里面？是的，那可能就是开端，或者几乎是，我也说不准。不过，往内走的路途，走了好几年才走完。我花费数年封闭所有逃生的路，起初，有过一些情人，有过一些分手，然后是跟S的十年婚姻。遇见他时，我已出了两本书，我作为小说家的人生已经建立，跟写作已立下契约。第一夜带他回家，我们在粗毛地毯上做爱，数英尺外，书桌峙立在黑暗里。这头妒嫉的大兽，我开玩笑说，似乎听见它不满的呻吟。哦，不是，是S的呻吟，在那一刻，他可能预见到什么，要么听出玩笑里隐含着硌人的事实：我的写作总会如何将他打败，把我引诱回去，张开黑色大嘴，让我钻进去，滑下去，滑进这头巨兽的肚子里，在那里，多么寂静，多么沉默。然而，很久以来，我还是相信能够将自己分摊给写作和跟人共度一生，我以为前者不必删除后者，也许心里早就明白，如果有必要，我绝不肯跟写作为敌，这就像跟自己为敌一样荒唐。不，要是被逼到墙角，非得作出选择，我不会选他，不会选我们。如果说S自一开始就感觉到，那么他很快就完全看得清楚，更糟糕的是，法官大人，我从来没有被逼到墙角，而是更缺乏戏剧性、更残忍，我越来越松懈，不再努力把两人拴在一起，不再努力分享人生。这种努力是不能因为相爱就罢休的。恰好相反。法官大人,用不着我说,我想您懂得真正的孤寂。陷入爱情,这只是努力的开端:日复一日,年复一年,你得把自己挖出来,挖出心底和灵魂里的内容,叫对方筛选,好叫他理解你。你也是如此,日复一日,年复一年,筛选他单单为你挖出来的内容,他的存在的陈旧物什。真叫人疲倦啊,挖掘、筛选,而我的工作,真正的工作,就躺在书桌上等着我。是的,我一向以为我还有很多时间,我们还有很多时间,还有时间哪天生个孩子,可我从来不觉得我能撇下写作,但是我可以撇下他们——丈夫、我们的孩子,男孩或女孩。我有时还试图想象,但也只能依稀想象,他或她仍旧只是我们未来的幽灵般的使者,只能看见她的背影,她坐在地板上玩积木,或者他的双脚露在毯子外,小小的脚丫。不论是男孩还是女孩,以后总会有时间实现他们所意味的人生,我还没有准备去过的人生,因为我还没有做完这个人生里的事。

一日,结婚三四年后,S和我受邀参加一对熟识夫妇的逾越节。我连他们的名字都不记得。有些人轻易地走进你的人生,又同样轻易地走出去。祝宴迟迟未开,直待这对夫妇哄两个小孩睡着后才上桌,我们——所有客人——聊天、开玩笑,长餐桌上大约坐着十五个人,带着犹太人羞怯的尴尬与过度戏谑,重演一场距离遥远的传统。遥远得不能引发痛苦的自我意识,却又不是遥远得叫人甘心放弃。屋子里坐满聒噪的大人,小女孩陡然出现。大人们太忙碌,起初没有人留意到她。她应该不到三岁,穿着连袜子的睡衣,屁股鼓鼓地塞着尿布,贴脸紧抱着一块布或者破布，我猜是撕碎的毯子。我们把她吵醒了。一堆古怪的脸庞，哄然的吵闹声，她吓坏了，猛地号啕起来。纯粹恐惧的痛哭划过空气，屋子里霎时安静。一时间，一切都僵住，哭声悬在我们头顶，好似一个问题，终结那一夜——众夜之夜——意欲摆出的所有问题。因为这个问题是无言的，所以得不到答案，从而只得永远问下去。她可能只哭了一秒钟，我的心里，痛哭声却在继续，如今依旧在我的体内某处响着。但是在那里，那一晚，母亲站起身，撞倒身后的椅子，动作流畅地奔向孩子，搂进怀里，高高举起，哭声便止了。转瞬间，孩子安静了。半晌后，她仰起头，看着母亲，脸上绽放出光芒，为着这发现的惊喜和安心，她在人世间唯一的、无限的安慰。她把脸埋进母亲的颈间，埋进母亲浓密长发的气息里，她的哭声渐渐平息，桌上的谈话声又响起，她终于不出声了，偎依着母亲，身影就像一个问号——问题呢，此时此刻，已经用不着询问。她睡着了。晚餐继续着，某个时刻，母亲起身，抱着手脚无力的沉睡的孩子，走下过道，抱进她的房间。我再也听不进周围的谈话，脑子里满是我瞥见小女孩把脸埋进母亲的头发时的神情，令我又敬畏又哀伤，法官大人，在那一刻，我明白，我永远不能使别人产生这种感觉，单单一个动作，就能拯救，就能带来安宁。

　　S也被这个场景感动，那一夜回家后，他又说起生个孩子。一如既往，谈话转到那些陈旧的障碍，我不再确切地记得那些障碍的名称和形状，只记得我们两人都很清楚那一些。因为我们能够圈定这些障碍，把我们的孩子——各自想象的，共同想象的——带到世间之前,得先找到方法解决它们。但是那一夜,S被母亲和女孩的魔法迷惑,争得更激烈。合适的时间可能永远不会来,他说。可是,尽管由于孩子的神情,我几乎被哀伤撕裂,也许也正是因为这一点,我才害怕,我也同样强硬地反驳。事情很容易变糟的,我说道,毁掉我们的孩子,就像我们的父母毁了我们。我们倘若决定做的话,得先作好准备,我坚持道,我们还没有准备好,远远没有。好像要证明这一点似的——那时天快亮了,不太可能再睡着了——我便走开,关上书房的门,在书桌前坐下。

那些年里,多少争辩,多少艰难的对话,甚至最激动的时刻,都是以这种方式收场。我得工作,我说着,从床单下解脱,从他的怀抱里挣脱,离开餐桌,掉头走开,我能感觉他忧伤的目光落在我的身上。我将双腿蜷到胸前,伏到工作里,把自己泼进那些抽屉,十九只抽屉,有大有小,我多么容易把自己泼到它们里面。对于S,我却从来不能,从来没有尝试过。把自己封存起来是多么简单。有时候,我忘记为着某天要写出来的书而掩藏起自己的所有部件,那部要充满所有一切的书。时间过去,一天过去,直到天色骤然暗下来,传来怯怯的敲门声,他的拖鞋曳地的微弱声息,他的双手抚在我的肩头。他的碰触,令我的身体不自觉地僵直,他的面颊贴在我的耳畔,娜达,他悄声唤道。他是这样叫我的。娜达,出来,出来,无论你在哪里。直到最后,他起身离开,带走他所有的书籍,忧伤的笑容,睡觉时散发的气味,装满外国硬币的黑胶筒,我们想象的孩子。法官大人,我任凭他们去了,一如数年来,我总是任凭他们去,我跟自己说,我注定要做别的事情,用需要完成的工作安慰自己,迷失在虚构的迷宫,丝毫没有察觉四壁在逼近,空气变得稀薄。

夜里,我惘然无措;白日里,我把自己抛掷在街巷,几近一周,迷失在无望得到答案的问题,比小女孩恐慌的痛哭那个无言问题更加无望。而我得不到安慰,得不到慈爱,得不到把我搂进怀里的爱的力量——好叫我安心,无须再追问。耶路撒冷的那些天,在我的脑海里接连而过,好像只是一个黑夜与一个白昼,但我只记得一天下午,我发觉自己走进宾馆的餐厅,米什肯努-沙昂尼姆,眺望着跟我的房间后廊一样的风景:城墙、锡安山、信奉摩洛神的人献祭儿女的希嫩谷。其实我每天在这里吃饭,有时吃两顿,因为比起去外面吃,在这里吃要容易得多。(越是饥饿,我就越难走进餐馆。)我频频光顾,敦实的胖侍者对我留心起来。他揩抹空餐桌,眼角不住地扫向我。片刻后,他干脆不再隐藏好奇心,靠在吧台上盯着我看。他来收盘子,尽量放慢动作,询问每一样食物合不合我的口味,这问题似乎跟食物不相干,而是关于别的东西,什么无形的东西,因为我通常根本不碰盘里的食物。那天下午,餐厅里客人几乎散尽,他端着装有茶包的盒子朝我走来。拿一包,他说道。我没有点茶,不过觉得没有别的选择。我挑了一包,根本没有看是什么茶。我已经尝不出任何味道,赶紧拿了,希望他能快点离开,让我一个人待着。可他不让我一个人待着。他拿来一壶热水,亲自拆开茶包,丢进壶里。他径自在我对面坐下。美国人？他问道。我点点头，双唇紧闭，希望他能感觉到我想要独自坐着。他们说你是作家，是吗？我又点点头，不过嘴里不自觉地哼唧一声。他往我的杯里倒茶。喝，他说，对身体好。我朝他微笑，将嘴角微微往上一扯，倒更像做鬼脸。那边，你看那边，他说，伸出弯曲的手指。城墙那头的山谷，以前是战时的无人地带。我知道，我说，不耐烦地揉着餐巾。他眨巴着双眼，接着说道，1950年，我来这里，常走到边境去，四下看看。那一头，五百米外，我看见公交车、汽车、约旦兵。我在城里，耶路撒冷的主干道，望着另一座城，在耶路撒冷，我想着我永远不会受到伤害。我就是好奇，我想知道，那一头的生活是怎么样的，不过心里清楚我永远不会走到那一头去，这个想法叫人觉得踏实。然后是1967年的战争。一切都变了。起初我不觉得遗憾，终于能走上那些街道，果真叫人觉得刺激。可是后来我觉得不一样了。我怀念从前的日子，我往外张望，不晓得真相。他顿一顿，瞟一眼没有碰过的茶杯。喝，他又催促，作家，嗳，我女儿爱看书。一丝羞怯的微笑掠过他的厚嘴唇。今年十七岁，她学英语。我能在这里买到你的书？兴许你会给她写点什么，她看得懂。她很聪明。比我聪明，他说着，忍不住咧嘴笑起来，露出门牙的豁口，萎缩的牙龈。他的眼睑厚重，跟青蛙似的。她小时候，我常跟她说，快去，到外头去，跟小朋友玩去，书会等你的，童年有一天要永远消失的。可她就是不听，整天捧着书看。我老婆说，这可不正常，谁会娶她，男孩子可不喜欢这样的女孩。她往汀娜头上敲一记，跟她说，要是再这样下去，她就得戴眼镜，那可咋整？我没有跟她说，要是我再年轻一回，兴许会喜欢汀娜这样的女孩，比我聪明的女孩，懂得世上很多事情，她头脑里想着所有那些故事的时候，眼睛里露出那样的神情。兴许你能在你的书里给她写点什么，给汀娜，祝一切顺利。要不，兴许，写继续看书，不管写什么都成，你是作家嘛，能找到漂亮的话。

显然，他终于说出这个长篇的结局，等着我回答。但我已有好几日不跟人说话，舌头重得不能动弹。我点点头，咕哝着几个字，自己都听不懂。侍者垂头看着桌布，举起毛茸茸的手臂揩抹上唇的汗珠。我意识到他觉得尴尬，心里有些懊悔，难堪的沉默如同水泥一般在我们四周凝固，可我无力救拔。你不喜欢茶？他终于又开口。还好，我说，勉强又啜了一口。这个不好，他说，你拿的时候，我就想告诉你。没人喜欢这个。每天打烊后，别的格子都只剩一两包，就这一格总还是满的。我不晓得我们干吗还卖这个。下回你选黄的，他说。客人都喜欢黄的。然后他站起来，咳了一声，收走我的茶杯，退到厨房去。

法官大人，那原本可能是这个故事的结局，我也就不会坐在这里，对着半黑暗说话，您也不会躺在医院的病床上，如果那天晚上我忘掉侍者失望的神情，如果我坚守除写作以外，对其他一切无动于衷的积习，如果我没有回到餐厅，手里抓着一本书——一小时前买的，签名送给汀娜。当时大概近七点半，日头蹉西，但城市依然笼罩在余晖里，犹如即将熄灭的炭火隐约闪烁。我来到餐厅，却不见侍者，心想他当班的时间已过，另一个侍者指指餐厅外的露台。露台的餐桌下面是公路，连着宾馆的车道——通过安检路障后才能驶入。道旁停着一辆马达空转的摩托车，敦实的侍者站在车旁，激动地跟摩托车手说话，或许是争吵。

侍者背对着我，我也看不清车手的面庞，他罩着头盔的面罩，只看得见裹着皮夹克的瘦削身躯。可他看见我，因为激烈的争论旋即中断，车手飒爽地解开帽扣，摘下头盔，甩一甩黑发，下颌朝我的方向一翘，提醒侍者我在后面。他年轻的面庞，硕大的鼻子，饱满的双唇，还有我知道闻起来像一条肮脏的河流的长发，令我浑身颤栗，好像多年前只见过一夜的男孩终于又出现，完好地保存着，四分之一世纪后，从巴尔科赫巴的地下隧道钻出来。我的心里一阵疼痛，痛得我喘不过气。侍者转过身。他一见到我，便转头对着车手，用警告的语气飞快地叫嚷一阵，然后朝我走来。您好，小姐，您想点些什么？请坐在这里，这就给您送菜单。不用，我说道，目光胶在跨着摩托车的年轻人身上，他的双唇翘成隐约淘气的邪笑。我只是要给你这个，我说着，把书递给他。侍者后退一步，双手贴到嘴唇上，做出惊诧的夸张表情，又往前一步，好像要从我手里接过书去，可是又缩回双手，往后退，摸着两鬓的胡茬。您可别拿我开玩笑，他说道，真的拿来给我？我不信。拿着，我说道，把书塞给他，给汀娜。这时年轻人的鼻翼一张，好似嗅到什么味道。你认识汀娜？侍者转向他，厉声说了一些紧张的词语。别理他，他这就走。来坐下，我怎么感激您呢，喝点茶。可是年轻人没有要走的样子。那是什么？他问。看看他问的是什么，听听，这个蛮人，这是书，他可能从没看过一本书呢。他用另一种语言朝车手吼，车手将一条腿搁在踏板上，另一条腿支着地，稳住摩托车。你写的？年轻人毫不气恼，平和地问。傍晚的空气氤氲，仿佛夜来香在哪里盛开。是的，我说，最后终于寻着自己的声音。请原谅，小姐，侍者插嘴道，他烦扰了您，到里头来，里头安静。但是这时候，车手抬脚踢下撑脚架，紧跨三步，拦我们面前。走近细看，他依然极像丹尼尔·瓦尔斯基，如此肖似，我几乎纳闷他为何竟认不出我，虽然已经这么多年没见。给我看看，他说。滚出去，侍者怒骂，要把书藏起来，可是年轻人手脚快，高踞在矮胖的侍者面前，劈手就抢了书。他小心地翻开封面，瞟一瞟我，又瞟一瞟侍者，然后看着书。给汀娜，他大声读着，祝你好运。你的纳迪娅。很不错，他说，我拿去给她。

这时，侍者连炮珠似的谩骂起来，脖颈上的青筋暴跳着，似乎要爆炸开来，年轻人往后一退，脸上闪过忧伤的畏避，极细微的颤动，可是我看见了。他伸出优美的手指，仔细地翻动书页。他不理睬侍者往前伸出的手掌，把书递给我。看来我在这里不受欢迎，他说道，也许哪个时候你能给我说说书里讲什么，他的双唇一翘，纳迪娅。很荣幸，我轻声说。我人生的房间开启一扇门。他也不看侍者，罩上头盔，跨上摩托车，发动引擎，飞掣进黑暗。

片刻后，我坐在餐桌前，侍者忙着为我摆餐具。请接受我的歉意，他说，那男孩是个孽障。我老婆的亲戚，总要惹事，他断不会有出息的。他爹娘全死了，没有别的亲眷，就来投靠我们。他死缠着我们，我们又不好赶他。他叫什么？我问道。侍者看看我的玻璃杯，拿起来对着光照一照，发现有一块污迹，便从邻桌换了一只。多么了不起的礼物，他啰嗦着，要是您能看到汀娜拿到书的表情，那可就太好了。我想知道他的名字，我又说。他的名字？亚当，好似赶着说出口。他干吗到这里来？我问。想气死我，就为这个。忘掉他，炒蛋怎么样，您要吃炒蛋吗，不然吃个时蔬意大利面吧？您看看菜单，随便点，免费。我叫拉菲。我这就给您泡茶，这回您选黄的，您会喜欢的，客人都喜欢黄的。

可我没有忘掉他，法官大人。我没有忘记名叫亚当，身穿皮夹克的瘦高的年轻人，我知道，他也是我的朋友，失踪的诗人丹尼尔·瓦尔斯基。二十五年前，他住在纽约城的一幢公寓里，他的公寓仿佛被风暴袭过。我们争论诗歌，他颠着脚跟晃着身体，好似随时要像飞行员一般，从座位上起跳，转瞬间消失，滑进洞穴，坠落到深渊，在耶路撒冷冒出来。为什么？在我看来，答案很显然：来取他的书桌。他留下作担保的书桌。虽千万人，他却只委托我作监护。这些年来这张书桌压迫我的良心，我因着它而重塑良心，一如我断然不愿放弃趴在它上面写作，他也断然不愿叫它辗转落到别人手里。至少在我恍惚的头脑里，我容许自己这般想象，虽然在另一个层面上，我心里又怎会不明白，这个故事不过是幻觉。

那一夜，我睡在房间里，编造种种理由，好告诉侍者拉菲，我得再见到亚当：我想游览死海谷，坐摩托车去，需要车手兼向导，非坐摩托车不可，我可以出一大笔报酬。或者我需要找人给住在赫兹利亚的亲戚露瑟送急件，我们十五年没有见面，我一向讨厌这个表亲，包裹又不能随便找人送去，他可否派亚当前去，当作是送书给汀娜的小回报，当然我很乐意出一笔可观的等等等等。我甚至居然还想到提议"帮助"拉菲教育他妻子的迷途亲戚，他们家族的孽障，作为慈善的外来人、美国来的作家，引导他，提议暂时把他纳入我的羽翼，给他灌输一些智慧，将他引回正道。一整夜，第二日，我谋虑着再次遭遇亚当的兜赶方案，最后这一切却都是不必要的。黄昏时分，我心事忡忡地顺着克冷-哈耶索特街回宾馆，等红绿灯时，一辆摩托车挨近道旁。引擎的咆哮声撞破我的白日梦，但我没有将它跟在脑海里穿梭了一整日的年轻人联系起来。他伏在车上，掀起黑面罩，深深地看我一眼，眼里闪过笑意，倘若不是他自己的趣事，便是我们分享的，我说不上来。车流挪动，喇叭响起，从他车旁绕过，他说了一些话，我没有听明白，引擎太吵了。我觉得呼吸急促，靠近前去，我看着他的双唇蠕动：要兜风吗？离宾馆只有十分钟的脚程，可我没有犹豫，至少，我的头脑没有，只是接受邀请后，我没有随即明白怎样爬上摩托车。我无助地立着，瞪眼看着亚当身后空出的位子，想不出怎样才能将自己的躯体跃上去。他伸出手，我递出左手，可他甩开，稳稳地握起我的右手，娴熟优雅地将我托起，轻巧地引到车身上。他摘下头盔——露出我昨夜瞧见的神秘微笑——温柔地罩到我的头上，轻轻将我的头发掠到一边，扣上帽带。然后他握起我的手，坚定地引过他的腰际，原本在我的腹股沟闷燃着的麻麻的感觉，一下子蹿成了爆燃的焰火，把我的身体震荡得恢复了生机。他哈哈笑着，张大了嘴，是什么叫他觉得这样好笑，摩托车在我们身下一倾，冲上街道。他往宾馆的方向驶去，驱近岔道时，他却回头对我喊，什么？我从头盔隔音的深处回喊，他又喊了一些话，我只听见这是一个问题，没有及时答话，他已驶过宾馆入口，继续往前驶。我一时忧郁地寻思，把自己搁在纠缠拉菲家的孽障手里，是不是有些天真，可是，他转过头来，朝我微笑，那是丹尼尔·瓦尔斯基转过头来，我又回到二十五岁，我们眼前有整个长夜，唯一改变的是城市。

我抱紧他的腰，风吹着他的头发，我们驱过城里超脱世俗的居民，以后我会跟他们熟悉起来，最守旧的犹太人穿着积尘灰的黑外袍，戴着黑帽①；母亲领着吵闹的孩子，孩子衣衫褴褛，好似这些孩子是直接从织布机上裁下的，还没有织好布匹；一群犹太教正统派教会学校的男生，啪嗒啪嗒踏过红灯，乜斜着眼睛四下张望，好像刚从洞穴里放出来；一个老头撑趴着助步车，菲律宾女孩拽着他肘部松塌的毛衣，拉住一根线头，绕在手上，一路拆，直拆得他最后的话语如同一个拉扯出来的线头，他、她、扫阴沟的阿拉伯人，他们都没有意识我们从他们身旁驰过，我们只不过是幽灵、鬼魂，比他们更不合时宜。我真愿意就这样飞掣下去，驰进荒芜的沙漠。然而，不多时，我们驶出主干道，汇进停车场，景象开阔起来，临北俯瞰整座城市。亚当熄了引擎，我极不情愿地松开他的腰，艰难地拔出头盔。低头看看打皱的裤子，积满灰尘的凉鞋，我的小遐想蒸发了，心里害臊起来。但亚当似

---

① Haredim，被称为超正统的犹太人。

乎没有留心,示意我跟他走向观景台,台上聚着游客和散步的当地人,眼望着夕阳在犹大山上表演奢靡的戏剧。

我们倚着栏杆。云朵被染成铜色,然后是紫色。好看,是吗?他说,那个黄昏我听懂的第一个词。我望着老城栉然的屋顶、锡安山、北面的斯科帕斯山、西面的试探山、东面的橄榄山,也许是灼烈的阳光,也许是朗净的风,也许是坦荡的景色,也许是松树的气息,也许是沉入黑夜之前石头释放的热气,也许是如此贴近丹尼尔·瓦尔斯基的鬼魅,法官大人,我昏了头,在那一刻,我一头扎进——倘若不是早已加入——人群,三千年来不断拥进这座老城的人群,方一抵达,便神志失常,失了魂魄,变成追梦人的梦——从黑夜拧出光亮,装进破罐子里。我喜欢这里,他说,有时候跟朋友一起来,有时候一个人来。我们默默站着望着。那书是你写的?他问。给汀娜那本?是的。你做那个?你的工作?我点头。他想了想,啃下一片指甲,唾在地上,我退缩一下,想象他们拔出丹尼尔修长手指的指甲。你怎么成为那个的?上什么学校学的?没有,我说,年轻时自己学的,为什么问这个?你写作?他双手往兜里一插,下颌一紧,这种东西我一窍不通,他说道。一阵尴尬的沉默。我这才明白,他也有些困窘。兴许是怪自己鲁莽地带我来。你带我到这里来,我很高兴,我说,真美。他的脸庞柔和起来,绽出笑容。你喜欢,嗳?我就知道。又一阵沉默。说点什么,我愚蠢地说,你亲戚拉菲也喜欢这里。他的面色顿时阴郁。那个蠢蛋?但他没有说下去。汀娜喜欢你的书?他问。我想她从没看过,我说,她父亲请我为她签本书。哦,他说道,脸上露出失望。我看见他的嘴唇上有一道伤疤,只是细细的一道印痕,约摸一英寸长,看得我的心头激荡起酸甜交加的滋味。你很出名?他笑着问道。拉菲说你很出名。我吃了一惊,可是没有纠正他。我喜欢他继续把我当作不是我的我。你写什么?侦探小说?爱情小说?有时候,但是不止这些。你写你认识的人?有时候。他咧嘴一笑,露出牙龈。兴许你会写我?兴许,我说道。他伸手探进夹克口袋,掏出揉皱的香烟盒子,抽出一支,拢手挡着风点燃。能给我一支吗?你抽烟?

　　我的喉咙和胸口被烟烧灼,风刮得更紧。我打了个寒噤,他脱下夹克给我,散发着朽木和汗味。他打听更多关于我写作的事,倘然换一个人,这些问题是要叫我生厌的(你还写谋杀推理小说吗?不?那写什么?写你碰到的事?你的人生?兴许有人告诉你该写什么?他们雇你?你叫他们什么?出版社?),然而,在夜色冉冉四合的黄昏,出自他的口中,我一点也不介意。他也打了个寒战,我们越发沉默,该回去了,我寻思着借口,好再见着他。他将头盔递给我,只是没有为我戴上。跟你说,我说道,在包里摸索,我明日得去一个地方。我摸到揉皱的短笺,从提箱辗转到床头柜,从书页间辗转到手提包,竟然还没有遗失。这是地址,我说。你能载我一程吗?我可能需要翻译,我不知道他们说不说英语。他好像吃了一惊,但也很高兴,从我手里接过纸。哈奥冷街?葡萄园泉村?我们的目光一对。我跟他说那里有一张书桌,我想去看看。你需要书桌写字?他问道,一下子有了兴致,甚至兴奋。算是吧,我说。需要还是不需要?他紧着追问。是的，我需要书桌，我说道。他们那里有？他手指戳着短笺，哈奥冷街。我点点头。他顿着想了想，手指爬梳着头发，我等待着。他折起纸头，塞进屁股口袋。我五点来接你，他说，可以？

那一夜，我梦见他。或者说，有时是他，有时是丹尼尔·瓦尔斯基，有时慷慨的梦境将他们合起来，我们一同走在耶路撒冷，我知道根本不是耶路撒冷，却偏要相信是在耶路撒冷，这个耶路撒冷的郊外是烟迷雾锁的原野，若想回到城里，我们得先穿越原野，正如人们试图回到从前弹过的旋律。由于什么缘故，亚当或丹尼尔带着一只小箱，箱子里装着某种乐器，他打算找到他要寻找的地方，为我演奏，可能是号管，虽然也可能是武器。最后梦境来到一个房间里。那时候箱子没有了，我望着亚当或丹尼尔脱下衣服，细致地把衣服平铺在床上折叠起来，这个男人长年活在残酷的专政体制下，也许是牢狱里，只得接受一套精确的折衣服的方式。看着他裸露的身体，我觉得痛苦、悲伤、甜蜜。醒来时，我的心里充满柔情和渴望。

第二天下午，四点四十五分，我坐在大厅等待，先前在镜里照了无数次，才下定决心挂一串红珠子项链，戴一副悬荡的银耳环。他已迟了二十分钟，还没有现身，我来回踱步，想着倘若他改变主意不来，我在房间里等待的将是什么，想想就叫我害怕，漫无边际的夜，将自己撕成千万个碎片。可是，我听见远处传来摩托车的引擎声，他转过弯，所有的不快霎时湮没在一湖闪耀的欢悦里。再没有什么能够令这份欢悦黯淡，连他递来的备用头盔也不能够，亮红色的头盔，无须有人告诉我，我也明白只适合跟他年纪相仿的女孩，和他听同一个乐队，说他的语言，跟他一样青春的女孩，能够在阳光下褪下衣衫，脚踝光滑得像婴儿。

我们在街巷、山岭穿梭，法官大人，我很快乐，数月甚至数年不曾有过的快乐。转弯时他的身体一倾，我感觉他的腰在我的手臂下扭动，这就够了，对一个所剩不多的人来说，十分满足了，我也不去多想去利娅·怀茨家——五周前拿走我的书桌的女孩——该怎么说。我们来到葡萄园泉村这个沉寂的村落，亚当停下来问路。我们坐在一家餐馆，他柔声急促地说着希伯来语，跟年轻的女侍者开玩笑，将指关节按得劈啪响，在桌上摆弄手机。一条肮脏的狗跛脚走到路对面，然而就连这一番景象也不能令我情绪低落，或者减损这地方的美。亚当往咖啡里扔进一块糖，一边搅拌，一边跟着咖啡馆播放的流行歌哼唱。阳光照着他的脸庞，我看清他是那么年轻。在他得意洋洋的走调的哼唱里，我分辨出不安的阴影。我将他的不安理解为他不知跟我说什么好。跟我说说你自己，我说道。他腰板一挺，点了烟，咧嘴一笑，舔舔嘴唇。你打算写我了，是吧？看情况，我说。什么情况？我了解你的情况。他把头往后一仰，嘘出一缕烟。随你，他说，你可以在书里写我，我免费，你想知道什么？

我想知道什么？那个地方是怎么样的，他夜里归宿的地方。墙上挂着什么，他的炉子是不是得擦火柴才能点燃，地板是瓷砖还是亚麻油毡，他走在地板上穿不穿鞋子，他对着镜子刮脸是什么表情。从他的窗子看出去是怎样的风景，他的床是怎样的，是的，法官大人，我已经开始想象他的床，乱作一团的毯子、廉价的枕头,他的床,他夜里独睡的床,有时候对角睡着。可我什么也没有问。我可以等,我可以等待我的时机。因为他在哼唱,您看,而夜晚很快就要来临,并且我还发觉有些异样,是的,他洗了头发。

他说,他两年前退伍。先是在保安公司找了个工作,但老板指责他犯了错(他没有说是什么错),他就辞职了,后来在朋友的油漆店干,可他受不了油漆味,就不干了。眼下在床垫铺干活,不过他想做木匠学徒,因为他一向手巧,喜欢做东西。你家人呢?我问道。他捻熄烟头,心神不定地四下瞟一瞟,看看手机。我没有家人,他说。十六岁那年父母死了。他没有说在哪里或者怎样去世。他有个哥哥,很多年没有见了。有时他想着该去找找看,但也从没找过。拉菲呢?我问道。跟你说了,他说道,他是个蠢蛋。我还肯跟他往来,只是因为汀娜。你要是见到她,永远也猜想不透这么美的女孩子,竟是那个野人的女儿。跟我说说她,我说道。可他一言不发,别过头去掩饰脸上闪过的痛苦神情,虽是一闪而过,他的脸却完全变成另一张脸,他飞快地抬起衣袖抹去刚才那张脸。他站起身,往桌上扔下几个硬币,朝跟他微笑的女侍者喊再见。别,我说道,伸手掏钱包,我请客。可他啧啧舌头,将头盔罩到头上,往下一拉,在那一瞬间,出于某些原因,我想起他死去的母亲,他的小时候,她是怎样给他洗澡,凌晨她是怎样将他抱出摇篮,将他湿漉漉的嘴唇印在她的脸上,将缠绕着她长发的小手解脱出来,给他哼曲子,想象他的未来,然后我头脑里的指针一滑,我想象的是丹尼尔·瓦尔斯基的母亲，犹如镜中的影像，死去的是儿子，活着的是母亲。我在他的书桌前写了二十七年，他母亲如何深重的痛苦第一次笼上我的心头。一扇窗户开启，我望出去，看见她不可言状的悲恸噩梦。我站在摩托车旁。无风。空气里有茉莉花香。那会是怎样的境况，我想着，孩子死了，自己仍然活着？我爬上摩托车，双手轻轻拢着他的腰，我的手臂是母亲的手臂，一个不能触摸自己的孩子，因为她死了；另一个不能触摸自己的孩子，因为她还活着。我们到了哈奥冷街。

我们没能一下子找到房子。围墙上密密地爬满藤蔓，掩盖了门牌号。有一道锁着铁链的铁门。透过铁门，望得见一幢石砌大房子掩映在树丛里，护窗板全是绿色的，几乎都紧闭着。想象那女孩，利娅，住在这里，我得再为她添加一个崭新的维度，一种我不曾想象过的幽深。凝望着灰蒙蒙的花园，我的心头也泛起深沉的哀伤。这是因为站在丹尼尔·瓦尔斯基曾经触摸过的地方，无论是多么间接地触摸：护窗板紧闭的房子里，生活着一个女人，或者我以为是这样，她曾经认识并且可能爱过他。利娅的母亲怎样看待女儿的搜寻，这个男人——她孩子的父亲，如此残忍地被从世间掳走——的书桌，犹如一具庞大的木头尸骸，搬进她家时，她是怎么想的？好像这些折磨还不够，眼下我给她送来他的魂灵。我思忖着寻个借口，告诉亚当我弄错了，不是这个地方，可是我还没有开口，他已经在绿叶底下找到门铃，按了下去。一阵细微的电击沙沙声响。某处传来狗叫。没有应声，他又按了一下。你有电话号码？他问。可我没有，于是他又按了一下。毫无一丝动静,石头、护窗板,甚至连绿叶都是麻木的,反弹回固执。他们知道你来?是的,我撒谎说。亚当抓着铁门摇晃,看看铁链会不会松开。我想我得下回再来,我开口说,然而这时候,一位老人现身,或者说更像一道阴影从墙后伸出,拄着一根气宇昂藏的手杖。Ken?Ma atem rotsim?亚当答话,指指我。我询问他是否说英语。是的,他说道,抓着银杖头,我才看清是山羊头。利娅·怀茨住这里吗?怀茨?他说道。是的,我说,利娅·怀茨,上个月在纽约,她来找我,取走一张书桌。书桌?老人迷茫地重复道。亚当烦躁起来,用希伯来语跟老人说了些什么。Lo,老人说,摇摇头,lo,ani lo yodea klum al shum shulcha。他根本不知道书桌的事,亚当说。老人拄着手杖稳住身体,没有开铁门的意思。他们兴许给错了地址,亚当说。他从牛仔裤口袋掏出利娅的短笺,皱得不成样子,从铁栅格递进去。老人不紧不慢地伸手摸向胸前的口袋,掏出眼镜戴到脸上。似乎过了很久,他才看懂纸上的字。看完后,他将纸翻转过去,见另一面是空白,又翻过来。Ze ze o lo?亚当问道。老人将短笺平整地折起,从铁栅格递出来。这是哈奥冷街19号,只是这里无人叫这个名字,他说道。他的英语流利文雅,叫我吃了一惊。

我这才省悟,我错失了利娅·怀茨身上的某种狡黠。她可能故意留下错误的地址,以防我改变主意,要拿回书桌。可是为什么留下地址?我没有提出要求,她留下地址这个事实已叫我发憷,如今我才明白,这如同一个邀请。老人站着,衬衣的袖子细致地熨过,在他的身后,笼罩在树叶下的房子屏着气息。我纳闷房子里头是怎样的。水壶是什么样的，古旧瘪塌吗，喝茶的杯子是什么样的，有书吗，阴暗的玄关挂的是什么，《圣经》里哪一个场景吗，也许一小幅捆绑以撒的蚀刻画？老人定睛端详我，尖锐的蓝眼睛，已驯服的鹰鸶眼睛，我感觉到，他也对我好奇，好像想询问什么。亚当似乎也察觉了，看看老人，又看看我，又看看老人，我们三人悬浮在笼罩着房子的寂静的平衡里，最后亚当耸耸肩，又啃出一片指甲，噗地唾出，转身走向摩托车。祝你好运，老人说道，支着银山羊头的手指一紧，愿你找到你要寻找的。我不知是不是迷了心窍，法官大人，我脱口说道，我不是想要回书桌，我只是想……可我顿住，因为我也说不出想要什么。老人的脸上掠过痛苦的神情。在我身后，亚当扭响引擎。走了，他说。我还不想离开，可是似乎没有别的选择。我坐上摩托车。老人举起手杖道别，我们离开。

亚当说肚子饿。我不介意去哪里吃饭，只要不送我回宾馆就好。我想弄明白究竟发生了什么事。利娅·怀茨是谁？我怎样那般轻率地相信她告诉我的一切，没有丝毫凭证？我多么情愿地放弃那张趴伏了一辈子的书桌，人家会以为我这样急巴巴地、热切地要遗弃它。我确实一向将自己看作它的监护人，我对自己说，迟早会有人来拿的，可是事实上，这只是自我安慰的廉价故事，跟很多别的故事一样，使我能够推诿，不必为作出的决定担当责任，使我的决定赋有势所必然的感觉。而真相是，我深信自己会死在书桌前，它是我继承来的遗产，我的婚床。那么何不也是我的停尸架？

亚当带我去所罗门街的一家餐馆，有几个侍者是他的朋友。他们拍着他的背，打量着我。他咧嘴笑，说了一些话，他们大笑起来。我们靠窗坐下。窗外是阳台，阳台下是小巷，有个男人坐在破敝的床垫上，抱着小儿子，对他说着什么。我问亚当跟朋友说了什么。他的双唇微微一翘，四下张望，探测食客的反应，好像他是跟名人一道进来的。荒唐成这样子。我的胸口一震，情知我是在欺骗他，可是已经太迟了。我能说什么呢：没人看我的书，也许他们很快就不再出版？我跟他们说你在写我，他说道，又咧嘴一笑。他打了个响指，他的朋友们欢笑着，给我们端来盛满食物的盘子，然后又端来更多盘子。他们上下打量着我，我瞧见他们眼底的促狭，他们好像感觉到我在铤而走险，好像他们知晓这个朋友那些我无从得知的底细。他们在餐馆后头望着我们，分享他们朋友的好运，猎获这个老女人，有钱有名的美国人，他们大概这样想的。亚当又打个响指，他们现身，带来一瓶酒。他嚣然进食，似乎饿了数日，看着他吃的模样，真叫人欢喜，法官大人，我手擎酒杯靠着椅背，享受他的美丽与饥饿。食物吃尽时，几乎全是他吃的，他的朋友将账单搁在我面前，我发现他们给我们选了最昂贵的酒。我慌张地掏钱，试图数出正确的数目，亚当站起身，加入他们，咬着牙签，说着玩笑。我站起来，觉得酒精在头脑里起了作用。我跟随他走出餐馆，我知道他能感觉我的目光胶着他，知道我想要他，虽然我宁愿说，法官大人，要为自己辩白，这不仅出于我对他的情欲，而且也是因为柔情，也许我可以缓解他的痛苦，我看见他用衣袖抹去的痛苦。他朝我眨眨眼，扔过头盔，但是我想跟他回去，是因为这个姿势底下隐藏的笨拙、犹豫的年轻男人。我们抵达宾馆，我搜寻着合适的话，不过，我还没开口，他就说有个侍者朋友有一张书桌，要是我想看看的话，他明天可以带我去。他纯洁地亲一下我的面颊，扬长而去，没有说什么时候来接我。

那一夜，我在地址本里找到保罗·阿尔珀斯的电话号码。多年没有跟他联络，电话响了两声，他接起来，我几乎要挂断电话。是我，纳迪娅，我说道，好像这个解释太微弱，于是又加上一句，我从耶路撒冷打来。他半晌没有说话，似乎在努力回想这个名字的意味——我或者城市。他猛地笑起来。我跟他说我离了婚。他跟我说他在哥本哈根和一个女人生活了几年，现在也结束了。我们没有深谈，长途电话令我们匆忙。说完人生的境遇后，我问他是否还想起丹尼尔·瓦尔斯基。是的，他说。几年前我想打电话给你。他们发现他有一阵子被关在船上。船上？我重复着。暂拘，保罗说道，跟一些囚犯一起。其中一个人活了下来，几年后，他遇见认识丹尼尔父母的人。他说他们让他活了几个月，勉强活着。保罗，我终于说。嗯，他说。我听见打火机的声响，他从烟盒里抽出香烟。他有孩子吗？孩子？保罗问道。没有。女儿，我问道，失踪前不久，和一个以色列女子生的女儿？我从没听说他有女儿，保罗说，我想没有，真的。他在圣地亚哥有个女友，所以他才总回那个他不该回去的地方。她叫伊奈斯，我想是的。她是智利人，我只知道这些。很奇怪的，保罗说，我没有见过她，这下子倒想起来，不久前我还梦见她。

听着保罗的话，我惊奇般地想着，要不是因为保罗的梦境的奇特逻辑，我就不会遇见丹尼尔·瓦尔斯基，这些年来，在他的书桌前写作的便是另一个人。挂上电话后，我不能入睡，或者不想睡去，害怕熄灯后黑暗会带来不知什么东西。为了不叫自己想丹尼尔·瓦尔斯基，或者更糟糕，想自己的人生，以及那个不留神便来纠缠我的心绪的问题，我就一门心思想亚当。我无比细致地想象他的身体，我要在他身上做的事，他在我身上做的事，不过，在我的幻想里，我给自己另一具身体。在这一具开始黯淡走形，跟我走上相反方向，在现身之内存在的那一副肉体。清晨，我洗了澡，七点整，宾馆的餐厅一开，我便去了。拉菲一见着我，就拉下脸，退到吧台后面，佯装擦玻璃杯，忙活不停，好叫另一个侍者来侍候我。我慢慢啜着咖啡，发觉胃口好起来，两度回到自助餐柜前。可他还是避开我的目光。我走出餐厅，他却追到大厅。小姐！他喊道。我转过身。他的两只大手掌相互揣捏，回头张望，确定没有人在旁边。请您，他抱怨道，我请求您，别跟他搅和。我不晓得他跟你说了什么，他是骗子。骗子，小偷。他利用您，要叫我难看。我气恼起来，他一定是察觉我的愠色，急急解释道。他想叫我的亲生女儿讨厌我。我禁止她见他，他想……他才开口，但是宾馆的领班从大厅另一头走来，侍者鞠了一躬，急急地走开。

我汲汲于引诱亚当。他，那个矮胖的侍者，不过是一只苍蝇，围绕着我早已失控的欲望，法官大人，我也不愿意控制，因为它是我体内唯一鲜活的东西，因为只要被这个欲望支配着，我就无须直面人生——眼下这人生聚焦得叫我惧怕。我还生起有趣的欢喜,唤醒我澎湃激情的男人,竟然比我年轻一半,跟我毫无共通处。我回到客房等待;我可以等上一整日,一整夜,这不要紧。将近黄昏,电话响起,第一声铃响我便接起。他一小时内来接我。兴许他知道我在等,可我不在乎。我等了更久。一个半小时后,他来了,载我到跟贝扎勒尔街交叉的一条巷子。无花果树上绕着一圈彩灯,人们在树下的桌前吃喝。作了介绍后,人们从屋里搬出折叠椅,原本拥挤的桌前腾出空来。穿着红色薄裙长筒靴的女孩转头看着我。你在写他?她难以置信地问道。我看着亚当坐在对面喝啤酒,心头涌起一股热望,也有一股独特的温暖,因为心里知道跟他一道来的是我,跟他一道回去的也会是我。我朝女孩微笑,拣吃橄榄和咸芝士。这些孩子,看起来愉快善良,不会容许骗子和小偷混在他们当中的。拉菲对他不公平。上了点心,然后是茶,亚当最后向我示意,是时候走了。我们跟人们道别,有个男孩,留着拉斯塔法里发绺,戴着文雅的眼镜,和我们一道走出来。他钻进破旧的银色马自达,摇下车窗,朝我们招手。我们到他的公寓,书桌却不在,狭小肮脏的厨房里挂着富士山风景旧年历,亚当和拉斯塔法里发绺在富士山下争辩,我站着等。他们飞快地说着希伯来语,讨论些什么,然后男孩走开,拿来一串钥匙,挂着大卫星钥匙扣,抛给亚当。他引我们往外走,走过玄关,他劈手驱散大麻的烟雾,我们驱往第三处,一群俯瞰扎贺公园的高层公寓,跟这座城市的其他建筑一样,也是土黄色的石块砌成。我们乘电梯到十五层,挤在嵌着镜子的小电梯里。

走道魆黑,他摸索开关时,我渴望得打颤,几乎伸手将他拉近。可是日光灯嗞嗞一响,霎时亮起,亚当手持钥匙,悬着小小的金属大卫星,打开 15B 的房门。

屋里也是魆黑,可我丧失了胆量,便等着双臂围上我的腰际。可是灯光又亮起,我们发觉站在一间公寓里,堆着笨重暗沉的家具,跟令人目眩的沙漠光亮极不协调:镶铅条玻璃门的桃心木陈列橱,雕着顶饰、椅座覆着绣锦的哥特式高背椅。窗前的金属百叶帘紧闭着,似乎主人家不知何时才能回来。墙上几乎没有空白,密密地挂着厚重的油彩涂画的水果花卉、田园风光,画面如同逃过火灾劫难一般地乌黑,还有弓着身子的乞丐或孩子的蚀刻画。跟这些画挂在一起的,竟是耶路撒冷城的放大全景照,裱着廉价的塑胶玻璃画框,公寓的主人似乎忘了真实的耶路撒冷就在百叶帘的另一边,或者他们签过契约,拒不接受窗外的现实,宁可选择生活在渴望的以色列地[①],不论他们曾经栖身何方的犹太人西伯利亚,因为他们归来得太晚,不知如何在陌生的低纬度的生存中自处。我细细观看摆在餐具柜上的褪色彩照,孩子们微笑着,脸庞红扑扑的学步娃,脸庞呆滞的戒之子[②]。如今他们该有自己的儿女了吧。亚当消失在铺着地毯的走道尽头。几分钟后,他喊我。我循声走进一个小房间,架子上摆满简装书,积着厚厚的

[①] 希伯来语(Eretz Yisrael)。《圣经》上载,3500 年前,上帝将这片土地许给亚伯拉罕的子孙。这片土地传经他的儿子以撒,传承给以色列人,即雅各这一脉的子孙(以色列人,公元前 12—6 的希伯来民族)。

[②] 即受过戒律的儿女。犹太人男孩满十三岁、女孩满十二岁行受戒礼,成为戒之女或者戒之子,承担起社会、宗教责任与义务。

灰尘，在台灯下也看得分明。

就这张，亚当说道，手一指。浅色的原木书桌，卷顶盖已拉开，露出繁复的设计，不曾被时光里民主的灰尘袭卷，依然锃亮得闪着微光，叫人看得瞠目，似乎坐在书桌前的人，方才起身走开。嗳，他说道，你喜欢？我抚摸着木头的纹理，那么光滑，像是拿整块木头做的，而不是无数棵树木的成百块木头，才拼出这个几何图案，受着神灵启示一般的，这些方块、圆球、交错分离地旋转，蜷回自身，又猝然扩展，揭出一道永恒的灵光，造物者工匠镶嵌起禽鸟、狮子、蛇来作障眼，隐藏起奥义。去，他催促道，坐坐看。我为难了，我再也不能坐在这样的书桌前写字，正如我不能用卡夫卡的钢笔写购物单，可我不想令他失望。我陷进他为我拉出的椅子里。是谁的？我问道。没谁的，他说。总有人住在这里吧。他们不住这里了。他们去哪里了？死了。为什么东西都还在？这是圣城，他诡笑着，他们要回来的。我猛地觉着幽闭的恐惧，想赶紧离开。我起身离开书桌，亚当的面色顿时阴沉下来。什么，你不喜欢？我喜欢，我说，很喜欢。那怎么了？他说道。肯定要一大笔钱，我说。给你，他会出个好价，他咧嘴一笑，答道，眼底闪过钝化却依然尖锐的神情。谁？加达。谁是加达？刚才那个人。可他是他们什么人？孙子，他说。他为什么只卖书桌？亚当耸耸肩，熟络地拉下卷顶。我哪知道？他耸耸肩，兴许他还没来得及卖别的。

亚当仔细地将屋子探查一番，拉开餐具柜的抽屉，扭开玻璃杯橱的精致钥匙，察看犹太信物收藏品。还用了卫生间，门没有关紧，门缝里传出他悠长的尿声。然后我们离开公寓，重新走入黑夜。不过，乘电梯下楼时，我们接着谈论书桌，在灯光黯淡的酒吧，我们也说了一些别的话，可是话题总回到书桌，我感到言语不着边际的刺激，觉得我们其实是在谈判，而书桌和它所隐藏的意味，不过是个替代。

法官大人，接下来几日发生的事，我虽不想烦劳您听，却不能宽恕我自己：

您看，我们在一家昂贵的意大利餐馆，亚当仍旧穿着四天没有更换的T恤、牛仔裤，拿着啤酒与我的葡萄酒碰杯，露出同谋的微笑，问我有没有想好把他写成主角的故事。我们一人一柄小匙，分享一块提拉米苏，我让他吃掉大部分。他就像街头拉手风琴的卖艺人，会的曲子不多，话题又回到书桌。说了一大通后，他说可以叫加达压低价钱，不过毫无疑问，那可是独一无二的古董，大师做的，市面上买的话，价钱得翻好几番。我应和着，装作被他的销售口才打动，在桌底摸索他的脚。只要我能令自己相信口中说出的话，其他的都无所谓。只是我猛地觉得一阵反胃，记起我也不知道还会不会再写。

我们在提侯故居的餐厅吃午餐，亚当从朋友那里听说的，作家爱去的地方。我身穿撒花薄纱连衣裙，拎着缕金织锦紫绒面束带皮包——昨日在一家精品店的橱窗外见到，我便买下。我已很久没有给自己买新东西。佩戴这些东西，叫人又兴奋又怪异，仿佛竟可以如此简单地开始改变人生。裙子的肩带不时滑落，我便任由它滑落。亚当摆弄着手机，站起身走开打电话，回来后把瓶里剩下的苏打水倒进我的杯子。某人在某地曾经指导他基本的殷勤，而他则把这些规则揉进他自己古怪的社交礼仪。我们一同走路时，他往前紧趋数步，走到门口，打开门，耐心地等我慢慢走近，走进门去。我们通常默默走着。反正我感兴趣的，不是说话。

这一回，我们在黑伦尼-哈莫卡街的一家酒吧。亚当的一些朋友也来了，在无花果树下见到的那些朋友，穿红色薄裙的女孩——这一回穿着黄色——和她的朋友，前额覆着厚重的刘海。他们亲亲我的面颊打招呼，就当我是他们中的一员。乐队大摇大摆地上了舞台，鼓点震起，吉它弹出几个音符，零落的人群拍起手来，有人在吧台呼哨，我虽明白我不是他们中的一员，无论怎么看，在他们当中，我只是个陌生人，可是他们这么轻易地接纳我，令我满怀感激。我极想握着穿黄裙的女孩的手，在她耳边低语，可我想不出合适的话。音乐越发嘈杂起来，主唱嘎着嗓子嘶吼，我虽不想显得跟别人不一样，却不得不以为他摆弄得过火，太夸张，便到吧台买酒喝。我转过身，刘海厚重的女孩站在我旁边。她对我喊了一些话，可是乐声淹没她微弱的声音。什么？我回喊道，努力读她的唇形。她又喊，咯咯地笑，是说亚当的，但我还是没有懂，于是，第三次，她凑近我耳边，嚷道，他爱他的堂妹，然后退回去，捂着嘴笑，看我究竟有没有听见。我望一望人群，目光落在亚当身上，主唱在呜呜低哼，亚当举着打火机摆酷，我转头看着女孩，也朝她微笑，盯着她的眼睛，对她说，她要是以为自己什么都知道,那她就错了。我走开。我喝了一杯,又喝了一杯。乐手又夸张地嘶吼起来,不过伴奏也饱满洪亮起来,亚当猛地从后面抓着我的手,拉我到外面,我就知道我不必再多等。我们跳上他的摩托车。我现在能熟练地跳上去,将自己拢在他身后。我也用不着询问去哪里,我愿意去任何地方。

我们又回到加达的公寓,灯光暗然的水泥入口。我们爬上台阶,亚当哼着走调的曲子,一脚跨两个台阶。我喘不过气来。屋里还是旧模样,只是加达不在。亚当翻寻抽屉、架子,我扭开音响,按下播放键,心里笃定地知道他在寻找什么,就要发生什么。CD转动起来,音响传出乐声;我还可能扭着身子,或者跳起舞来。关掉,他说道,挨近来,我还没有感觉到他,却能嗅到他像一只野兽。为什么?我问道,露着挑逗的微笑,转过身去。因为,他说,我认为沉默更好。我伸出双手,捧起他的脸。我呻吟一声,身子紧贴上去,腹股沟搜寻着坚硬的东西。我张开嘴,贴上他的双唇,我的舌头探进去,吮吸他嘴里的热。我饿极了,法官大人,想立刻要所有一切。

片刻。然后他一把推开我。滚开,他咆哮道。我没有明白,又伸出手去。他一掌推在我的脸上,狠劲挡开,我摔在沙发上。他抬起手背擦嘴,我这才看见,他手里拿着那一串钥匙,开启装满死人家具的公寓。我才隐约明白,他们根本没有死。你疯了?他嘶声道,眼里闪烁着敌意,还有我不懂的意味。你都可以当我妈了,他呸了一口,我才明白,那是厌恶。

我瘫在沙发上,又惊又愧。他转身离开,却在门口停下。紫绒束带皮包搁在玄关,我进门后随手撂下的。他捡起包。拿在他的手里,皮包变得好可笑、好可怜,想来拿在我手上时,也是这样的。他双眼睨定我,手探进包里,半只手臂没在包内,细搜一番。没有摸到要找的东西,他把包一翻,倒出里面的东西,敏捷地弯腰拾起钱包。他把包往地上一掷,提起靴子踢了一脚,踢过一旁去,朝我的方向厌恶地瞥了一眼,走出门去,在身后沉重地甩上门。我的口红在地板上滚,直滚到墙根。

接下来的,就不重要了,法官大人。我只想说,这一劫把我摧垮,屋顶终于坍塌。毕竟,他是什么呢?他不过是我捏造的幻象,给我送来自己不能给出的答案。我一向心知肚明的答案。最后,我挣扎着爬起,双手颤抖,从厨房的水龙头下接了一杯水,目光落在一只碟子上,里面装着一些零钱,还有加达的车钥匙。我没有犹豫。我抓起钥匙,跨过皮包里落出的东西,走出公寓。车停在街对面。我开了车门,滑进驾驶座。后视镜映出哭肿的脸庞,头发蓬乱,白发斑斑。老女人,我想着。今天我变成了老女人,我几乎笑出声来,掩映着内心冰冻的冷笑。

我调转车头,撞在路基上。我沿着一条又一条街道往前驶。来到一个眼熟的十字路口,我便转向葡萄园泉村的方向。我的脑子里想着住在哈奥冷街的老人。我没想去找他,但是我驱车向他奔去。没过多久,我迷了路。车前灯照着一棵又一棵树木,这条路通往耶路撒冷之林。道路倾向一侧,爬虫一般地在峡谷里盘旋。倘若方向盘稍稍一偏,就能把汽车摔进底下的黑渊。我的指关节紧绷,想象着车前灯在黑暗里跳跃,车轮朝天,无声地空转。然而我不具备自毁的人所需要的任何东西。我往前行驶。不知为什么,我想起住在西端大道的祖母,她去世前我常去探望。我想起童年,想起早已过世的父母,而他们的孩子,我,不能逃避存在,一如我不能逃避心灵里叫人厌恶的熟悉维度。法官大人,我已五十岁。我清楚人生再不能有所改变。不久,也许不是明天或者下个星期,然而不久,周遭的墙壁,头上的屋顶又会一如既往地立起,推倒它们的那个问题的答案,又会被收入抽屉,上起锁。我明白,我会一如既往地活着,有没有书桌都一样。法官大人,您理解吗?对我来说,一切都太迟了吗?我还会变成什么呢?我会是谁?

刚才您睁开双眼。深沉的灰眼珠,十分警觉,落在我的身上,定定地看我半响。然后您又合上眼睑,昏迷过去。也许你感觉我快讲完了,这个朝着您疾冲的故事就要拐过一道弯,最后撞到您身上。是的,我想痛哭,悔恨不已,法官大人,哀求您宽恕我,然而说出口的却是一个故事。我希望因我一生做过的事而被审判,可眼下要因我描述的人生而被审判。不过,也许终究是对的。您要是能说话,您也许会说总是这样的。只有在上帝面前,我们才没有故事。可是,法官大人,我不信教。

护士很快会来,再为您注射一支吗啡,碰一碰您的面颊。这个一辈子看顾他人的人,动作那么轻柔自在。她说,他们明天会唤醒你,可是明天就要来临。她为我洗去手上的血迹。她从包里拿出梳子,为我梳头,就像我母亲做的那样。我举起手,握着她的手,我是……我开口说,即又咽住。

您纹丝不动地站在车前灯下,那么静止,我以为,在千万分之一秒里,我以为您在等我。然后刹车尖叫,躯体重击。汽车打滑停下。我的头敲在方向盘上。我做了什么?路上空空的。直待听得极其痛楚的呻吟,我才回过神,知道您还活着。我见您瘫在草丛里。我将您的头捧在双手时,究竟过了多久?警报器呼啸,红光四转,窗外透进朦胧的天光,我才看见,第一次看见您的脸,又是过了多久?我做了什么?我做了什么?

他们簇拥着您。他们将您救起,如同拾起掉落的外套,再挂回衣钩。

跟他说话,她说,一面将您胸前松开的电极搭上。好吗?你说说话,她说,对他好。说什么?说话就好。说多久?我问,尽管我知道,只要他们容许,我会一直坐在您身旁,直到您真正的妻子或爱人到来。他父亲就来了,她说着,拉拢我们四围的帘布。一千零一夜,我想着。更长久。

游泳窟

　　直到最后，洛特依然认得我。而我时常觉得似乎记不得她以前的样子。她的话变得简单，没过多少日子，说话磕碰起来，尔后沉入遗忘。她听不懂我的话。她有时装出明白的样子，然而，就算我说出的一些词语，在她心灵里擦出一粒感知的火星，过了片刻，她便忘记。她走得很快，没有痛苦。11月25日，我们庆祝她的生日。我在她喜欢的戈尔德斯·格林那家点心店买来蛋糕，我俩一起吹蜡烛。这么多日子里，我第一次见她的双颊飞起红晕。次夜她发高烧，呼吸艰难。那时候，她的身体不好，体质虚弱。最后数年里，她衰老得很快。我给医生打电话，医生来家里看她。她的病情越发严重，几个小时后，我们送她去医院。急性肺炎疾速扩张。最后数小时里，她请求让她死。医生用尽法子挽救她，再没有别的法子后，他们便留下我俩静静相处。我爬上狭窄的病床，拥在她身旁，抚摸她的头发，感谢她与我分享这一生。我对她说，再无人能有我们这样快活的人生。我又跟她说起我初见她的情景。不多时,她失去意识,潜走了。

我埋葬她的那个下午,大约有四十个人来北郊的墓地送葬。很久以前,我们决定一道葬在这里。我们在这些荒草淹没小径的墓地走过无数次,辨认圮缺石碑上的名字。那天早上,我格外慌张。拉比念诵耶利米哀歌时,我才省悟,我以为她的儿子会来。要不然,我又为何在报纸上登一小块讣告?洛特肯定会反对的。对她来说,私人生活就是这样的。我抬起迷濛的泪眼在树木间搜寻。没有戴帽子。也许没有穿外套。草草涂就的人像,如同绘画大师有时将自画像藏在画布的阴暗角落,或藏在人群里。

洛特去世三个月后,我又开始旅行。她身体不好的时候,我不能出行。大多是去英格兰,或者威尔士,总是乘火车。我欢喜去那些能从一个村落走到另一个村落的地方,每一夜在不同的地方落脚。这样的行程,随身只带一只小背囊,我感到一种久违的自由。自由、安宁。第一趟旅途去湖区。一个月后,我去了德文。从塔维斯德格的村落,穿越达特木镖泽,在荒野迷失,最后看见远处监狱的烟囱,才走出来。大约两个月后,我搭火车去索尔斯堡看巨石群。我杂在游客群里,站在怪异灰暗的天空下,想象前新石器时代的男男女女,头上只要遭一记闷棍,就会死去。地上散落着一些垃圾,闪耀着金属光泽的包装袋。我四下走去俯身拾捡,再立起身来,发觉石块比先前更大,更骇人。我还开始画画,年轻时便有的爱好,但那时发觉自己缺乏天赋,就放弃了。然而,年少时天赋所期许的所有荣光,最后似乎都无关紧要,如今对我来说,再没有什么可期许的,我也不再向往。我买了折叠式画架,一路带着,看到心喜的景致,就立起来画。有人停下来观看,我们就聊上几句。我想,跟偶遇的人,不是非得说真话的。我就自称是哈尔郊外的乡村医生,或是不列颠战争里开战斗机的飞行员,说这些话的时候,我仿佛真切地看见天底的原野,密码一般地朝四面八方铺展开来。这些谎言丝毫没有险恶,我也没有想要隐瞒什么,无非是感受抛离自己,变成另一个人的愉悦,然后这一愉悦又转化为另一种愉悦——望着另一个人的背景渐渐消失,又变回自己的愉悦。夜里,躺在住宿加早餐的旅店床上醒来,一时不知身在何处,我也感受类似的快乐。这般自如地滑向未知。我悬挂在虚无之境,这种虚无,尽管放纵,依然受到意识的箍束,直待眼睛能够看清家具的轮廓,或者回想起前一日所经历的一些细节。只是在千万分之一秒里,纯粹、可怖的存在的一丝碎片——免于所有地标,免于叫人莫名兴奋的恐惧,只要被现实重重一搡,便立即碾为粉末——在这样的时刻,我开始将它当作一种遮蔽,如同拉低帽檐遮住眼睛。我虽情知倘若没有它,人生几乎不可栖迟,但我还是痛恨它这样轻易地宽恕我。

有一夜也是这样,醒来时,我不知身在何处,耳听得警报声响。也许是被警报惊醒,尽管惊醒与震耳的声响之间定然有一段停顿。我跳下床来,胳膊将床头灯带到地板上。我听见灯泡碎裂的声音,才记起这是威尔士布雷肯·比肯斯国家公园。我摸索着电灯开关,嗅到空气里的酸性烟雾,穿上衣服。走廊上袭来浓烈的焦臭,我听见大楼某处传来沉闷的叫嚷。我寻到楼梯。一路循着楼梯走下去,见到形形色色衣衫不整的人。有个女人抱着光头的孩子,孩子安静、不吭声,宛如风暴眼。草坪上聚着一小簇人,有人仰头观望,火光照亮他们的面庞,神情狂喜,有人俯身咳嗽。我走进人群后,才转身观看。火焰已烧了屋顶,从顶楼的窗户探出火舌。这幢房子想来有不少于一百年的历史,仿都铎式的建筑,旅店的手册上说,屋梁是古商船的桅杆。房子如同干透的木柴烧得很旺。镇定的小孩静静地望着,头依着她母亲的肩膀。守夜的门房拿着房客名单来点名。小孩的母亲应答奥尔巴赫。我猜想她是不是德国人,甚或可能是犹太人。她独自一人,不见丈夫或父亲。一时,旺炽熊熊,消防员开来卡车,载着我的东西、画架、画,随带的衣服,都冒着烟,我想象将双手搭在女人的肩上,引着她和孩子走离这幢燃烧的房子。我的脑海里浮现她转头看着我,露出的感激,小孩安静地接纳,她俩都知道我的口袋里装满食物,从此往后,我会领着她们走过一片又一片森林,保护她们,照料她们。但我的英雄幻想随即被打断,人群里响起兴奋、压低嗓门的议论:少了一位房客。门房又点了一遍,高声喊出每一个名字,这时人人噤声,眼前这个任务的沉重,自己得救的庆幸,足以感动人心。门房喊拉什的时候,无人应答。爱玛·拉什女士,他又喊道,无人应答。

又过了一个小时,火才扑灭,找到她的尸体,裹在黑苫布里搬到车道上。她从顶楼跳下,摔断了脖子。只有一位房客认得她,形容道,她是中年妇人,胸前总挂着望远镜,想是在布雷肯·比肯斯山谷、峡谷、丛林里看鸟。一辆救护车驶往停尸房，另一辆载着呛了烟的人去医院。余下的人，则被分送到公园附近各个小镇的旅店。奥尔巴赫和她的孩子被分到布雷肯，我去相反方向的艾伯加弗尼。她们消失在客货两用车里，我最后看到的是小孩蓬乱的头发。次日，当地报纸刊登火灾的报道，是电路引起的，死去是来自斯劳的小学教师。

洛特去世几个星期后，我的老友理查德·戈特利布来看我过得怎样。他是律师，数年前，说服我和洛特立了遗嘱。在这方面，我俩都是不懂现实的。那时候，他的妻子已过世好几年，他又认识一个女人，比他小八岁的寡妇。岁月过去，她没有放弃自己，爱惜着容颜，依然很年轻。生命的动力，他说起她，搅拌着茶里的牛奶。我明白他的意思，孤身面对死亡是可怕的，渐渐衰残，独自摸索药丸，爬进浴缸，摔碎头颅，我该想想自己的未来。我回答道，我想天气暖和后，可能出去走走。也行，他摆下方提起的话题。离开前，他一只手搁在我的肩上。亚瑟，你现在可能想改一下遗嘱？他问道。我说，当然。可是那个时候，我还没有打算操心这些事。二十年前，我们立下遗嘱，我和洛特把一切留给对方。为防两人一同死于意外，我们又将财产分赠给各种慈善机构、侄甥（当然，是我的，洛特没有亲眷）。洛特的书的版权，虽然很微薄，留给我们挚爱的朋友约瑟夫·肯尔，我以前的学生，应诺作她的遗嘱执行人。

然而，我坐在从威尔士驶出的火车上，衣服还蒸熏着灰烬烟味，摊在膝头的报纸登着斯劳小学教师死后的照片，仰面盯着我，死亡的铁门似乎一开，霎时间，我看见洛特。在她的深处，正如诗里写道，盛满浩漫的死亡，如此陌生／她不懂。①这样看着她，我心里一些东西破碎了。一道小阀门，再也抵挡不住如斯强大的气压，我的眼泪滚落。我想起戈特利布的话。也许，还是改掉吧。

那一晚，我回到家，煎了鸡蛋当晚饭，边吃边听广播新闻。当天，皮诺切特将军在伦敦桥医院被捕——做了背部手术后在康复。一些智利流放者，他的酷刑受害者，接受采访；背景传来欢庆的呼声。我一时想起那个男孩，丹尼尔·瓦尔斯基，栩栩如生，那夜站在我家门外。我打开电视，追看报道，我想可能也想看看有无火灾的报道，或者来自斯劳的女人的报道。可是，当然没有。电视画面的前景，穿着淡黄衫的老头半躺在车后座，开车的是苏格兰场的警察，背景不时地掠过模糊的史料画面：皮诺切特身穿军装检阅军队，在拉莫内达宫的阳台上挥手。

有只野雄猫时常在我的花园出没，找我求食。夜里，他号叫得像新生儿。我在花园里搁下一碗牛奶，叫他知道我回来了。但那一夜他没有来，第二天早晨，碗里漂着一只死苍蝇，肚皮朝天。一到九点钟，我拿出老地址本——布满洛特的字迹，找到戈特利布的号码。他接起电话，声音欢悦。我跟他说我去了布雷肯·比肯斯，不过没有提起火灾。我想这是因为我不想搅动这事件周围的沉默，或者将这件事当作故事讲述，就是背叛它。我

---

① 出自里尔克《俄耳甫斯·欧律狄刻·赫尔墨斯》。

问能不能去他家面谈,他急切地应诺,呼唤他的妻子,一阵静音后,他邀我去喝下午茶。

上午,我阅读奥维德。如今读得与以往不同,更加吃力,因为心里明白这也许是最后一次读深爱的书。才过三点钟,我就出门去,穿过石楠地,来到戈特利布居住的惠尔路。窗上贴着他孙儿女的剪纸。他来开门,面庞红润,屋里弥漫着众香子的香味,就像女人搁在内衣抽屉里的香囊。亚瑟,你能来真是太好了,他说道,拍着我的后背,引我走进阳光明亮的房间,紧邻着厨房,桌上已摆着茶具。露茜来打招呼,我们聊了一会她前夜在巴比肯艺术中心看的戏剧。然后她起身告辞,说要去拜访朋友,留下我们两人。她出门后,戈特利布从小皮夹拿出眼镜,架在鼻梁上,镜片把他的双眼放大数倍,就像蜂猴的大圆眼。我不禁想着,是要将我看清楚,或者看透。

我开口说,我要跟你说的话,可能会叫你吃惊。洛特去世前几个月里,我生起这个念头时,自己也吃了一惊。尤其是那个时候,我还没习惯,这个跟我一起生活了近五十年的女人,竟藏着这么大的秘密。我深信,这个秘密始终是她内心鲜活、魔魇的部分。不错,我对戈特利布说,洛特极少说起集中营里被杀害的父母,或者她被流放前在纽伦堡的童年。她所展现的沉默的能力,甚至天赋,原该叫我警惕,她的人生里可能有另外一些篇章,她可能也选择瞒着我,犹如一艘遇难的船,沉入自身。可是你也知道,她父母的命运,她遗失的世界,这一些我都是知晓的。并且我们起初交往时,她设法叫我了解她一些梦魇般的过去,用影子戏的方式叫我明白，并不是细说，或者完整地透露，同时也设法叫我知道，永远不要指望她会谈论这些事，也永远不要企图提起。她健全的心智，她继续生活的能力——她的，以及我们一道锤炼的生活——全要仰仗她的毅力，我郑重的同盟，封锁起那些噩梦的回忆，任凭它们如同睡在窝里的狼群，绝不可去侵扰它们的睡梦。她却去梦里看它们，躺在狼群里，还把它们写进故事，无论辗转经过多少变形，我还是认得出来。至于她的沉默，我倘若不是平等的同谋，那也是纵容者。如此一来，也就算不得人们所说的秘密。或许应该说，纵使我甘心接受这些条款，纵使我一心要保护她，纵使我始终渴望向她展示深情的理解与同情，纵使我为着自己的人生免遭那般折磨与苦难而深感内疚，我还是始终心怀猜忌。我羞愧难当地承认，我有时想象她要蓄意背叛我，瞒着一些事。但我猜疑的都是一些小事，一个男人，生怕自己的能力（我相信可以坦率地跟你谈论这些，我对戈特利布说，对于我想说的，你是明白的），他的性能力，原本指望持久一个又一个年代的，已渐渐不再被妻子看重。在他的眼里，她却依然美丽，依然能够激起他的欲望。可她已经不再为他床单下松垮的躯体兴奋。这个男人，为了将事情弄得更复杂，就把自己对于陌生女人的欲望——比如某个学生，或者朋友的妻子——当作范例，将这种行为视作确凿证据，认定妻子对于他以外的男子也有同样的欲望。你看，我怀疑她，是怀疑她的忠诚，尽管我更想为自己辩白，宁愿说这样的怀疑时刻并不多见，也是出于敬重我的妻子保持沉默的权利，正如我努力想要做到的。然而，扼制寻求确认的需要，在问题冒出来之前，话从口中说出来之前，先将它们窒息，却没有那么容易。一个人，除非没有人情味，就不能不好奇、疑惑，猜疑两人往日签署的那些沉默的伟大形式里，她是否夹带了另一些低廉的东西——叫作遗漏，甚至谎言—— 用来掩饰背叛。

说到这里，戈特利布眨眨眼，在阳光明媚的午后静谧里，听得见他睫毛扇动的声音，放大很多倍，刷打着眼镜片。除此之外，房间、屋子、这一天的时光本身，似乎只回荡着我的声音，再无别的。

我想叫我隐约不安的还有别的一些事，我接着说，我认识她前，洛特过的究竟是怎样的生活。由于那是她的过去，我感到无权追问，尽管她的保留时常叫我气馁，为她无言地要求保护过去的隐私而气恼，尤其是因为我知道这些往事跟她的亡失无关。我自然知道她以前有过恋人。毕竟，我遇见她时，她已二十八岁，在世间无亲无故，独自生活了很多年。在很多方面，她是个笨拙的女人，完全不同于同龄男子通常遇见的女人。不过，假如我的感觉可以当作例证，不得不说这倒更能吸引一些男人。我不知道她究竟有过几个恋人，我猜想该有一些个吧。我觉得她不肯提起他们，不仅是因为想要保留过去，也是不愿叫我嫉妒。

可我还是嫉妒，模糊地嫉妒他们所有人。他们如何抚摸她，抚摸哪里，她又对他们讲述自己的哪些往事，她听他们说话时发出的笑声。对于他们当中一人，我尤其嫉妒得发狂。对于他，我一无所知，只觉得他肯定是最危险的那一个，对她最重要的那一个,因为她单单允许他留下痕迹。你要知道,洛特的生活,浓缩得尽量占据最小的空间,几乎看不出过去的踪迹。没有照片,没有纪念物,没有家传信物。连信件也没有,或者至少我没有见过。她日常生活里寥寥几件东西,都是极实用的,对她毫无情感价值。对于这一点,她是十分笃定的。在那些日子里,这是她生存的法则。唯一例外的是她的书桌。

  称它为书桌,着实贬低了它。书桌这个词叫人联想起办公室或家里朴素、卑微的家具,无意识的实用的东西,主人需要时,致力献身,不需要时,谦逊地恭候在被指派的位置。是的,我对戈特利布说,你得立即删除那个形象。这张书桌当真是异物:巨大,叫人敬畏,迫逼着它所占据的房间里的人,就像维纳斯捕蝇草,假装没有生命,却随时扑向屋里的人,吸进众多可怕的小抽屉里消化掉。你也许觉得我说得太夸张。我不怪你。要你相信我说的话是千真万确的,非得亲眼看一看这书桌不可。这书桌几乎占去她赁居的一半房间。她允许我留在她家的第一夜,我在被书桌的阴影笼罩的可怜小床上惊醒,渗出一身冷汗。它巍立在我们上空,黝黑古怪的形状。有一次,我梦见打开一只抽屉,见里面装着溃烂的木乃伊。

  她只说是人家送的。没有必要说是谁送的。或者应该说她认为没有必要,或者抗拒这个必要。我自然也不知道他出了什么事。究竟是谁伤了谁的心,他伤了她的,还是她伤了他的,他究竟是永远离开,还是可能回来,他是生是死。我相信她爱他远甚于她能给我的爱,但他们之间出现不能超越的障碍。这叫我痛苦。我曾幻想在街上碰见他。有时候，我想象他瘸腿，要么衣领污秽，好叫自己心安，沉沉地睡去。令我震惊的是，那张书桌礼物，确实是残忍的天才——作为申述他的权利的方式，潜入她那不可企及的想象世界，于是他就能拥有她，每当她坐下写作，便是面临他的馈赠。有时候，我在黑暗里转身，面对沉睡的洛特：要么他走，要么我走，我在想象里说道。在她的房间，在那些漫长寒冷的夜里，我心里根本没有把他和书桌区别开来。可我从来没有勇气说出来。我只是伸手探进她的睡袍，抚摸她温暖的腿。

到头来，终归随它去了，我跟戈特利布说，几乎随它去了。几个月过去了，我认定洛特也对我有了感情。我向她求婚，她同意。他，无论是谁——她过去的一部分，与她过去的其他部分，一同沉入她内心黑暗、不可追回的深渊。我们学着彼此信赖。五十年来，很多时候，我时不时猜疑她与别的男子相好，背叛我，但这些荒唐的念头都是毫无缘由的。我认为洛特无力以任何方式威胁我们小心筑起的家。我认为她很清楚自己不能在另一种人生——未知的、精确的人生——活下去。我更不认为她有勇气伤害我。我的猜疑总是草草收场，无须正面冲突，在我的心里，一切又会恢复原样。

直到洛特生命的最后几个月，我对戈特利布说，我才发现她在那些年里竟瞒着一件天大的事。事情发展得实在出乎意料，自那以后，我惊骇极了，她差点就将这个秘密带进坟墓。但她没有，她的头脑虽不灵醒，我还是不由得相信，她选择不再隐瞒。她选择适合她的忏悔方式，以她神志不清的状态，这种方式更说得通。我思来想去，越发以为这绝不是绝望的表现，更像是一种间接逻辑的结论。她竟独自找到地方法院。上帝知道她是怎么找去的。有时她连去卫生间都会迷路。不过她也有一些清醒的时刻，头脑似乎豁地重新拼合，于是我就像大洋里的水手，陡然间望见地平线上闪烁着故乡的灯光，疯狂地向海岸驶去，片刻后，却眼睁睁看着它消失，又身陷无边无际的黑暗。一定是在这样的时刻，我告诉坐在椅子上一动不动的戈特利布，洛特从沙发上起身——原本是在看电视，护士在另一个房间煲电话粥——悄悄走出房子。老习惯提醒她在前厅拿上手提包。可以肯定她是乘公交车去的。她该是转了一趟车，这样的事太复杂，她是应付不来的，我只能想象她把自己交给司机，请他指路，就像我们小时候那样。我还记得四岁时，我母亲在芬奇利将我送上公交车，请司机照料我在图腾汉厅路下车，姨妈会在那里接我。我还记得汽车驶过潮湿的街道时我的心里生起的惊异，看着司机后颈的肌肉，独自出门的优越感快乐地颤动，夹杂着恐惧的战栗，庞大的黑色方向盘好似随意地转向终点，双颊通红、戴着滑稽的红色宽檐帽的姨妈会不会在那里等着。兴许洛特也有同样的感觉。也许。想必她是很坚定的，不会感到害怕，司机让她下了车，指点她换乘另一辆公交车，她朝他露出只留给陌生人的甜蜜笑容，好像她意识到，在陌生人面前，她可以装作一个平常的女人。

我把洛特与治安官那件事告诉戈特利布，然后又描述在她的文件里找到的医院证明和一束头发，心里一下子轻松起来，好像要撂下一副异常沉重的担子，从此再也不是我独自担负她的秘密。我跟他说我想找她的儿子。戈特利布挺一挺腰板，慨然长叹。现在换作我等待聆听，我既然将自己摆在他的手里，就要听他的决定。他摘下眼镜，双眼顿时缩小，变成律师的敏锐眼睛。他从桌前站起，离开房间，少时，拿来一叠便笺，掏出总是插在口袋里的钢笔。他叫我重述医院出生证明的信息，又询问洛特监护儿童转移计划抵达伦敦的确切日期，她遇见我之前的住址。我把知道的一切全告诉他，他记下一切。

写完后，他搁下写字板。书桌呢？他问。书桌哪里去了。1970年一个冬夜，我说，一个年轻人，智利来的诗人，按响门铃。他是洛特的书迷，想要见她。接下来几个星期，他成了她人生的一部分。那时我还不能理解，他身上究竟有什么打动她，竟令她对他如此慷慨？她素喜独处自闭的。我嫉妒。有一天，我出差回来，发现她将书桌给了他。那时我着实困惑。自我认识她以来，她一直紧抓着那张书桌，决计不肯丢弃，无论到哪里都要拖着。很久以后，我才明白，这个年轻人，丹尼尔·瓦尔斯基，跟她给了别人的儿子年纪相仿。他定是叫她想起自己的孩子，跟他在一起，多像是跟自己的儿子在一起。对她来说，跟丹尼尔在一起的那些日子，令她多么感动，而他本人却永远也不能理解。他肯定也纳闷她究竟怎样看他，为何这般美情美意地对待他。那些年来，她颓然屈服于情人馈赠的庞大家具，她用这件家具将她与他捆绑在一起：她屈从他，尔后屈从放弃儿子这一黑暗的秘密。那些年里，她怀抱着那张书桌，一如怀抱着她的罪孽感。在她眼里，在心灵联想的神秘诗意里，最终把它送给令她想起儿子的男孩，是多么合适。

我转头看看窗外，说了这么多话，我乏了。戈特利布在椅子上挪动身体。他们是从不同的布匹上裁下来的，他轻声说道，我以为他是说女人，或者我们的妻子。我点点头，尽管心里想说，况且洛特是完全不同的材料做的。给我几个星期，他说，我看看能找到什么。

那年秋天，霜降得迟。我种下来春的球茎后，收拾起背囊，锁上房子，搭上前往利物浦的火车。不出一个月，戈特利布便找到收养洛特的孩子的夫妇，找到他们的住址。一天晚上，他不期而至，将写着地址的纸片递给我。我没有问他是怎样找到的。他有他的门路。他的工作使他认识形形色色的人，他热忱地帮助别人，欠他人情的人很多，他随时可以去索要。也许我也是他们当中的一人。你确定要这么做，亚瑟？他问道，撸一撸覆在额前的白发。我们站在玄关，墙上挂着一排簇新的草帽，好像是戏服，属于另一个更戏剧化的人生。门外，他的汽车引擎还在转。是的，我说。

接下来几周里，我却什么也没有做。我仍然相信那个孩子的所有痕迹早已消失，因此我还没有做好充分准备，去知晓他父母的名字，将他抚养成人的父母。艾尔瑟和约翰·菲斯克。约翰，也许人们亲昵地叫他杰克。几天后，我跪在地上为玉簪花分株，想象他魁梧的身躯，佝背趴在酒馆的吧台，慢性支气管炎患者，咳个不休，拧熄烟头。我的手指捏着樛葛的须根，也想象艾尔瑟把盘里的残食倒进垃圾桶，穿着浴袍，头发仍卷着卷发夹，站在利物浦的微弱晨光里。唯一想象不出的是那个孩子，长着洛特的眼睛或神情的男孩。她自己的孩子！我一边将背囊摆上行李架，一边想着。然而，火车慢慢驶出尤斯顿车站，我想象着一列奔驰的火车，车窗上掠过洛特在人生里说过再见的人们的脸庞——她的母亲父亲、兄弟姐妹、同学朋友、八十六个走向未知的孤儿。怎能责怪她沉进内心的深渊，拒不亲近人？怎能责怪她拒绝教孩子学步，然后只得眼望着他从她身边离去？我豁然省悟，她走到人生尽头时的失忆，丧失神志，竟有着怪诞的意味：可以叫她毫不费力地离开我，每一日溜走一点一滴，叫人无法觉察，全都是为了避免最后肝心圯裂的道别。

　　那就是我的启程，走上漫长的、况味复杂的旅途，我自己也不知道已经上路。我虽也隐约感觉到，因为临行锁门时，心头泛起一股感伤，出门远游以来，第一次有这样的感伤，一种不定的、懊悔的空虚，我回过头，望见房子幽暗的窗户，心里想着可能再也不能看到。在我这样的年纪，生活里有着种种不定，这样的意外也不是不可能。我想象花园里枝蔓萋萋，一如我们初次看见这幢房子的光景，又长回荆棘丛莽。这是情景剧的念头。我努力将这个念头挤出脑海，然而在旅途中，我不时想起自己曾有过这个念头。包里装着衣服、书、那束头发和医院出生证明，还有一本《破碎的窗》，要给洛特的儿子。封底印着她的照片，我选这一本，没有选另一本，就是因为这张照片。照片上，她恰如一个母亲的样子，那么年轻，脸庞柔软圆润，头颅骨还没有像四十岁后那样裸呈出来，我觉得她儿子想看到的应该是这样的洛特，要是他想看看她的话。然而，不论什么时候，我伸手探进包里，就会看到她受伤的眼神，直盯着我，时或劝诫，时或询问，时或试图告诉我死亡国度的消息。我再也不能承受她的眼神，想把她塞到包底，却又不能够——她总是探出头来，我把书埋在包底，压在其他东西下。

下午将近三时，火车驶入利物浦。我望着一群鹅在铁灰色的阴沉天际飞翔，然后我们一头扎进隧道，在莱姆街站的玻璃拱顶下冒出来。戈特利布给的菲斯克夫妇的住址是安费尔德路。我原打算四下走一走，就近找一家住宿加早餐的旅馆住一夜，次日再打电话。走上月台，我的双腿却袭来一阵剧痛，好像是从伦敦一路走到这里，而不是在火车上呆坐两个半小时。我停住脚步，将背囊换到另一只肩上，即使不抬头，我也能感到灰沉的天空压迫着头顶的玻璃罩，月台显示屏的字母在旋转、闪烁，时间和目的地分崩离析，将我们——刚刚抵达的人——留在遗忘里。我感到幽闭恐慌的恶心，奋力挣扎，才没有径直走向售票口，买下一趟回伦敦的票。字母又开始闪烁，我一时竟生起这样的念头：这些字母拼写的是人名。不过，是谁呢，我说不上来。我一定是在那里站了蛮长时间，因为身穿金色纽扣制服的铁道工作人员朝我走来，问我是否还好。有时候，陌生人的善意只会令事情更糟，因为叫人意识到自己是多么需要善意，可是唯一的来源只有陌生人。我努力抗拒自艾自怜，谢过他，继续走路，为自己的幸运心喜，不必戴他那样的帽子，硬帽檐，闪亮的帽舌。戴着这种帽子，每天早上照镜子时，自尊自重的战斗会打得更艰难吧。只是我的欢喜仅支撑我走到咨询台前，排在一长队游客后，挑战咨询台后的女孩的耐心，她似乎在哪个地方闭上双眼，再睁开眼睛，发觉自己在这个地方，在圆形的小亭里，派发她也不晓得自己竟知晓的利物浦的信息。

走进旅馆时，天快黑了。我站在暖气开得太高的逼仄玄关，四壁贴着花卉图案的壁纸，对面靠墙的一些小桌上陈列着绸花，尽管离圣诞节还有好几个星期，墙上已挂起硕大的塑料花环，整个玄关营造出的气氛，叫人觉得一脚踏进纪念绝种花卉的博物馆。在火车站产生的幽闭恐慌的恶心又袭上喉咙，前台请我填写登记表，我竟想捏造个人信息，似乎顶用假名与假职业，就可能带来一个未开拓的维度。从我的房间看出去是一堵砖墙，房间的四壁也扩展花卉主题。我在门口站了半晌，心下思忖这地方实在住不得。若不是双腿沉重得酸痛，沉重得像一对铁砧，我定会转身离去。但是实在疲惫极了，我只得走进房间，瘫进椅子里，椅布上密密地印着繁茂的玫瑰。接下来整整一个小时，我不敢关门，害怕独自跟这些令人窒息的假生命一道关着。四壁朝我迫近，我不由得自问，不是以言词，而是以独自想象的思想碎片。我有什么权利去翻开她意欲留着不动的石头？当时，我的心头泛起类似气恼的感觉，努力想压制却失控的感觉，我所做的，实际上是揭出她的罪孽。为了惩罚她，我违背她的意愿，将它昭揭出来。为了什么？你会问，为了什么，惩罚这可怜的女人？我的心头浮起答案，却只是答案的一部分，那就是我想惩罚她，因为她那种叫人无法忍受的斯多噶作派，她的克己叫我不能觉得她真正需要我,以一个人需要另一个人的最深沉的方式——通常被称作爱的需要。当然,她需要我维持秩序,记得买东西,付账单,跟她作伴、令她愉悦,最后,给她洗澡,擦身子,穿衣服,送她去医院,最后埋葬她。但她需要履行这些责任的人,是否非我不可,是否任何一个男人都可以,跟我一样爱她,随时愿意献身,这一点我却从来不敢肯定。我以为我可以说,我从来不要求她声明她的爱,可那也是因为我从来不觉得我有权利要求。要么可能是因为我害怕,她这么真心实意的人,不容许丝毫虚情假意,她会输了这场官司,她会口吃,沉默,然后我又能怎么办,只得起身,永远离开,还是照旧过我们的生活?只是如今我彻底明白,我原本可以被很多人替代?倒不说我以为她对我的爱少于她可能给另一个男子的爱(尽管很多时候我也这样担心)。不是,我要说的是,或者试图说的是另外的东西,她的自满自足的感觉——她能够独自经受令人不可想象的惨剧,她在周遭构起极度的孤寂,减小自己,缩回自己,将沉默的尖叫转为私下写作的重量。正是这一些证明,给予她力量,使得她能够经受——令她永远不会像我需要她一般需要我。无论她的故事有多荒凉、凄惨,其间的努力,其间的创造,永远只能是希望的一种形式,对于死亡的拒斥,或者直面人生的一声长号。而我在其间没有位置。无论我是否仍在楼下,她会继续写下去,一如她曾经独自在书桌前写作,令她活下去的是她的写作,不是我的照料或陪伴。在我们共度的一生里,我执念依赖的人是她。她需要我保护,她是脆弱的一方,时刻离不开我的照料。真相却是,是我,我需要感觉被

259

需要。

我殚力挣扎着起身,下楼到旅馆的吧台,要了一杯掺奎宁水的杜松子酒镇定心神。酒吧只有两个老妪,姊妹吧,我想,可能还是双胞胎,衰残虚弱得很,握着酒杯的手指已变形。我坐了十分钟,一个老妪站起身,走得极慢,像在表演哑剧,留下另一个,然后她也同样缓慢地离开位置,就像冯·特拉普的儿女唱着《再见晚安》离开晚宴的老年痴呆版。走过我身旁,她的脑袋旋转过来,朝我露出可怕的笑容。我回笑一下,我的母亲总说,礼节的重要性跟人习惯礼节的频率成反比。换句话说,有时候,礼节是正常与发疯之间仅剩的东西。

一个小时后,我回到29号房间,空气里似乎也弥漫着叫人作呕的花香。我从包里翻出戈特利布给的电话号码。我拨通号码,一个女人接起电话。能请艾尔瑟·菲斯克太太听电话吗?我问道。我就是。真的?我几乎脱口而出,因为我还是有些相信,戈特利布的侦探工作探到死巷,寻找洛特的孩子这一企图以失败收场,我会回到伦敦的家里,回到我的花园,回到我的书堆,勉强地跟那只雄猫作伴。喂?她说道。抱歉,我说道,这件事有些尴尬。我也万分不愿令您措手不及。是哪一位?我叫亚瑟·本德。我的妻子,这实在太尴尬了,请您原谅,我向您保证,我绝不是故意要叫您难堪,只是有些日子前,我的妻子过世,我得知她有个我从不知晓的孩子。男孩,1948年6月,她把孩子送给人领养。电话线另一头是厚重的沉默。我清清喉咙。她叫洛特·贝格,我开口说道,可是她打断我的话。本德先生,确切地说,您想要什么？我不知道究竟是什么缘故，我竟那样坦率地说出来，也许是她的声音，我觉得我听得出，她的声音透出清晰或明智。不过我说道，我要是诚实地回答这个问题，菲斯克太太，您可能要听上一整夜的电话。我尽量说得直截了当，我到利物浦来，如果不是太造次，想请求见您一面，要是有可能，如果您认为合适，见一见您的儿子。又是一阵停顿，似是无限漫长的停顿，漫长得就像藤蔓在墙上攀爬蔓延。他死了，她简单地说，他二十七年前死了。

　　长夜。房间热得令人无法忍受，我不时起床开窗，随即又记起窗户是封死的。我把床单被子扔到地板上，摊开四肢躺在床垫上，呼吸着散热器传出的热气，像热带高烧一般地感染我的梦境。这些梦境超越语言的界限，潮湿、浮肿的生肉悬挂在黑网里的怪诞形象，白袋子里缓缓滴漏无色的点滴，落在地板上，响起回声，儿时噩梦里的形象又回来，这些形象比以前更加骇人，因为在半幻觉的状态，我知道它们只能属于我的死亡。非得画出界限不可，我心里一次又一次地重复，或许并不是我，而是另一个脱离的声音，我却以为是我的声音。可是有一个梦跟那些噩梦不同，这是一个简单的梦，洛特坐在长凳上，瘦长的脚趾在沙地上画着长长的线条，我躺着，支起胳膊看着她，我的身体却是年轻男子的，我感觉着这个身躯，犹如晴美天际的雨云，不是属于我的。醒来时，她不在身旁，我心下一惊，几乎窒息。我站在卫生间的水龙头前喘气，我想撒尿，却只挤出一滴，随之而起的是灼烧的感觉，好似要挤出沙粒。猝然间，无由来地——关于自己的消息总是以这种方式降临——我猛然省悟，一辈子研究所谓的浪漫主义诗歌的学者，真是荒谬。我还是冲了马桶。我冲了澡，穿上衣服，结了账。前台问我对他们的服务是否满意，我微笑，说道，是的。

天亮后，我走了很久，却记不甚明白。只记得九点前，我便来到房子前，艾尔瑟·菲斯克要我十点钟来。我这一辈子，总是到得太早，发现自己局促不安地站在街角、门外、空房间，越是趋近死亡，便到得越早，越乐意长久地等待，也许是想给自己错觉：还有很多时间，而非所剩不多。这是一幢两层排房，除了门牌号，与这条路上的一整排房子一模一样。一样古板乏味的蕾丝窗帘，一样的铁栏栅。落着蒙蒙雨，我在房子的对街走动取暖。眼前蕾丝窗帘的景象，不知为何令我的心里充满了罪恶感。男孩死了，我要菲斯克太太讲述的故事会有悲惨的结局。那些年里，洛特隐瞒孩子的故事。无论他怎样纠缠着她，她从不容许他侵犯我们的生活。侵犯我们的幸福，我应该说，因为我们一直是幸福的。她就像扛起巨重的大力士，独自担负沉默。她的沉默是一件艺术品。而现在，我要将它摧毁。

十点整，我按下门铃。往生者带走他们的秘密，或者人们是这样说的。但这不是真的，是不？死者的秘密像病菌，寻找另一个宿主寄存。不，我没有犯任何罪过，我只是顺应必然。

有人来开门前，我似乎看见窗帘一动。终于听到脚步声，门锁开启。门内的女人一头灰白的头发，若是松散开来，这头长发会垂及腰间，不过她编了辫子，盘在头顶，好似表演了契诃夫的故事下台来的演员。她的身材笔挺，小小的灰眼珠。

她引我走进客厅。我随即知道她的丈夫已经去世，她寡居。也许独自生活的人对于色彩、色调、独居生活的独特回音赋有特别的感应。她示意我坐在沙发上，沙发上满满排着钩针编织的靠枕，所有这些靠枕，要是我的印象没有错，都钩着各色各样的猫狗的图案。我在它们当中坐下；一两只枕头滑到我的腿上，顺势躺进我的膝头。我顺手抚摸一只黑色小狗的脑袋。桌上，菲斯克太太已摆开一壶茶，一盘健胃饼干。只是她久久坐着不动，也不沏茶，终于想起沏茶的时候，茶已泡得太苦。我不记得谈话是怎么开始的。只记得我跟那只抱枕小狗交上朋友，好像是西班牙猎犬，后来菲斯克太太和我热切深入地相谈，彼此都等了很久的谈话，虽说我们都不知道会发生的。即便不曾没有说出口，我们之间不须隐瞒什么（或者坐在那个房间里，情况似乎是这样，我很快意识到房间里摆满犬科猫科各个品种的模型，不光是靠枕，架上立满塑像，墙上挂满画像），却又不是因为我们分享某种亲密的熟悉，断不是温情，更是某种绝望。我们没有称呼对方的名字，一直尊称本德先生，菲斯克太太。

我们谈起丈夫与妻子，说起她十一年前去世的丈夫，他在足球体育馆高唱利物浦队歌《你永远不会孤单》时心脏病发作，说起不时冒出来的逝者的帽子、围巾、鞋子，下降的注意力，寄出去又退回的信，说起乘火车旅行，说起站在墓前，说起生命力被挤榨出人类躯体的所有方式，至少我现在还留着这个印象，那就是我们谈起这些事情，当然，我也不得不承认，我们也可能说起在潮湿气候下种薰衣草的艰难,但那些话题都只是背景,菲斯克太太与我心里都很明白。不过,我认为没有,我认为我们根本没有谈起薰衣草或花园。茶壶虽罩着茶罩,茶却又凉又苦。菲斯克太太盘起的头发散出几缕灰发。

她最后开口说道,请您理解。我遇见约翰的时候,已经三十岁。在那几个星期前,我在商店橱窗瞥见自己的脸,匆匆地、没来得及收拾表情之前的面孔,后来,乘公交车回家的路上,我开始接受一些事实。这倒不是启示,她说道,而是再不能这样下去了,橱窗里看到的影子是最后一根救命稻草。不久后,我去姐姐家,她的丈夫从办公室带来一位朋友。约翰和我同时走过连着厨房的狭隘玄关,我们错身走过,他极不自在,扭捏地问,能不能再见到我。我们约会的第一个晚上,我好惊诧,他张嘴大笑时,竟能这么清晰地看见牙洞里的填料、喉咙口的黑暗。他笑起来有个习惯,头往后一仰,张大嘴巴,叫我很久不能习惯。我是那种您可能会称作一本正经的人,菲斯克太太说道,眼神越过我,望到窗外,一本正经又内向。他的笑声很能感染人,可我怕看见他的喉咙底。不过,我们还是相互适应,五个月后,在一小群亲友面前结了婚,很多亲友受邀出席婚礼时吃了一惊,因为倘若我在他们眼里还不是老处女,他们也早已深信我会成为老处女。我坦率地告诉约翰,我不愿意浪费时间,一定要努力生个孩子。我们努力了,可是事情不如意。我终于怀上了——这句话听着古怪——我感受的是一阵潮汐在体内涨落,潮涨时,孩子就好好地留在我的体内,潮落时,孩子也随着被拉出去,它好像在别处看见光明闪亮的东西，无论我怎么竭力留他，他还是出去了。另一个东西，另一个闪亮的人生，实在难以抗拒。一夜，我睡在床上，感到潮汐永远地从体内退去，醒来时，我在流血。后来，我们又努力了一次，可我心里不再相信自己能够怀上孩子。那是一段痛苦的时光，如果说平常我不爱笑，那时候我几乎不再笑，不过我记得约翰依旧开怀大笑。倒不说他不觉得伤心，而是因为他是乐天派，能够转个弯，从另一个角度看事情，或者在广播里听到一个笑话，就能叫他高兴起来。他笑起来，脑袋往后一仰，喉咙底下的黑暗更叫我觉得可怕，浑身掠过一阵寒栗。我不是要给您错觉。他一向在我身旁，鼓励我，逗我开心。我说不清是为什么，菲斯克太太说道，我在他喉咙底看到的黑暗，跟约翰本人没有关系，或者关系不大，倒是跟我自己有关，他的喉咙碰巧是我的恐惧停留的地方。一天，我听见他的笑声戛然一止，就像咔哒一声熄了灯，我转头看，见他嘴唇紧闭，脸上露着羞愧。我当时难过极了，残忍，是的，荒唐、自我中心。不久以后，我下定决心要改变我们之间的处境。我们之间渐渐生出以往不容许的柔情。我学着控制一些情绪，学着不屈从一时的冲动，我记得，当时我以为这些规矩是保持神智健全的关键。大约六个月后，我们决定领养孩子。

菲斯克太太探身搅拌着茶，似乎要喝一口，或者她接下来的故事的词语，就憩息在瓷杯底的茶叶末上。可是她细细思量后，仍将茶杯搁回茶碟，靠回椅背。

事情也没有那么容易，她说道。我们填了无数表格，还有一套漫长的程序。一天，穿黄色套装的女士来到我们家。我记得自己盯着她的套装看，觉得那就像一小片阳光，况且她是来自另一种气候的特使，在那里，孩子们茁壮成长、快乐，她来到我们家，投射她的光芒，看看她自己的光芒的模样，看看我们家暗淡的四壁能够反射多少光芒和欢乐。她来家访前的几日里，我跪着擦地板。她来访的那天早晨，我烤了蛋糕，好让房子里弥漫着香甜。我穿上蓝色丝裙，逼着约翰穿上千鸟格西装，因为我觉得这套西装看起来蛮有乐观风度。我们坐在厨房里，忐忑不安地等待的时候，我看见西装的袖子太短，约翰耸肩坐着，那套西装反倒透出我们的绝望。可是来不及更换了，门铃响了，她站在门外，胳膊下夹着人造皮包，里面装着我们的资料，这个亮黄色的守护天使来自小指甲白牙齿的土地。她在桌前坐下，我在她面前摆上一块蛋糕，可她没有碰。她拿出一些纸要我们签字，然后进行面试。约翰很容易被权威唬着，说话结巴起来。我感到难堪、不安，被她的威严吓坏了，不知道如何作答，手足无措，像个傻瓜似的。她四下看看，紧绷着嘴唇，露着虚假的浅笑，我见她打了个寒噤，我想是屋子冷。我当时就知道她不会给我们孩子。

之后，我进入我想是称为忧郁症的时期，不过那时候我不知道这个名称。几个月后，我恢复过来，我自己也想通了，我的生活里没有孩子。一天，我去看望移居伦敦的姐姐，看报纸时，视线落到底部的小广告。原本会轻易错过的，小号字体，寥寥数字。可是我看到了：男孩，三周大，即可领养。底下是一行地址。我毫不迟疑地找来纸笔，写了信。好似被什么东西附了身。

手里的笔不停地在纸上划,努力跟上心头涌出的词语。我写下所有未能向领养代理机构穿黄套装的女士表达的情意,字母从我的笔尖疾疾飞出,我知道这个广告是专给我看的。这个男孩是专为我来的。我寄出信,没有跟约翰提起一个字。我不想再将他卷入我牵惹的这些折磨。要他眼看着我终于走出忧郁,却又只能见我沦为盲目希望的猎物,他会受不了的。可我知道这次不是盲目的希望。确实,几天后,回到利物浦家中,有一封信在等着我。落款只有她的姓名首字母:L.B.。在昨夜你打来电话前,我不知道她的姓名。她要我五天后去见她,7月18日四时,西芬奇利站售票厅。我等约翰八点钟去上班后,才匆匆出门。本德先生,我是去见我的孩子。我等了那么久的孩子。您能想象我踏上那列火车时的感受吗?我坐不安稳。我知道我会唤他爱德华,我深爱的祖父的名字。当然他肯定已经有名字,可我没有想到要问,她也没有告诉我。我们说得那么少。我说不出话,她也是。也许她可以说些话,可她选择不说。是的,我想是这样的。她身上有一种怪异的冷静,双手颤抖的人是我。直到后来,起初几天里,日子里弥漫着新生儿的气息,我才想起我们呼唤的名字背后,还有一个名字,如同影子一般。然而,随着时间过去,我将它淡忘,要不然,如果没有完全忘记的话,也很少想起,偶尔在街上、商店、公交车上听见有人呼唤一个名字,我会心下一惊,想着是不是这个名字。

我抵达伦敦后,乘地铁到西芬奇利站。那一日阳光烂灿温暖,售票厅里独她一人。她抬眼看着我,却没有走向前来。我觉得她直看进我的体内,看进我的皮肤。怪异的冷静,叫我吃惊的是她怪异的冷静。我一时以为她可能不是母亲,而是替亲生母亲来执行这个痛苦的任务。她掀开毯子,我靠前看婴儿的脸,知道他肯定是她的儿子。她终于开口,口音很重。我不知道她从哪里来,可能是德国或奥地利,不过我晓得她是难民。婴儿睡着,两只小拳头举在脸旁。我们站在空荡的售票厅。他不喜欢帽子在前额压得太低,她说。这是她对我说的第一句话。过后,过了很久,她说,吃饱后,要是把他背起来,他就不怎么哭。他的双手容易着凉。她像是在教我驾驶一辆老爷车的窍门,而不是把自己的孩子给别人。可是,后来,我得到他后的头几个星期里,我开始懂了。我懂得这几桩小事是一个母亲的宝贵发现,观察、竭力理解她儿子的秘密。

我们并肩坐在硬邦邦的长凳上,菲斯克太太说。她又拍拍怀里的包袱,递给我。隔着毯子,我感觉他的体温。他蠕动一会儿,不过还是在睡着。我以为她还会说些什么,可她什么也没有说。地板上搁着一个包,她用脚轻轻往我这边推。然后她望向窗外,好像在月台上看见什么,惊慌得猛地站起来。我仍然坐着,因为我的双腿虚弱,怕会摔下婴儿。就那样,她走开。走到门前,她才停下,回头看。我将婴儿紧贴在胸前。我觉察他抽着鼻子的鼻息,便轻轻地摇晃着他,他放松下来,发出喁喁的细声。你看!我想喊住她,告诉她。可我抬头望去,她已经不在。

我一动不动地坐着。轻轻摇着婴儿,低声为他哼唱。我俯下头去,为他遮挡照着眼睛的阳光,我将嘴唇贴到他的额头,他似乎散出一阵暖气，我闻到他皮肤上的香甜，还有耳后的臭味。他的脸猛地往我贴近，睁开双眼。他的眼睛惊得张大，胳膊挥舞，好像要抓着什么东西，不让自己掉落。他哭起来。热血冲上我的面庞，身上渗出汗来。我摇着他，可他哭得更凶。我抬头看，见窗外站在一个年轻男子，穿着古怪的外套，好可怜的外套，毛领子蓬乱结块。他的眼睛十分幽黑明亮。他看着我们，婴儿和我，我的脊背升起一股寒意。他的眼神是饿狼的眼神，我知道他只能是婴儿的父亲。这一瞬间似乎将他拉长、拉细，他的心里翻腾着切切渴望，或者极大的悔恨。然后，一列火车进站，他独自走上火车，那是我最后一次看见他。昨夜您打电话来，本德先生，我肯定您便是他。您按响门铃时，我就知道您绝不是他。

我站起来，询问菲斯克太太卫生间在哪里。黑色西班牙猎犬掉到地板上，古怪地蹦了几下。我感到一阵恶心，头脑昏沉。我关上门，坐在马桶上。卫生间立着木质晾衣架，挂着两三双连裤袜，揉皱的棕色袜底仍在滴水，浴缸上的窗户蒙着雾气。我想象从这扇窗户逃出去，逃到街上。我把头支在膝盖间，稳住昏眩感。四十五年来，和我一起生活的女人，是一个能够冷酷地把自己的孩子送给陌生人的女人。一个女人，为自己的孩子登广告，她自己的孩子，就像登广告卖家具。我等待这个新知识映照出赤裸裸的光芒，等待理解，等待门开启，等待直面终生隐匿的真理。然而启示不曾来临。

您还好吗？菲斯克太太问道，她的声音来自遥远的地方。我不记得是怎么回答的,只记得几分钟后,她搀着我走上楼梯,领我进一个小房间,里面有一张双人床,我没有抗拒就躺下。她给我端来一杯水。她弯腰把杯子搁在床头柜,我看到她的脖颈,叫我想起我的母亲。我能问您一个问题吗?我说。她没有开口。他是怎么去世的?她叹息一声,紧紧绞着双手。一场可怕的意外,她说道。然后,她留下我一个人,轻轻关上房门。我聆听她的脚步声在楼梯上渐渐消失,越来越微弱,房间缓缓地,几乎率性地旋转起来,我这才意识到我躺的房间,原本是他的,洛特的孩子。

我闭上双眼。等一会头脑清醒了,我想着,就谢过菲斯克太太,跟她道别,乘下一趟火车回伦敦。心里虽思量着,我自己其实也不相信的。我仍然有这种感觉,要是还能再看到北郊的房子,也得很久以后。天就要冷起来,雄猫得去别处觅食。游泳窟会结冰。睡在柔软滑腻的池底,吸引洛特日复一日地回去的池底,究竟是怎样的感觉?每日清晨她必得下去,就像珀耳塞福涅下到地狱去[①],去触摸那黑暗,消失在窅窅翳翳的深渊。就在我的眼前!而我从来不能跟随她去。您能想象那是怎样的感觉吗?譬如在一日的时光里,切出一道小口,她独自溜走。水花一溅,之

---

① 据《荷马颂诗》的《德墨忒尔颂诗》称,珀耳塞福涅是四季神德墨忒尔与宙斯的女儿。宙斯默许胞兄弟冥王哈迪斯将她掳入地狱为妻。四季神为此憔悴,四处奔走寻找女儿,撇弃职责,令大地季节失色。宙斯只允许德墨忒尔找回女儿后,一年当中,珀耳塞福涅只能与母亲住半年、在地狱住半年。女儿回到地狱的时候,德墨忒尔神伤憔悴,因此就有秋冬的凋零。

后是静止，似乎是永恒的静止。我的心头袭来恐慌，担心她的头撞上岩石，或者撞断脖子，那时，水面一破，她又浮出来，眨着双眼甩水珠，嘴唇铁青。有什么东西更新了。回家路上，我们极少说话。耳边只响着脚下的落叶和枯枝被踩踏的声音，犹如玻璃碎裂的声响。她过世后，我再也没有去过。

醒来时，定是过了几个小时。天色暗将下来。我一动不动地躺着，望着柔和的长方形天空。我转头看看墙壁。转过头去时，脑子里浮现洛特站在花园里的形象。我不记得这个记忆的来源，实际上，也说不准是否果真有这件事。她站在花园里，靠近后墙，没有察觉我从二楼的窗户观望。她的脚边闷燃着一堆小火，她拿着小棍或者火钳拨弄。她俯身拨火堆，十分专注，肩上搭着黄披肩。她不时往火堆里投些纸片，或是抖动一本书，书页随即落在火上。烟气如同紫罗兰色的翎毛盘旋。她在烧什么，我为什么从窗内默默张望，我说不出来，越是想努力记起，形象便越模糊，我便越烦躁起来。

我的鞋子摆在椅子下，只是我不记得脱下鞋子。我下楼到厨房里，看见菲斯克太太在炉灶前的背影。正当黄昏，人们还没有开灯的时刻。蒸汽从她搅拌的炖锅冒起。我从餐桌下拉出椅子，她转身来，脸熏得通红。本德先生，她说。请您，我说道，叫我亚瑟，不过我随即后悔，因为我知道，正是因为陌生感，才叫她放心坦言的。她没有说话，从架子上拿下一只碗，盛上汤，在围裙上揩了揩手。她把碗搁在我面前，在我对面坐下，就像我母亲以前那样。我不饿，可是没有别的选择，只得喝起汤来。

沉默很久后，菲斯克太太开口说话。我一直以为她会跟我联系。她自然知道我们的地址。起初，我总提心吊胆的，兴许会接到电话，或者收到信，或者她直接来到门外，说那是个错误，她想要回泰迪。夜里摇着他入睡，或者默默站在黑暗里，生怕地板的嘎吱声惊醒他，我默默为我的案件辩护。她把他给人！我收留他。我爱他一如己出！可我还是觉得愧疚。他以前常哭得那么凶，哭得扭曲了脸庞，洞张着嘴。您看，他是不可慰藉的。医生说是疝痛，可我不信。我想他在哭她。有时候，我沮丧起来，狠劲摇他，冲他叫嚷，要他停止。

他会顿住，定睛看着我，震惊或是吓着。在他悠黑的眼底，我看到强硬的犟劲。然后，他会又尖叫起来，比先前叫得更响。有时，我摔上房门，扔下他独哭。我会坐在这里，就坐在这里，双手捂着耳朵，直到怕邻居会听见，疑心我疏忽孩子。

可是电话和信都没有来，菲斯克太太说。三四个月后，泰迪不怎么哭了。他和我一起发现能够安慰他的东西，小小的仪式，曲子。我们之间开始生出相互理解，尽管还是试探的。他学着朝我微笑，扭曲、空洞的微笑，可我看得满心欢喜。我开始有了自信。抱他回家后，我头一次推着婴儿车带他出门。我们到公园去，他在树荫下睡着，我坐在长凳上，几乎跟别的母亲一样。几乎，但还不是完全一样，因为每一个日子里，总有一个微小、隐匿的细胞，通常是黄昏时分，或是我把他放到床上睡觉，自己去洗澡时，有时候却是没有预警的，我的嘴唇贴上他的面颊时，我会产生欺诈的感觉。这种感觉像冰冷的小手滑进我的脖颈，一瞬间里,将其他一切通通湮没。起初这种感觉叫我灰心丧气,菲斯克太太说。我恨自己装得像是他的亲娘,在那个恐怖、清醒的时刻,我觉得我永远不可能是。给他喂食,洗澡,读故事的时候,我总觉得自己的另一半在别处,在异乡乘着雨中的电车,循着云雾迷蒙的高山湖畔走,湖那么大,尖叫声永远传不到对岸,只会跌落遗失。我的姐姐没有孩子,我认识的年轻母亲又不多。而认识的那些母亲,我又不敢向她们打听是否有同样的感觉。我觉得这是我自己的过错。我错在不是自己十月怀胎生下泰迪,但终究还是我的错。可是,除了继续憎恨自己,我还能做什么?没人要他。他只有我。我那么那么地努力,一门心思扑在他身上,试图弥补。泰迪长成快乐的孩子,虽然我不时看见,或者我似乎看见,他的眼底掠过深年积藏的失落。不过,后来我也不敢肯定,那可能只是沉思,小孩沉思的时候,不知道为什么,脸上总是露出隐约的忧伤。

我当时不再担心她会来要回他,菲斯克太太说。我觉得他就是我的亲生儿子,不论我有多少过错、多少疏忽,他总会在我心底唤起更大的决心,我不耐烦他喜欢玩来玩去的小游戏时,为他穿衣服时,经常会生起浑身麻木的无聊感,眼前这一日就像无边无际的停车场。我知道虽是这样,他是爱我的,他爬上我的膝头,找着最惬意的姿势蜷起,我觉得再没有人能够像我们两人这样相互理解,肯定是这样子的,终究这就是母子。菲斯克太太起身收拾我的汤碗,搁在水槽里,望着窗外的屋后小花园。她似乎出了神,我没有说话,生怕打断她的念头。她往水壶里灌水,搁在炉灶上烧,回到桌前坐下。我才看出她似乎很疲倦。她看着我的眼睛。本德先生,您来这里,想要找什么?

我吃了一惊,没有立即接话。

您要是为了理解您的妻子,我帮不了您,她说道。

漫长的沉默。菲斯克太太说:我再没有过她的音讯。她从没写过信。有时我想起她。我看着婴儿沉睡,想着她怎会做出这样的事。后来我渐渐明白,做一个母亲,就是做一个幻觉。无论怎样惴惴小心,母亲终究保护不了她的孩子,不能护着他免遭痛苦,免遭恐怖,免遭暴力的梦魇,免遭封闭的列车朝着相反方向疾驰,免遭陌生人的邪恶,免遭通风口、深渊、火、雨天汽车的袭击,免遭意外。

日子久了,我渐渐不再想起她。他去世后,我却又想起她。发生意外那一年,他二十三岁。我思量着,千万人里,只有她能懂我深重的悲伤。可我意识到我错了,菲斯克太太说道。她不会明白的。她根本不理解我的儿子。

我终于回到火车站。我不能保持清醒的头脑。乘火车回到伦敦。每过一站,我就看到洛特站在月台上。她做的这件事,这件事的冷酷,令我惊怵,我的惊怵又加倍放大,因为我和她一起生活了那么多年,竟丝毫没有察觉她竟有这样的能力。现在我得重新看待她告诉我的每一件事。

当夜,我回到北郊家里,见屋前一扇窗玻璃被砸碎了。细细的裂缝自堂皇的大洞往外延伸,景象颇为壮观,我的心里生起一阵敬畏。在落着玻璃碎片的屋内地板上,我看到一块拳头大小的石头。客厅里凄凛。眼前这幅景象流露着一种特殊的死寂,施行暴力前才会产生的死寂,我打起寒战。最后,我的目光落在墙上慢慢爬动的蜘蛛,咒语才被打破。我拿来扫帚。清扫后,给破洞蒙上塑料布。我留着那块石头,摆在客厅的桌上。次日,玻璃工来了,他摇着头,数落着那些捣蛋的孩子,小干件,这是他们这星期砸破的第三家,我忽然觉得一阵痛,意识到我希望那块石头是专冲我来的,有人想往我的窗户扔石头,只是我的,不是随便哪一家。这阵隐痛过后,我恨起玻璃工高声欢快的嗓门。他离开后,我才明白我是多么孤单。屋里的每一个房间都要将我吸入,似在埋怨我丢下它们。你看到了?它们似乎在说话。你看到出什么事了?可我没有看到。我的理解力越来越低落。变得越来越难回想起,或者不是回想起,而是相信我记得洛特和我在那些房间做过什么,我们是怎样过日子,我们以前坐在哪里,怎么坐。我坐进老椅子里,试图召唤从前坐在对面的洛特。但这一切如今变得极其荒谬。大洞上的塑料布脱落,破洞壮观的玻璃悬挂着。只要一跺脚,或者吹来一阵风,这面玻璃似乎就会掉落,摔成千万个碎片。第二日,玻璃工又来了,我借口走到花园去。再进屋时,窗户恢复了完好的模样,玻璃工微笑地看着自己的手艺。

我当时明白了,内心深处一直都明白的:我永远不可能像她惩罚自己那样狠狠地惩罚她。毕竟,我就是这样一个人,从来不会自己承认究竟知道多少。加缪写道,爱的行为,始终是一种忏悔。可是,悄悄地关闭一道门,也是忏悔。夜里的哭泣。从楼梯上摔落。过道里一声咳嗽。我虚耗一生,努力猜透她。竭力想象她的亡失。努力了,失败了。也许可能——叫我怎么说好呢——可能我想要的就是失败。因为失败令我继续下去。我对她的爱,是想象力的失败。

一晚,门铃响起。我不知道会有客来。再没有谁会来看我。我搁下手头的书,细心地将书签夹进书页。洛特总是摊着书背朝天搁下,我们初识时,我常告诉她我听见书脊开裂的尖叫。那只是玩笑。然后,她起身离开房间,或者上床睡去,我会拿起她的书,夹进一张书签,直到有一天,她抓起书,扯出书签,掼在地上。再不要这么干,她说道。我明白,这又是一个只属于她的地方,我永远不能进去。自那以后,我再也没有过问她的阅读。我等她主动说起打动她的一个句子、一段精彩段落、描摹得栩栩如生的人物。她有时说说,有时不说。但我不能打听。

我朝玄关走去,来到门前。是小干仵吧,我思忖,想起玻璃工的话。透过窥视孔看到的却是个身穿西装、年纪与我相当的男子。我询问是谁。他在门外清清喉咙,问道,本德先生吗?

他身量瘦削,衣着简洁优雅。唯一显赫的是银头手杖。他不像要当头打我一棍,或者来抢劫的。您是……我说道,打开门。敝姓怀茨,他说,夤夜唐突造访,万望海谅。但他没有作解释。我有一些事情想跟您谈一谈,本德先生。若非过于造次——他的眼光掠过我,看进屋里——可否允许我进入贵宅细谈?我问关于什么。一张书桌,他说道。

我的膝头一软，浑身麻木，肯定就是他：她爱的人，在他的阴影下，我耗尽心力，才得以共她聊度一生。

我坠入梦境似的将他引进客厅。他毫不犹豫地走着，似乎知道该往哪个方向去。我的身上掠过寒意。怎么从来没有想到，他可能来过这里？他径直走向洛特的椅子，立着等待。我示意他就坐，双腿几乎松垮了。我们面对面坐着。我坐在我的椅子里，他在她坐过的椅子里。一如往常，我心下想着。

打搅您了，他说，深感抱歉。但他镇静的语调与话语极不相符，笃定的语气令我觉得几近威迫。他的英语带着以色列口音，但我琢磨，元音和重音夹着别国的口音。他看起来该有六十多岁，也许七十，那么就比洛特年轻好几岁。灵光陡然一闪。从前怎么没有猜到？儿童转移计划的哪个孩子！哪个十四岁的男孩，或许十五岁。最多十六岁。起初，这样的年龄落差可能显得很大。但随着年岁过去，差距便越来越小。他十八岁时，她该是二十一岁或二十二岁吧。他们之间有着断不开的纽带，秘密的语言，失落的世界，浓缩为迟钝的音节，一人只需张口说出一个音节，另一人就会完全明白。也许根本没有语言。沉默，替代所有不能大声说出的话语。

他的外表完美无瑕：没有一丝乱发，黑西装没有一丝绒球。连鞋底也是簇新的，似乎极少踏在地上。只打扰您几分钟，他说道，我保证几分钟后就不再扰搅您的清静。

清静？我几乎脱口而出。你，你折磨了我这么多年！我的仇人，占据我爱的女人的角落，那个角落就像黑洞，借着某种我从来不懂的巫术，囊括了她最深长的意蕴。

我发觉跟人谈论我的工作极为困难，他开始说道。我不惯谈论自己。我的生意要求聆听。人们来找我说话。起初他们不太说，不过慢慢地话就出来了。他们望向窗外，低头看着双脚，眼神落在我身边某处。他们从来不看我的眼睛。因为他们倘若记起我在聆听，可能就不会说这些话。他们说着话，我跟着回到他们的童年，回到战前。在他们的话语里，我看见灯光如何照在木地板上。他如何将玩具兵团摆在窗帘下。她如何摆设玩具茶杯。我和他一同躲在桌底，怀茨接着说道。我看见他母亲的双脚在厨房里移动，清洁工打扫后遗漏的面包屑。他们的童年，本德先生，因为如今来找我的人，那时候还只是孩子。成年人早已奄忽长逝。我的事业刚起手时，他说，大多是情人来找我。或者死了妻子的丈夫，死了丈夫的妻子。还有父母。不过很少有父母来，大多父母觉得我的服务令他们不堪承受。而那些来找我的父母，几乎开不了口，只能形容一张儿童床，或是装玩具的柜子。我就像个医生，默默听着。不过，我跟医生有一点不同：他们说完后，我给出解药。的确，我不能令往生者复活。但是我可以找回他们曾经坐过的椅子、睡过的床。

我端详他的面容。不是他，我现在想着。方才错了。他不可能是那个人。我不知道是如何知道，然而看着他的脸，我就是知道。叫人奇怪的是，我竟感到失望的苦涩。我们两人原本会有很多话可说。

怀茨接着说，我终于将东西——他们梦想了大半辈子，投入所有渴望重量的东西——寻来的时候，每个人的脸上都会露出惊愕。他们的身体好像被什么东西撞击。他们的记忆始终围绕着一团虚空，如今失落的东西又浮现。他们不能相信，好似我寻到的是两千年前罗马人洗劫圣殿的金银财宝。圣物先是被提多掳掠，继而又神秘消失，以便令这场浩劫沦陷得更深重，以便令圣城荡隳无遗，犹太人流落异地他乡之际，便不能将它奉为心里永远渴望的圣地。

我们默默坐着。那扇窗，他最后说道，目光越过我。是怎么破的？我吃了一惊。您怎么知道？我问道，一时以为原先是否忽略了他的恶意？玻璃是新的，他说，防水层也是新的。有人砸了一块石头，我告诉他。他的脸上呈现沉思的神情，敏锐的面容柔和起来，我的话好像唤醒他的某个记忆。片刻后，他又说道：

可是那张书桌，您看，跟别的家具不同。我承认，有时候我找不到主顾寻觅的桌子、柜子，或者椅子。所有挨查寻访的路线都是死巷。要么从来就没有开始。器物不能长久。一张床，在这个人的记忆里，是灵魂的归宿；在另一个人的眼里，只是一张床。床散了架，或者不再时兴，或者没有用，就随手丢弃。而这个惦念不忘的灵魂，临死之前，却非得在这张床上再躺一回。他就来找我。他的眼底露出那样的神情，我懂得他。因此，即使这张床不复存在，我也能把它找出来。您理解我的意思吗？我把它做出来。倘是有必要，凭空做出来。如果木头不符合他的记忆，床脚过粗或过细，他也只会在眨眼间留意，眨眼间的震惊、疑惑，然后他的记忆被眼前实在的床侵袭。因为他需要它就是那张她和他一起躺过的床，更甚过了解真相。您理解吗？本德先生，如果您问我是否感到歉疚，是否觉得欺骗了他，答案是不。因为那个男人伸手抚摸床柱，对他来说，世间再无第二张床。

怀茨抬起手，按摩前额，揉搓太阳穴。我这才看出，他的眼神虽敏锐，神色却甚为疲惫。

但是寻觅这张书桌的人，跟别人不一样，他说道。他不具备遗忘任何细节的能力。他的记忆不容侵凌。时间愈长久，他的记忆就愈清晰。他记得儿时坐过的羊毛地毯上的纹路。1944年后，他再没有见过那张书桌，却能够在想象里打开一只抽屉，一一历数里面装的东西。对于他，记忆比生活更真实，更精确。生活却越来越模糊。

您决计想象不出他如何叫我不得安生，本德先生。他一次次打来电话。他那样折磨着我。为了他，我从一个城市寻到另一个城市，四处探访、打电话、敲人家的门，搜索所有想象得到的线索。却一无收获。这张庞大的书桌，绝无仅有，跟很多东西一样，就那么消失了。可他不信。起初，他每隔数月打来电话。尔后每隔一年，总是同一个日子。总是同样的问题：Nu，有吗？我也总是不得不作同样的回答：没有。然后，有一年过去，他没有打电话来。我揣度着——不无松懈地——他可能死了。可是收到他寄来的信，落款是他原本打电话的日子。颇像某种周年纪念日。我方明白，没有找到书桌前，他是不会死的。他想死，却死不了。我害怕起来。想跟他作个了断。他哪来这种权利，如此纠缠着我？我若找不到书桌，便得承担起他的生命的责任，若找到了,便得承担起他的死亡。

然而,我无法将他抛在脑后,怀茨说道,声音低沉。于是我又展开搜索。不久前,有一日,我得到情报。犹如大洋深处冒起一个小小的水泡,千万英里的深处,有一个生物在呼吸。我循着这个水泡,它又将我引到另一个。然后又是一个。乍地道路复现。我循着这条道追寻数月。最后寻到您这里。

怀茨看定我,等待着。我不安地挪了挪身子,因为要告诉他的消息显得这般沉重:纠缠着您,也纠缠着我的书桌,很久以前就消失了。本德先生,他又开口说。是我妻子的,我说道,只是声音微弱得如同耳语。可是不在这里了。二十八年前就不在了。

他的嘴唇抽搐一下,面容似乎蓦地颤抖,倏忽闪过,留下痛苦的空洞神情。我们默默坐着。隐约传来教堂的钟声。

我初见她时,她孤身一人与它生活,我轻声说起。它盘旋在她上空,占据一半房间。他点点头,黑邃的双眼滢然明亮,仿佛也看到它在他眼前浮起。缓缓地,似乎拿着钢笔勾勒简单的黑线,我描摹书桌和它的领地的图画。述说之际,我的心念一动。我感到原本在我的理解力外游离的东西,因着怀茨而趋近前来,一种我能感觉到却无从把握的东西。它吸入所有空气,我低声说道,摸索着差一点就能触及的理解。我们生活在它的阴影里。我似乎是从它的黑暗里将她借出来,我说道,而她永远属于它的黑暗。好似我的体内炽热的光芒一闪,尔后火焰熄灭,又回归黑暗,头脑乍现清澈的凉意。好似死亡就在那个小房间,跟我们一道生活,威胁着要摧垮我们,我低声说道。死亡侵占每一个角落，只留下丁点余地。

我讲了很久，才把故事讲完。他眼里满是热切、苦楚，他聆听的样子，似乎在暗记我说出的一字一句，牵引着我说下去，直待终于讲到丹尼尔·瓦尔斯基的故事。那个某夜按响门铃的男孩，令我的想象力备受煎熬，然后一如他来得突然，又突然地消失，带走威风凛凛的书桌。讲完后，我们默默坐着。尔后我想起一件事。请您稍待，我说道，走进另一个房间，打开书桌的抽屉，拿出这本保管了几近三十年的黑色小日记本，密密挤着年轻智利诗人的纤细字迹。我回到客厅，只见怀茨出神地望着玻璃工换上的窗玻璃。片时，他看向我。本德先生，您可熟悉公元一世纪一位叫作约翰南·本·撒该的拉比？只听闻其名，我说道。为何说起他？家父是研究犹太历史的学者，怀茨说道，他写了很多书。很多年后，在他去世之后，我才读了这些书。在这些书里，我找到他给我讲过的故事。他最喜欢的故事里头，有一个讲本·撒该。罗马人攻陷耶路撒冷时，他已年迈。他看够了城里争战的各方，便安排下自己的死法，怀茨说道。土工扛着他最后一次穿过城门，径直抬往罗马将军的帅帐。将军为报答他预言罗马人的胜利，准许他去亚夫涅开设学校。后来，在那个小镇上，他听闻耶路撒冷被焚烧，圣殿被毁，存活的人被放逐。哀恸之际，他思索：没有耶路撒冷的犹太人是什么？没有国度，如何做一个犹太人？如果不知往何处寻找上帝，如何献祭？本·撒该穿着撕烂的丧服，回到学校。他宣告，耶路撒冷被焚毁的圣殿，要在这里重建，在亚夫涅这个沉睡的小镇从头造起。从今往后，犹太人不再向上帝献祭,而是向他祈祷。他指导门徒汇集千年来的口头律令。

这些学者日夜争辩律令,他们的辩论变成《塔木德》,怀茨接着说。他们潜心研究,有时候竟忘了老师的疑问:没有耶路撒冷的犹太人是什么?直到后来,本·撒该去世后,答案才渐渐自明,犹如一堵大壁画,只有往后退,才能看得明白:将耶路撒冷转化为一个理念。将圣殿造在书卷里,如同圣城一般宏伟、神圣、繁复的书卷。使这个民族围绕着失去的圣殿的形状,使一切照出它们遗落的形式。后来,人们称他的学校为大宅,典出自《列王纪》:用火焚烧耶和华的殿和王宫,又焚烧耶路撒冷的房屋,就是各大户家的房屋[1]。

两千年过去了,家父曾对我说,如今每一个犹太人的灵魂,都是围绕着那团火焰烧尽的房子建造的,如此壮观,我们——我们每一个人——都只能记得一丝细微的碎片:墙上的一个图案,门框上的一节瘤痕,光线如何照着地板。但是,如果拼合每一个犹太人的每一段记忆,拼合每一丝神圣的残片,拼为整体,圣殿又能造起,怀茨说道,或者说,圣殿的记忆如此完美,在本质上,这个记忆就会成为原物。也许他们说的弥赛亚,原本就是这个意思:犹太人的无限记忆碎片的完美拼合。在下一个世界,我们栖息在我们的记忆的记忆里。可是,家父曾说,我们是看不到了。你我都看不到。我们活着,你和我,保存我们的碎片,活在

---

[1] 引自《圣经·旧约·列王纪下》第25章第9节。

永恒的遗憾和渴望里，因为我们知道有过那个地方，我们记得一个锁孔、一片瓦，记得开门后露出的磨损门槛。

我把日记本递给怀茨。也许这个对你有些用处，我说道。他久久地将日记本托在手掌上，似乎在称重量。他把本子装进口袋。我陪他往大门走去。若有任何需要我效劳的地方，他说道。却没有给我递名片或联系方式。我们握手道别，他转身离去。我猝然心下一动，不能控制情绪，扬声喊道：是他派你来的？谁？他问道。送洛特书桌的那个人。你是那样找着我的？是的，他说。我咳嗽起来，声音嘶哑。他还……我说不出话来。

怀茨看着我。他把手杖夹在胳膊下，手探入怀里，拿出钢笔、小皮夹，里面夹一叠纸。他写下什么，对折起来，递给我。尔后他转身走，可是迈出一步后，又立住，转过身来，仰头看着阁楼的窗户。要找他很容易，他轻声说，只要知道去何处寻找。

有辆黑色汽车停在邻居宅前的路基旁，车前灯一亮，照亮夜雾。再见，本德先生，他说道。我望着他走下前院小径，坐进车后座。我的手指间捏着一张对折的纸，写着洛特爱过的男人的姓名和地址。我仰头望着润湿黝黑的枝桠，从她的书桌前外望，看得见树巅的枝桠。她从这些树枝里读出什么？她从这些掩映着天空的黑色网格里看出什么？那些我不能看出的回音、记忆、色彩？还是拒绝看出？

我将纸片顺入兜里，走回屋内，轻轻关闭房门。一阵寒意袭来，我取下衣钩上的毛衣。往壁炉里添些木柴，卷起一张报纸，俯身吹旺火焰。我将水壶搁在炉灶上烧水，往雄猫的碗里倒些牛奶，将碗搁在花园，厨房的灯光照得见的地方。我郑重地将对折的纸摆在面前的桌上。

某处，有人点起灯。把水壶搁上炉灶烧水。翻过书页，或者调收音机频率。

原本会有那么多话，可以说给对方听，他和我。我们在她的沉默里协济相生。他，从来不敢打破沉默；我，则屈从划定的界限、立起的墙壁、圈定的地域，别过头去，从来不问。我每天清晨站在一旁，眼看着她消失在冰冷、杳冥的深渊，装作不识水性。我签下无知的契约，闷熄内心翻腾的火焰，好叫生活照旧过下去。好叫房子不会被水淹没。好叫四壁不会坍塌。好叫我们不被栖息在沉默里的东西侵犯、威迫、摧毁。我们避开它，如斯精巧，如斯匠心独具地构造起一个人生。

我就这么坐着，坐到夜深。火渐渐熄灭。我们在黑暗里窒息自己的容量，这是得偿付的代价。午夜光景，我终于拿起桌上折叠的纸片，毫不迟疑地扔进火堆。纸端一焦，蹿出火苗，火焰一时又恢复生机，转瞬间便燃尽。

怀 茨

谜：1944年的一个冬夜，布达佩斯，一块石头扔出。石头滑过半空，飞进一幢亮着灯的房子的窗户，房子里父亲伏在案前写信，母亲在看书，男孩在幻想去冰冻的多瑙河溜冰。玻璃四溅，男孩抱住头，母亲尖叫起来。在那一刻，他们原有的人生从此停止。

石头落在哪里？

1949年，离开匈牙利那年，我二十一岁。我长得瘦小，是被抹去一半的人，害怕站着不动。在黑市上，我把从死兵身上找到的金戒指换成两箱腊肠，这两箱腊肠换成二十瓶药，这二十瓶药换成一百五十双丝袜。这些丝袜和其他奢侈品一并装进集装箱。它们将成为我第二个人生的生计，在海法港等着我，一如当午在岩石下等待的阴影。集装箱里，在众多东西当中，有五件绸衫，裁剪得如同我的第二层皮肤，胸袋绣着我的姓名首字母花押图案。我抵达后，集装箱却一直没有来。迦密山脚的土耳其海关官员声称没有记录。航船在我身后随着起伏的海浪颠荡。土耳其人庞大的右脚旁，立着一块岩石，投出细长的阴影。穿薄裙的女人俯身亲吻炙热的地面，哭泣。也许她在另一块石头下找到自己的影子。我瞥见沙里有东西在闪烁，捡起来，是半里拉。半里拉可以变成一个，变成两个，变成四个。六个月后，我按响一户人家的门铃。男主人邀请了他的侄儿，而他的侄儿，也就是我的朋友，邀我同来。男人来开门，穿着绸衫，胸袋绣着我的姓名首字母。他年轻的妻子端出托盘，送来咖啡和哈尔瓦松糕。男主人俯过身，为我点香烟，他袖口的丝绸掠过我的胳膊，如同隔着玻璃窗面对面趴着的两个人。

我的父亲是研究历史的学者。他在装着无数抽屉的大书桌前写作，儿时，我相信那两千年就装在那些抽屉里，就像我们的女佣玛格达把面粉和糖放在食料室。只有一只抽屉上了锁，四岁生日那天，父亲给我一把小铜钥。夜里，我睡不着，想着往抽屉里装些什么。责任如此重大。我一遍又一遍地默数自己最宝贝的东西，可是这些东西突然间变得轻贱、微不足道。最后，我锁上空抽屉，从没告诉父亲。

我的妻子爱上我之前，先爱上这幢宅子。一日，她带我逛锡安姐妹修道院的花园。我们在抄手游廊上喝茶。她头上系着红头巾，侧影衬着远古时代种下的青柏树。我认识的所有女人当中，只有她不想令往生者复活。我从口袋里掏出白手帕，铺在桌上。我投降，我细声说道。但我的口音还很浓。你想什么？她问。后来，我们走回村落，路上，她在一幢镶绿色护窗板的石砌房子前停下。那儿,她伸手指点,那棵桑葚树下,有一天我们的孩子要在那树荫下嬉耍。她只是卖弄风情,我转头朝她指点的方向望去,望见老树枝的阴影里跳跃着一缕光亮,心里却是一阵痛楚。

我的生意做大了。起头时,我从海关的土耳其人手里廉价买进一件雕花核桃木斗柜。之后,他卖给我一张翻边桌、一只瓷座钟、一幅佛兰德斯挂毯画,我发现自己颇有些能耐,渐渐地上手了。从历史的废墟里,我造出椅子、桌子、斗柜。我渐渐出名,但我没有忘记桑葚树荫下那道光亮。一日,我走到房子前,叩响门,出了一个价钱,叫房子里的男人无法拒绝。他邀我进去。我们在他的厨房里握手。我住进来时,他说,地板上还落着开心果壳,阿拉伯人带着妻儿逃离前剥吃的。在楼上,我发现小女孩的玩偶,他说道,真的头发,她颇有爱心地编成发辫。我把玩偶留了一阵子,直到有一天,我觉得玻璃眼珠看我的眼神变得异样。

之后,此人陪我参观房子,将是我们的房子,她和我的。我走过一间又一间,寻找那个房间。没有。然后,推开一扇门,我找到了。

我回到布达佩斯儿时成长的房子那一年,战争已经结束。屋里污秽不堪。镜子碎裂,地毯上污着酒迹,有人拿木炭在墙上画着男人奸驴。然而,即便是这般污秽的情境,在我眼里,它更是我的家。洗掠一空的衣橱前的地板上,我找到三根母亲的头发。

我带着妻子来到房子前,她爱上我之前,先爱上这幢房子。

是我们的，我说道。我们走进厅堂。造得如此复杂的房子，人在其中轻易迷失。我们都没有说冷。我有一个要求，我说。什么？她说，心思茫然，不能喘息。给我一个房间，我说。什么？她又说，声音更加微弱。一个房间，只属于我，你永远不能进来。她望着窗外。沉默在我们眼前漫延。

小时候，我总想同时待在两个地方。我对此着了魔，不时喋喋不休这个念头。我的母亲会笑话我，可是我的父亲——不论走到哪里，他都随身带着那两千年，如同别的男人戴着怀表——却用不同的眼光看我。在我孩子气的欲望里，他看到祖传疾病的征兆。他坐在我的床边，不时咳嗽——顽固的咳嗽，给我念犹大·哈列维的诗。渐渐地，原初的幻想变成坚定的信仰：躺在床上，我觉得另一个我走在异乡的空荡街道，在晨光下划船，坐在行驶着黑色汽车的后座。

妻子过世后，我离开以色列。一个人不至能同时在两个地方。我带着一双儿女去一座又一座城市。他们学会在汽车火车上睡觉，在一个地方闭上双眼，在另一个地方醒来。我教他们，不论窗外的景色，不论家具的风格，不论傍晚的天空色彩，自我与自我之间的距离是永不更易的。我总是让他们睡在同一个房间，我教他们夜半醒来不知道在哪里的时候，不要害怕。只要约阿夫呼唤，利娅应声，或是利娅呼唤，约阿夫应声，他们就无须知道身在何处，也能继续沉睡。他们之间生出特殊的纽带，我唯有的儿女。他们在沉睡,我重摆家具。我教他们不要相信任何人,只相信他们自己。我教他们不要害怕,就算在一个地方一把椅子里睡去,醒来时却是另一个地方另一把椅子。我教他们只要总是将提箱摆在衣橱顶,无论桌子怎样摆放,床靠着哪一面墙壁,这些都无关紧要。我教他们,我们明天离开,正如我的父亲,研究历史的学者,教我知道,器物的遗失比存在更有用。尽管很多年后,他过世半个世纪后,我站在防波堤上,望着海里的暗流,思量:有什么用?

很多年前,我的生意刚起家,我接到一位老人的电话。他需要我,说出推荐人的名字,我们共同的熟人。他告诉我他不再旅行;事实上,他极少走出沙漠边的房子的门槛。我适巧要路过他居住的小镇附近,于是便跟他说我要去见他。我们坐着喝咖啡。房间里有一扇窗,窗前的地板上污着一块半月形的黑斑,经年的雨天里不曾关窗的霉斑。老人见我看着那块霉斑。我的人生并非一向如此,他说道。我的人生曾经完全不同,在别的国度。我遇见过很多人,发现人人对待现实的方式各各不同。一个人需要屈从沙漠边地的房间里雨水霉烂的地板,他说道,对于另一个人,反抗本身便是顺从。我点点头,喝着咖啡。然而我能明白的只是他的遗憾:在一座多年不曾回去的城市里,有一块雨水霉烂的地板。

我的父亲死于往德国去的死亡长途中。如今,在耶路撒冷,我坐在他的书房里,他从来只能想象的城市。他的书桌被锁在纽约城某个仓库,我的女儿拿着仓库的钥匙。我承认我没有料到这样的结局。我低估了她的勇气和意志、她的精明。她以为她在背叛我。她的眼底闪着我从前没有看出的坚硬。她是吓坏了,可她内决于心。起初我不理解她的眼神,不过很快就明白了。连我自己也安排不出更好的下场。她为我找到解决的方式,虽说是我们两人都没有料到的结局。

接下来就简单了。我飞到纽约,从机场乘出租车到派女儿取书桌的地点。我向门房打听。我给他五十美元,要他想起运书桌的搬家公司。他的表情空白。我给他一百,他还是想不起。两百,他就毫厘不爽地想起,还找出搬家公司的电话号码。在他狭迫阴暗的地下办公室——他的便服挂在水管上,我拨通电话。电话转接到经理室。当然,我记得,他说道。那位女士说是一张书桌,我派了两个工人,差点压断他们的脊梁骨。我对他说,我想知道往哪里寄他们应得的小费。经理把他的姓名和地址告诉我,然后告诉我他的工人将书桌运向的寄存仓库地址。罗马尼亚人为我叫来出租车。那个房客,书桌是她的,他说,旅游去了。我知道,我说。您怎么知道?她来找我,我说道。司机驱车前行,留下罗马尼亚人站在街旁发怔。

仓库临河,闻得见淤泥味,阴沉的天际,风挟着海鸥高飞。仓库后的办公室里,一个年轻女子在涂指甲。见到我时,她拧上指甲油的瓶盖。我在办公桌对面的椅子上坐下。她挺一挺腰板,扭低收音机。此处有一个隔间登记在利娅·怀茨的名下,我说道。里面只放着一张书桌,要是你能让我在里面坐上一个小时,我给你一千美元。

　　我的女儿，绝不会有她自己的儿女。很久以前我就知道。她唯一允许自她而出的是音符。孩提时，她便开始：呼砰呼砰。再不会有别的东西自她而出。不过约阿夫，他身上还透着疑问，我知道他会有一个女人，也许有很多女人，他会在她们身上寻找答案。某一天，会有孩子出世。这孩子出自一个女人和一个谜语的结合。某夜，婴儿会在卧室沉睡，他的母亲会感觉窗外有东西在动。她先会以为是自己的身影，穿着奶汁斑驳的睡袍的憔悴身影。然而，片刻后，她又会觉得异样，猝然觉得害怕，她熄了灯，奔往婴儿房。卧室的玻璃门会是敞开的。在孩子洁白的小衣服上，他的母亲会看见写着他名字的信封，字迹细小工整。信封里会有一把钥匙，一个纽约城仓库的地址。屋外，漆黑的花园里，湿漉的草丛又缓缓地探起头，抹去我女儿的脚印。

　　我打开门。里头冰冷，没有窗。一瞬间，我竟要相信我会看见父亲伏在书桌前，手里的钢笔在纸上划过。然而，庞大的书桌子然而立，沉默、神奥。三四只抽屉开着，所有抽屉全是空的。不过，我小时候锁上的那一只，六十六年了，仍然锁着。我伸出手，抚摸书桌的深色表面。有几道划痕，此外，那些曾经坐在它面前的人，再没有留下痕迹。我深深懂得这个时刻。我频频见证别人经历这个时刻，而眼下我自己竟也经受这份震惊：失落，尔后，某种东西终于沉淀的解脱。